한국어, 우리말 우리글 ⑤

생각한다는 것과 말한다는 것

심재기 저

제이앤씨
Publishing Company

책머리에

세월이 참 빠릅니다. 어느새 21세기도 10년 세월이 흘렀고 저는 7순을 훌쩍 넘겼습니다. 옛날 어른들이 세월을 일러 전광석화電光石火라 하신 말씀을 실감하게 됩니다.

저는 1960년에 대학을 졸업하고 곧바로 국어선생이 되어 지금까지 우리말 우리글을 가르친다고 하였으니 70년의 생애에서 꼭 반백 년을 우리말에 묻혀 살아 온 셈입니다. 돌이켜 보면 참으로 황홀하고 아름다운 세월이었고 또 한편 송구하고 고마운 세월이었습니다.

가르친다는 것은 곧 배우는 것이라는 마음으로 한국어의 아름다움을 말하며 살았으니 세월이 황홀하고 아름다웠다고 할 수 있겠고 특별한 재주가 없었건만 지난 세월 내내 하늘이 저를 국어선생으로 보호하고 감싸 주었으니 이 또한 송구하고 고마운 세월이라 할 것입니다.

그동안 저는 강의에서 미진했던 이야기를 어설픈 대로 몇 권 책으로 묶어 낸 일이 있었습니다.

그 모두가 20세기 마지막 20년인 1990년 전 후의 일입니다. 오늘에 와서 보면 2, 30년이 지난 옛날입니다. 그러므로 이 이야기는 어쩌면 시효를 잃은 낡은 이야기일 지도 모릅니다.

그런데 어느 날 제이앤씨의 윤석원 사장님이 저를 찾아오셔서 그 옛날 책이 아직도 유효하다는 말씀을 하시며 한 뭉치로 묶어 보자고 하셨습니다. 저는 부끄럽지만 용기를 냈습니다. 한국 사람과 한국말이 이 인류의 역사 안에서 정말로 의미 있는 존재라면 그리고 그러한 사실을 우리가 굳게 믿고 있다면 저의 이 다섯 권 책은 우리말과 글을 사랑하는 사람들에게 작으나마 위로와 도움이 되지나 않을까 하는 외람된 생각을 한 것입니다.

지난 50년 간 제 생각이 한결같은 것은 아니었습니다. 우리말과 글이 우리 민족과 함께 새로운 인류 문화에 한 줄기 빛이 되리라는 믿음에는 변함이 없었지만 우리말과 글을 어떻게 지키고 가꾸어야 하느냐하는 세부항목에서는 다소간 변화가 있었습니다.

저는 한자漢字 없는 우리나라의 언어문자 생활을 생각한 적이 잠시 있었습니다. 그러나 그것은 우리 역사에서 2천 년 과거의 정신문화 재산을 빼버리는 결과가 된다는 것을 깨달았습니다.

그래서 저는 한자를 줄여 쓰는 방법을 끊임없이 연구하며 새로운 언어문자 생활을 모색할 수는 있으나 한자를 완전히 없앤다는 것은 안 된다는 결론에 이르렀습니다. 이러한 제 생각이 이 다섯 권 책에 드믄 드믄 드러나 있습니다.

이제 저는 이 책을 한국과 한국어를 사랑하는 모든 사람들에게 바칩니다. 특별히 한국 사람들에게 바칩니다.

이 책을 읽으시는 분들은 저와 함께 이 세상에 한국 사람으로 태어나 우리말과 우리글의 아름다움에 감탄하며 사랑과 긍지를 가지고 한 세상 살다 가는 것을 한 없이 감사하십시다.

2008년 6월 20일.
지은이 심재기 씀.

차례

5장 국한혼용國漢混用 · 115

6장 국어강화國語講話 · 163

1장

성속상조
聖俗相照

1장
성속상조聖俗相照

'숨'의 숨은 뜻
'말'이 통하지 않을 때에는
예수님의 행복 찾기
복福을 찾아가는 쌍갈랫길
한국인의 영성靈性과 신앙

'숨'의 숨은 뜻

성서(창세기 2.7)에는 인류의 출발을 다음과 같이 묘사하고 있다. "마침 땅에서 물이 솟아 온 땅을 적시자 야훼 하느님께서 진흙으로 사람을 빚어 만드시고 코에 입김을 불어넣으시니, 사람이 되어 숨을 쉬었다".

사람이 생명을 얻어 살게 되는 최초의 모습을 '숨을 쉬었다'고 묘사함으로써 '숨'이 생명과 동일시된다는 것을 나타내고 있다. 영어 성경을 보면 '코에 입김을 불어넣으시니' 부분의 '입김'을 '생명의 숨결breath of life'이라는 표현을 써서 숨결이 곧 생명의 근원이었음을 밝히고 있다.

이처럼 '숨'은 곧 생명을 뜻하는 말이다. 이 낱말은 동사 어간 '수-'에 '-ㅁ'이 붙어서 명사가 된 낱말이라고 생각된다. 우리 국어에는 '잠 자다, 꿈 꾸다, 띔 뛰다, 곰 고다…'처럼 동사 어간에 '-ㅁ'을 붙여 명사를 만드는 현상이 있기 때문이다. 그런데 마음에 걸리는 것은 '숨 수다'가 아니라 '숨 쉬다'라는 점이다. 그렇지만 '줌 쥐다' 같은 것도 있으므로 본래는 '숨 수다'. '줌 주다' 였던 것이 나중에 변한 것이 아닌가 추측해 볼 수도 있다.

어쨌거나 '숨'이 생명의 원천이었음을 깨닫는 데에는 부족함이 없다. 그런데 한 걸음 더 나아가. 그 생명의 원천이 창조주 하느님으로부터 왔다는 사실을 우리말의 '숨 쉬다'를 통해서도 알 수 있다는 점이다.

'숨 쉬기'는 숨을 들이쉬는 일과 내쉬는 일의 반복으로 이루어진다. 그래서 '들숨'은 '들이쉬는 숨'이요, '날숨'은 '내쉬는 숨'이다. 숨 자체로 볼 때에는 들고 나는出 것이지만. 숨을 쉬는 사람의 처지에서는 들이고 내는 것, 곧 들어감을 받아들이고 나감을 역시 받아들이는 것이다. 다시 말하면 하느님께서 넣어 주시지 않으면 들일 수도 없고 빼내시지 않으면 한 모금도 내놓을 수 없는 것이 우리들의 숨 쉬기 현상이다.

그러므로 사람의 처지에서 '들일 숨 낼 숨'이라 하지 않고 숨을 주시는 하느님의 처지에서 '들숨날숨'이라는 말이 쓰이는 것이다. 범상한 낱말 하나에서도 창조주 하느님의 사랑을 느낄 수 있다면, 그것 또한 우리 사람으로서는 더할 수 없는 축복이 아니겠는가!

더욱 흥미로운 것은 '숨 죽이다'는 말이다. '숨'이 '생명'이라면 '숨 죽이다'는 말은 '생명을 끊다'의 뜻이 되어야 할 터인데 우리말에서는 '숨 쉬기'를 약하게 조절하면서 마음가짐을 겸허하게 하는 일을 가리킨다. 위기에 봉착하였을 때, 하느님이 주신 생명의 '숨'을 소리내지 않고 간직하는 일이 '숨 죽이는' 행위이다. 인간이 어떻게 숨을 스스로 죽일 수 있겠는가? 숨 죽이는 일은 숨을 마음 안으로 간직하며 하느님 말씀에 귀 기울이는 자세로 자신을 낮추는 것이다.

'말'이 통하지 않을 때에는

단순하고 소박한 느낌대로라면, 그리스도교의 언어관言語觀은 불교나 동양 사상의 언어관과는 엄청나게 다르다고 말할 수 있다. 쉽게 말하여 정반대라고 해도 지나치지 않을 것이다.

요한복음 첫머리는 말씀언어이 세상을 창조하신 하느님이요, 그 말씀하느님이 다시 사람이 되셨음을 선언하는 말로 시작된다. 그러므로 우리는 말씀 속에서 말씀에 의지하고 말씀을 통하여 구원된다는 말씀에 승복해야만 크리스천이 되는 것이다. 이것을 소박하게 바꾸어 표현하면 언어에 의지하지 않으면 구원되지 않는다고 풀이할 수 있겠다.

그런데 부처님은 말씀에 의지하여 설법을 하다가 그 말씀이 막히니까 넌지시 연꽃을 꺾어 청중들에게 들어 보임으로써 말로는 전할 수 없는 오묘한 진리를 전달했다고 한다. 그리고 노자老子의 『도덕경道德經』은 "도道라고 말로 표현할 수 있는 도는 벌써 영원한 진리가 될 수 없습니다. 무엇이건 이름이 붙으면 그 이름은 영원한 진리를 나타내지 못합니다."라는 말로 언어의 불완전성을 선언하고 있다.

우리는 말을 하고 살 수밖에 없으며 그 말을 통하여 진리절대적 실재에 도달하고자 하지만 부처님이나 노자의 가르침에 따르면 말이라고 하는 것은 진리를 붙잡기 위한 일시적인 방편이지 그 말 속에 진리가 들어 있지는 않다고 말한다. 그러나 그리스도교에서는 말씀이 곧 하늘이요, 예수님이요, 진리니까 말씀에 매달리고, 말씀을 붙드는 것은 그 자체가 진리를 얻는 목적이라고 가르친다.

우리는 위에 쓰인 용어를 다시 한번 조심스럽게 살펴볼 필요가 있다. 부처님이나 노자께서 말씀하신 '말'과 그리스도교에서 말하는 '말씀'은 처음부터 같은 낱말이 아니다. 한국어로는 '말'의 높임말이 '말씀'이니까 '말'이나 '말씀'은 다같이 언어를 가리키는 것이요, '말씀'이라고 할 때에는 '말'의 품격을 높여주는 것쯤으로 생각할 수 있으나 그 두 낱말, '말'과 '말씀'은 처음부터 다른 것인데 성서에는 그냥 '말씀'이라고 표현했던 것이라고 보아야 한다.

물론 성서에서는 그냥 '말씀'을 다른 낱말로 적었으면 그런 혼란을 피하지 않겠느냐고 불평을 할 수는 있다. 그렇지만 그 불평도 사려 깊지 못한 것이다. 왜냐하면 그리스도교의 '말씀'은 역시 '말'로 시작하기 때문이다. 그 말이 다름 아닌 복음福音이다. 복음이란 무엇인가? 그것은 우리 인간들이 한 명도 예외 없이 하느님 나라의 백성이라고 하는 기쁜 소식이 아닌가? 그 기쁜 소식은 말로 전할 수밖에 없고 그 소식을 진정으로 받아들일 때, 우리는 다른 사람으로 변한다. 그 다른 사람이 곧 '말씀'이다. 그러니까 그리스도교의 가르침은 우리로 하여금 '말'로 시작하여 '말씀'에 도달할 것을 일깨우고 있다.

이제야 알 것 같다. 국어사전 '말씀' 항목 끝 부분 뜻풀이가 왜 있는가를.

'하느님의 명령 또는 율법. 천지 창조 때 함께 일하신 인격적 존재 곧 성자聖子.'

그리고 또 알 것 같다. 이 세상에서 말이 통하지 않을 때에는 '말씀'에 귀 기울여야 한다는 것을.

예수님의 행복 찾기

인간은 끊임없이 말을 하고 산다. 말을 떠나서 살 수 없는 존재가 인간이기 때문이다.

그러나 말이라고 다 말이 아니다. 참말이 따로 있다. 그 참말을 우리는 흔히 말씀이라고 한다.

그래서 우리는 말씀에 귀 기울인다. 그 말씀에는 특별히 행복을 찾는 비결이 담겨 있다. 그러면 이름 있는 인류의 스승들은 어떤 말씀으로 우리들을 행복의 나라로 안내하는가?

일찍이 맹자님은 다음과 같이 말씀하셨다.

"천하를 호령하는 임금님도 이런 즐거움은 없을 것이다. 부모님이 모두 살아 계시고 형제들이 아무 탈이 없으니 이것이 나의 첫 번째 즐거움이요, 하늘을 우러러 부끄러움이 없고 세상을 굽어보아 사람들에게 잘못한 것이 없으니 이것이 나의 두 번째 즐거움이다. 게다가 온 천하의 똑똑한 젊은이들이 찾아와 그들을 가르치고 있으니 이것이

나의 세 번째 즐거움 아닌가? 천하를 호령하는 임금님도 이런 즐거움은 없을걸."

제법 호기豪氣를 부린 선언이지만, 이 맹자의 삼락三樂은 제자를 가르치는 즐거움을 강조하기 위하여 두 개의 가짜 즐거움을 앞세우고 있다. 부모는 영원토록 살아 계시지 않으며, 형제의 무고無故함도 결코 오래 가는 것이 아니다. 더구나 하늘에 죄가 없다고 호언장담하며 세상 사람들에게 잘못한 것이 없다고 큰소리치는 일은 얼마나 치기 어린 거짓말인가?

공자님은 이렇게 말씀하셨다.

"배우고 때때로 그것을 깊이 있게 생각하니 기쁘고요, 뜻이 통하는 친구가 찾아오니 즐겁고요, 세상 사람들이 저를 알아주지 않는다 해도 제가 그것 때문에 괴로워하지 않으니 그만하면 사람 구실은 하는 셈이지요?"

공자님 말씀에 오면 행복을 찾는 철인哲人의 인품이 이쯤은 되어야 하겠구나 하는 감탄을 하게 된다. 학문하는 즐거움, 친구를 얻는 즐거움, 그리고 마음의 평화를 누리며 스스로 만족하는 즐거움, 이것이 공자님의 세 가지 즐거움이다. 여기서 우리는 성숙한 인간의 모습을 발견할 수 있다.

이제 끝으로 예수님은 어떻게 말씀하셨는가를 살펴보자. 세례자 요한으로부터 세례를 받으시고, 성령의 인도로 광야에 나가 시련을 받으실 때, 유혹하는 자에게 이르신 말씀이다.

"사람이 빵으로만 사는 것이 아니라, 하느님의 입에서 나오는 모든 말씀으로 사는 것입니다. …주님이신 너의 하느님을 떠보지 말라 하셨습니다. …성서에 이르기를 주님이신 너희 하느님을 경배하고 그분만을 섬기라 하셨습니다. 사탄이여! 내 길을 막지 마시오."

예수님께서는 첫째도 하느님이요, 둘째도 하느님이요, 셋째도 하느님이었다. 그분의 즐거움은 하느님의 말씀이요, 하느님께 의지함이요, 하느님을 경배하는 일뿐임을 알 수 있다. 여기에 이르러 인간적인 성숙성으로 의젓해 보이던 공자님조차도 왜소한 인물로 보이는 것은 무슨 까닭인가?

인간은 스스로 낮아지고자 할 때에만 높아질 수 있다는 예수님의 말씀이 우리의 귀청을 울리기 때문이다.

복福을 찾아가는 쌍갈랫길

누구나 알아듣는 쉬운 말을 주고받으면서 우리는 서로서로 상대방을 잘 이해하고 있는 것으로 생각한다. 더구나 일상으로 주고받는 인사말일 때에는 그 말을 통하여 상호 이해가 만족스럽게 이루어진 것으로 생각한다. 그러나 과연 그럴까? '복福'이라는 낱말 하나를 가지고 우리들의 의사소통의 한계를 살펴보기로 하자.

"새해 복 많이 받으세요." 새해가 되면 듣게 되는 이 덕담德談의 인사말에는 상대방이 진정으로 복을 많이 받기를 바라는 마음이 담겨 있다. 이 인사를 받은 사람은 똑같은 심정으로 그 인사를 상대방에게 되돌려 준다. 서로가 상대방이 잘 되기를 비는 아름다운 장면이 아닐 수 없다.

그러면 복이란 과연 무엇인가? 다시 말하여 세상 사람들이 알고 있는 복은 구체적으로 무엇인가? 오랜 세월, 우리나라 사람들은 오복五福이라 하여 행복의 다섯 가지 조건을 손꼽아 왔다. 어떤 이는 수壽, 부富, 귀貴, 다자손多子孫, 고종명考終命이라 하였고, 또 어떤 이는 수,

부, 강녕康寧, 유호덕攸好德, 고종명이라 하기도 하였다. 이렇게 서로 다른 것들을 종합하면 결국 오복이 아니라 칠복七福이라 할 수 있을 것이다. 오래 사는 것, 돈이 많은 것, 지위가 높은 것, 자손이 많은 것, 편히 죽는 것, 그리고 건강하고 마음 편한 것, 덕을 좋아하는 것, 이런 것들이 행복의 조건이라는 것이다. 이 일곱 가지를 가만히 살펴보면 우리가 능동적으로 해야 할 것은 추상적으로 표현된 유호덕덕을 좋아하는 것 하나뿐이다. 그렇다면 복이란 것은 노력하고 찾아내어 얻는 것이 아니라 운명적으로 이미 마련된 것이어서 사람의 힘으로는 어쩔 수 없는 영역에 속한다는 생각이 감추어져 있다. 그러면서도 그 복을 추구한다는 것은 모순인 것으로 보인다.

그러나 복이란 글자가 만들어진 과정을 보면 복은 누구에게나 이미 마련된 것임을 나타내고 있다. 복福 자를 분석하면 보일 시示 자와 가득 찰 복畐으로 나뉘는데, 시示 자는 하늘하느님이 인간에게 내려 주시는 은혜를 가리키고 복畐 자는 물건이 넘치도록 가득 찬 것을 가리킨다. 다시 말하여 복을 풀이하면 '은혜恩惠 충만充滿'이 된다. 그러므로 복은 새삼스럽게 찾아 얻으려 하거나 구하는 것이 아니라 이미 하늘로부터 넘치도록 받고 있는 은혜요 사랑이다.

그러므로 "새해 복 많이 받으세요."는 "하늘로부터 받고 있는 충만한 은혜를 새롭게 깨닫고 감사하세요."라는 뜻으로 받아들여야 할 것이다. 그렇지만 그렇게 아는 사람이 몇이나 될 것인가?

생각이 여기에 미치면 우리는 자연스럽게 예수님께서 무엇을 복이라 하셨는지 성경에 눈을 돌려야 한다. 마태복음 5장 1절에서 11절까지의 말씀을 되새겨 보자. 예수님은 복을 가만히 앉아서 거저 얻는 것으로 말씀하지 않았다.

'마음이 가난함'이라는 표현 속에서 욕심 없는 빈 마음, 즉 허정무욕虛淨無慾을 강조하셨고, '온유한 마음' '애통하는 마음'이란 표현을 통하여 측은지심惻隱之心을 강조하셨고, 급기야 의義에 주리고 목말라 하는 행위로 발전할 것을 권고하셨다. 그리고 다시 강조하셨다. 자비를 베풀면 스스로 자비를 받을 것이며, '순결한 마음'이라는 표현으로 '사악邪惡함과는 인연이 없을 것'을 강조하셨다. 그리고 평화와 정의를 위하여 일하다가 떳떳하게 핍박을 받을 것을 요구하셨다. 예수님이 힘써 주장하신 진짜 복 여덟 가지는 가만히 앉아서 얻는 것이 아니다. 그것은 피땀 흘려 이웃을 위해 일하는 것이다

그렇다면 우리는 동양 전래의 복을 가만히 앉아서 받을 것인가? 아니면 의에 굶주려 즐겁게 핍박을 받음으로써 복을 누릴 것인가?

한국인의 영성靈性과 신앙

우리나라에 가톨릭이 들어온 지 어느새 200년이 넘었습니다. 300년 대에 들어섰고 때마침 21세기의 첫발을 디뎠습니다. 이러한 때에 우리 는 우리 겨레의 가톨릭적 믿음의 근거를 되새겨 보고 앞으로 우리의 믿음을 어떻게 가꾸어야 할 것인지를 점검해 볼 필요를 느낍니다. 저 는 신학자도 아니고 믿음이 굳은 신앙인도 되지 못합니다. 그러나 가 톨릭 신앙에 몸담아 한평생을 살아오는 동안 '가톨릭적 믿음'이 우리 겨레의 앞날에 더욱 큰 희망이 될 것이라는 생각을 가지고 있기 때문 에, 저의 믿음을 돌보지 않고, 감히 이 글을 초하게 되었습니다.

한국 사람에게 있어서, 창조주 하느님에 대한 믿음의 싹은 매우 평범 한 데에서 시작되었을 것입니다. 모든 민족 모든 사람에게서 발견되는 자연 경외敬畏사상 같은 것이겠지요. 저는 그러한 원초적 믿음의 바탕 을 전제로 하고 이른바 영성靈性이라고 하는 것이 동양 사상에 매우 뿌리 깊은 것이었으며 그것이 가톨릭적 믿음과 그렇게 먼 거리가 있었던 것이 아님을 말씀드리고자 합니다. '영성'이라는 낱말의 근거가 되는 '영靈'자를 풀어보면 거기에 놀랍게도 가톨릭에서 가르치는 그리스도적 삶의 원형元型을 발견하게 됩니다. 그러므로 우리 조상들은 '영靈'자를 깊이 묵상할 수 있는 분들이었을 것이고, 그렇다면 우리 조상들은 동양 사상이 가르치는 범위 안에서 '영성'을 그들 나름대로 가꾸어 왔다고 생각할 수 있습니다. 물론 한자를 깊이 있게 이해하는 지식인층에게나 가능한 것이라고 말해야 할 것입니다. 그러나 그러한 생각은 세월이 흐르면서 무식한 일반 백성들에게도 자연스럽게 몸에 익히는 체질적인 믿음, 또는 체질적인 삶의 양상으로 나타났을 것입니다.

그러면 이제 '영靈'자가 나타내고 있는 의미를 하나하나 풀어 보겠습니다. 이 글자는 세 개의 독립적인 단위로 구성되어 있습니다. 첫째는 비 우雨자이고 둘째는 세 개가 나란히 적인 입 구口자이고 셋째는 무당 무巫자입니다. 이 세 가지 요소는 분명히 무엇인가 특징적인 의미를 내포하고 결합하였을 것입니다. 옥편을 찾아보면 '영靈'자 칸에는 대체로 다음과 같은 다섯 가지 뜻이 풀이되어 있습니다.

①신령 령 ②혼백 령 ③좋을 령 ④신통할 령 ⑤필 령

'신령 령'이라고 한 풀이 밑에는 '신야神也'라는 한자 풀이가 따르고 있습니다. 즉 '하느님'이라는 말입니다. '혼백 령'이라는 말은 더 설명할 필요도 없고, 그것은 인간의 '영혼'을 가리킵니다. '좋다'는 다시 풀이가 필요 없습니다. '신통할 령'은 신과 교통한다는 말이니 하느님과의 교제, 하느님과의 의견 교환, 감정 소통을 뜻하는 것입니다. '괴다'는 요즈

음 말로 바꾸면 '사랑을 받다'의 뜻이니까 하느님 또는 높은 분으로부터 받는 사랑을 뜻하는 것입니다.

그러면 이러한 다섯 가지 뜻이 어떻게 해서 생긴 것일까요. 그것은 비 우雨자, 입 구口자 셋, 무당 무巫자가 나타내는 뜻으로부터 발전한 것이 아닐 수 없습니다.

첫째 비 우雨자는 글자 그대로 하늘에서 내리는 비를 가리킵니다. 비는 농경農耕을 삶의 기반으로 했던 고대사회에서 그야말로 하느님과 같은 존재였을 것입니다. 비가 내리지 않으면 농사를 짓는다는 것은 상상도 할 수 없는 일이었습니다. 그러므로 비가 온다는 것은 하늘에서 농사를 지어 먹고 살 수 있게 하는 생명수가 내려온다는 것을 뜻하는 것이었습니다. 바꾸어 말한다면 비는 곧 하느님이 인간의 농경을 위하여 내려주는 하느님 사랑의 징표인 셈입니다. 따라서 '비'자체가 하느님을 표상하는 것으로 이해될 수도 있었을 것입니다. 좀 더 쉽게 생각하면 비는 하느님이 인간과 손을 잡을 때에 드러내는 모습이라고 할 수 있습니다. 여기에 이르러 우리는 비 우雨자에 감추어진 천주성天主性을 발견하게 됩니다.

둘째 입 구口자 셋은 무엇일까요? 이것은 두말할 것도 없이 인간의 언어言語를 표현한 것이라고 생각하게 됩니다. 그러면 그 언어가 어떤 종류의 언어 행위를 가리키는 것인가를 생각해 보아야 할 것입니다. 하느님으로 표상되는 비가 내릴 때, 우리 조상들은 "비가 오신다."라고 극존칭의 표현을 해왔습니다. 비가 내려오셔야만 우리가 농사를 지어 먹고 살 수가 있었으므로 비 내리는 현상을 의신화擬神化: 의인화(擬人化)에 대응되는 뜻하여 '비가 오신다.'라고 한 것입니다. 그러니까 입 구口자

셋은 모두 하늘하느님에 대한 찬미와 감사의 언어 행위 곧 인간이 하느님께 드리는 기도祈禱를 나타내는 것이라고 하면 어떨까 싶습니다. 만일에 우리에게 상상력을 허락한다면 입 구口자 하나는 우리 인간이 하느님께 드리는 감사와 청원의 기도 말씀이고 입 구口자 둘은 하느님이 우리 인간에게 내리는 응답의 말씀인데, 그 응답의 말씀을 세상 사람들이 제대로 알아들을 수 없으므로, 입 구口자 셋에서 하느님의 말씀과 인간의 기도를 중재하는 해설의 말씀이 존재하는 것이라 확대해석을 해 볼 수 있겠습니다. 그러면 그 해설의 말씀을 누가 담당하느냐가 문제가 됩니다. 그래서 우리는 세 번째 글자에 주목하게 됩니다.

셋째 무당 무巫 자는 하느님과 인간 사이를 중재하는 분을 표상합니다. 옛날 고대의 농경 사회에서는 잘 다듬고 정리된 종교 체제가 아니었으니까 무당이 오늘날 사제司祭가 담당했던 일을 하였습니다. 다시 말하여 무당과 사제는 말만 다를 뿐 같은 기능을 담당한 분들이라고 볼 수 있습니다. 무당 무巫자를 해석하는 한자학자들은 이 글자가 솟대를 가운데로 하고 양쪽에 하늘에 제사 지내는 춤추는 사람이 마주 서 있는 것이라고 합니다. 우리는 이 해석을 토대로 하여 또 하나의 확대된 해석을 덧붙일 수 있습니다. 솟대를 가운데 두고 양쪽으로 마주 선 두 사람 중 한사람은 무당이고 다른 한쪽의 사람은 그 무당이 위로하고 보호하며 하느님께 중재를 청하여 하느님의 은총을 느끼게 해줄 보통 사람이라고 생각해 보는 것입니다. 그 보통 사람이 아프면 무당이 아픕니다. 그 보통 사람이 슬프면 무당도 슬픕니다. 그 아픔과 슬픔을 하느님께 호소합니다. 그러면서 무당은 춤을 춥니다. 그러던 어느 순간 무당은 하느님으로부터 계시의 말씀을 듣게 됩니다. 그것은 다시 무당을 입을 통하여 고통 받는 보통 사람에게 위로와 축복의 언어로 전달됩니다. 함께 사는 사회의 공동체 의식이 이 무당 무巫자가 나타내는 진정한 뜻이라고 생각됩니다.

이렇게 볼 때에 신령 령靈 자의 세 가지 구성 성분은 각기 비 우雨자 의 천주성天主性, 입 구口 자의 복음성福音性, 무당 무巫 자의 사제성司祭 性으로 요약됩니다. 그러니까 신령 령靈 자가 쓰이던 수 천 년 전 동양 사회에 하느님의 오묘한 섭리攝理가 작용하여 가톨릭 믿음의 씨앗이 뿌려졌던 것입니다. 그리하여 한자를 공부하는 사람들의 의식과 무의 식의 세계에 하느님의 모상이 자라고 있었습니다. 그것은 우리 한국인 의 조상들에게도 어김없이 찾아 왔을 것이고, 그리고 우리 조상들의 심성 속에 깊이깊이 자리잡혔을 것입니다.

우리 조상들이 200여 년 전에 가톨릭을 학문學問으로 수입하고 그것 을 종교로 발전시킨 것은 결코 우연한 일이라고는 할 수 없을 것입니다.

그러면 이제는 우리 조상들이 외래 종교를 받아들여 그것을 완전한 우리 것으로 만든 예를 살펴보고자 합니다. 우리가 우리나라 역사를 배우면서 불교가 외래 종교였으나 해동 불교로 꽃피웠기 때문에 그것 은 남의 것이 아니라 완전한 내 것, 우리 것이 되었음을 배웠습니다. 또 중국에서 발전한 송나라 성리학이 외래의 학문이요, 이념이었으나 조선 유학으로 정리되고 집대성되었기 때문에 그것 역시 온전한 우리 의 학문이요 이론 체계가 되었음을 배웠습니다. 그렇다면 외래 종교임 에 틀림없는 가톨릭도 이제는 확실하게 우리의 가톨릭으로 정착시켜 야 할 뿐만 아니라 그것을 세계 만방에 수출을 해야 할 것이 아닌가 하는 생각을 아니할 수 없습니다. 과거의 전력前歷이 없는 바도 아니니 우리 가톨릭의 세계화가 단순한 구호가 아니라 우리의 과제라는 생각을 하게 되는 것입니다. 이러한 각오와 자부심의 근거를 불교와 유교의 경우를 검토함으로써 확실히 해 두어야 하겠습니다.

먼저 해동 불교의 꽃을 피운 이야기를 정리해 보기로 합니다. 신라에 불교가 전해진 것은 대략 5세기 초엽으로 알려져 있습니다. 그러나 그 무렵의 불교는 신라인들에게 배척의 대상이 되는 외래 종교였음을 알 수 있습니다. 왜냐하면 법흥왕 14년527 A.D.에 이차돈異次頓이라는 분의 순교 사건이 있고서야 신라에 불교가 널리 퍼진 민중 신앙으로 자리잡았음을 짐작할 수 있기 때문입니다. 법흥왕法興王이라는 이름이 불법을 크게 발흥시켰다는 뜻을 지니고 있습니다. 이렇게 하여 신라에 정착한 불교는 그 후로 다시 일백여 년이 지난 7세기 초엽에 이르러 이름난 승려들을 배출하게 됩니다. 가령 원측圓測. 613~696같은 분은 신라의 승려이면서 중국에서 활약하며 중국의 불교 발전에 크게 기여한 스님입니다. 그는 신라의 왕손으로서 15세에 당나라에 가서 현장玄奬법사의 제자가 되어 유식론唯識論을 발전시키며 그곳에서 살다가 그곳에서 죽었습니다. 지금도 중국 서안西安에 있는 흥교사興敎寺에는 그를 기리는 탑이 남아 있습니다.

의상義湘, 625~702 법사는 신라 화엄종을 처음 시작한 분으로 20세의 나이에 황복사皇福寺의 승려가 되었는데 35세에 바닷길로 당나라에 들어가 '지엄智嚴'이란 스님 밑에서 10년 간 화엄종의 창시자가 되었습니다. 그의 학문이 얼마나 심오하고 영향력이 컸었던지 그의 문하에는 불법을 공부하겠다는 젊은 스님들이 구름같이 몰려들었다고 합니다. 그 제자들 가운데 이름을 떨친 고승 대덕이 얼마나 많이 배출되었으면 후세에 의상십철義湘十哲이라 하는 10명의 제자들이 배출되었겠습니까? 의상의 구도 정신과 학구적 열의를 짐작하고도 남습니다. 그러나 그러한 정통적인 수행과 학구적 자세만 신라의 불교 사회를 지배했던 것은 아니었습니다. 의상과 동시대의 인물이요, 의상과 더불어 육로로 당나라 유학을 시도했던 원효元曉, 617~686 스님은 불법을 깨우쳐 높은 경지의 인간이 되는 길은 당나라에 들어가야만 하는 것이 아님을 몸으로 실천해 보여 주신 분이었습니다.

661년 44세의 나이에 의상과 함께 당나라 유학길에 올라, 당항성唐項城, 南陽에 이르러 한 고총古塚에서 잠을 자다가 잠결에 목이 말라 물을 마셨는 데, 날이 샌 뒤에 그 물이 해골에 고인 물이었음을 알고, 구역질을 느끼게 되자 대오각성大悟覺醒을 하였다는 애기는 아마도 한국 사람이라면 모르는 사람이 없을 것입니다. 그 후로 원효는 모든 불교 공부를 신라 안에서만 진행하였습니다. 그가 평생 동안 지은 저서가 수백 권에 이르는 데 상당 부분이 오늘날 잊혔지만 지금 남아 있는 90여 권의 저서만으로도 그분의 위대함을 증명하기에 충분한 것입니다. 원효가 풀이한 불교 경전의 해설서들은 해동소海東疏라 하여 오늘날 불교를 공부하는 분들의 기본 교재가 되어 있습니다. 그 글은 한문 문장의 아름다움과 오묘함에 있어서도 다른 이의 뒤따름을 용납하지 않는다고 합니다. 중국 땅을 한 발자국도 밟지 않은 원효의 문장이 중국 사람들을 감복시키고 스승도 없이 공부한 불교의 이론이 오늘날까지 불교를 공부하는 이들의 심금을 울리는 모범 교과서 구실을 하고 있습니다. 이것이 신라 불교의 찬란한 모습입니다. 그런데 이것은 신라에 불교가 들어온 지 200년에서 300년 사이에 일어났던 일이었습니다.

그 후로 이 신라 불교는 해동 불교라 하여 동양 3국의 불교 역사를 지배하는 밑거름이 되었습니다. 오늘날 동양 3국에서 원효를 정점으로 하는 해동 불교를 이야기하지 않고 불교의 발전과 변화를 이야기하지 못합니다. 이것은 우리 민족이 이룩한 최초의 가장 자랑스러운 정신 문화사의 첫 페이지입니다.

두 번째로 조선 유학의 발전 양상을 살펴보기로 합니다. 공자님의 소박한 생활 실천 철학이 학문적 체계를 갖추게 된 것은 중국에서도 송나라 후기에 일어난 사건이었습니다. 이른바 송나라 사람 주희朱熹, 1130~1200가 체계화에 성공하면서 유학儒學은 주자학朱子學 또는 성리학性理學이란 이름으로 학문적 체계를 갖추게 됩니다. 물론 주희의 생존 당시에는 주자학이란 이름은 존재하지 않습니다. 그의 사후에 제자들이 그의 저서를 정리하는 과정에서 주자학은 개인의 수양으로부터 경세치민經世治民에 이르는 정치 이론까지를 확립하게 됩니다.

이 성리학이 우리나라에 들어온 것은 고려 말이었습니다. 안향安珦, 1243~1306이 1288년 그의 나이 45세 때 원나라 서울 연경에 들어가 『주자전서朱子全書』를 필사하여 개경으로 들여온 것이 고려에 주자학이 들어온 최초의 사건입니다. 그 후로 100년쯤 지난 14세기 말에 고려 삼은三隱이라 일컫는 목은 이색牧隱 李穡, 1328~1396, 포은 정몽주圃隱 鄭夢周, 1337~1392, 도은 이숭인陶隱 李崇仁 1349~1392 등에 이르러 성리학은 하나의 종교적 이념으로까지 승화하는 모습을 보입니다. 포은 정몽주의 죽음은 충의대절忠義大節을 위하여 몸가짐을 어떻게 하는 것이 바른 것인가를 보여 주었다는 점에서 신라시대 이차돈의 죽음에 비교될 수 있는 사건이었습니다. 그 사건을 등에 업고 정도전鄭道傳

같은 분은 똑같은 유학 이론에 근거하여 조선 왕조를 건립합니다. 이 때로부터 조선 성리학은 독자적인 발전을 거듭해 나갑니다.

그리하여 다시 100여 년의 세월이 흘러갑니다. 조선 왕조는 이 성리학을 뿌리로 하여 나라의 기틀을 다져 나갑니다. 그리고 조선조의 중반에 이릅니다. 이때에 조선 유학의 거봉을 만나게 되니 그분이 다름 아닌 퇴계 이황退溪 李滉, 1501~1570이요, 율곡 이이栗谷 李珥, 1536~1584입니다. 퇴계와 율곡에 대해 설명을 붙인다는 것은 매우 쑥스러운 일이 될지도 모릅니다. 그분들의 가르침은 우리들의 체내에 알게 모르게 배어 있는 기질적 요소이기 때문입니다. 우리는 매일같이 퇴계와 율곡을 만지고 살아갑니다. 퇴계는 천 원짜리에, 율곡은 오천 원짜리 지폐에 모셔져 있습니다. 우리 후손들이 퇴계와 율곡에 대해 지니는 존경의 마음이 어느 정도인가를 헤아리는 대목입니다. 이 두 분 큰 스승의 학문적 업적은 송나라 성리학이 우리나라에 들어 온 지 200년에서 300년 사이에 일어난 사건입니다.

이로 미루어 보면 외래어 사상이 우리나라에 들어와 200년에서 300년을 거치는 기간쯤이면 그것은 완전한 우리 것으로 바뀔 뿐 아니라, 그 우리 것이 세계적인 수준으로 꽃핀다는 사실을 발견하게 됩니다. 우리 민족의 우수성을 확인하는 순간이기도 합니다.

자! 그러면 이제 우리 가톨릭 신앙의 문제로 돌아와 봅시다. 우리나라에 가톨릭이 하나의 학문적인 체계로 수입되고 종교적 신앙으로 정착한 것은 이승훈李承薰의 입교1784를 기점으로 합니다. 그때로부터 100여 년 뒤에 개신교의 수입은 그리스도교의 재수입 사건이었고, 이때부터 그리스도교의 민족 신앙화는 가속됩니다. 그리고 이때로부터 다시 100여 년이 흘렀습니다. 이제, 새 300년이 시작되는 시점이고 21세기의 문턱에서 첫 발을 디딘 때입니다. 우리 가톨릭이 이 땅에 들어온 지 200년에서 300년이 되는 때가 바로 지금 펼쳐지고 있습니다. 그렇다면 가톨릭의 원효·퇴계·율곡을 만들 때가 아닙니까? 우리의 책임은 여기에서 시작됩니다.

2장

노변정담

爐邊情談

시집간 딸에게 주는 편지

우리 집의 네 번째 딸이요, 또한 막둥이인 네가 이제 시집을 갔구나. 그렇지만 나는 너를 시집보냈다는 생각이 들지 않는다. 너도 알다시피 너는 우리 집의 아들 겸 막내딸이 아니더냐. 언니들 셋은 '옥빛 영瑛'자 돌림의 여성적인 이름이지만 너만은 아들에게나 붙일 '금강석 꿰뚫을 찬鑽'자가 들어가는 다부지고 옹골찬 이미지의 이름을 지어주며 우리 집안의 아들 노릇을 해야 한다고 하지 않았니?

그 이름 때문인지는 몰라도 너는 정말 야무지고 당당한 모습으로 자라주었다. 초등학교 시절에 가졌던 '알렉산더 땅콩'이란 너의 별명을 이 애비는 얼마나 자랑스럽게 생각하였는지 모른다.

땅콩처럼 작은 아이가 언제나 친구들의 대장 노릇 하는, 알렉산더 대왕이었다는 사실은 이 애비에게 너를 정말로 우리 집안의 아들이라 는 기대를 갖게 하였다.

그리고 그 기대는 점차 헛된 꿈이 아니라는 신념으로 굳어 갔다.

엄마의 사회봉사 생활을 주의 깊게 지켜보면서 사회복지학을 대학의 전공과목으로 택할 때, 네 엄마와 나는 네가 어쩔 수 없는 우리 집안의 아들임을 확인하면서 얼마나 가슴 설레며 기뻐했는지…….

딸만 둔 집안에서 엄마 아빠의 정신과 삶의 자세를 물려받겠다는 딸을 발견하는 것이 얼마나 큰 영광이요, 기쁨이었겠니.

그렇게 정신적 아들이었던 네가 시집을 갔구나. 여자로서 남자를 만나 가정을 꾸미는 것이야 세상 사람들 누구나 하는 일이니까 이상한 일도, 탓할 일도 아니다만, 문제는 네가 친정 집안의 아들 노릇과 시집의 며느리 노릇을 양립시키고자 할 때, 행여 겪어야 할 고충이 없을 것인가 해서 마음이 쓰인다. 다행스럽게도 같은 전공을 하는 신랑을 만났고, 또 이해심 깊은 시댁 어른들 덕분에 네가 박사과정을 밟는 동안에야 무슨 문제가 있겠느냐마는 학위를 받고 귀국했을 때, 과연 엄마와 애비처럼 너와 네 남편이 살아줄 것인지, 그것을 자나깨나 걱정할 뿐이다.

결혼 생활은 연애 시절이나 약혼 시절과는 다른 거 알지? 그것은 냉엄한 현실이요, 구체적인 생활이란다. 거기에는 약혼 시절에 느꼈던 환상적이고 낭만적인 요소는 증발해 버리고, 점점 더 밀착된 상호 이해의 탐색전 속에서 생활의 슬기가 요구되는, 조금은 답답한 일상의 공간이 기다릴 것이다.

그때에 네가 생각하고 행동해야 할 일이 무엇이겠니? 명민한 우리 막내가 새삼스럽게 다시 알아야 할 것이 있다고는 생각하지 않는다. 그러나 애비가 노파심에서 한마디만 하자꾸나.

가정은 이 세상에 존재하는 작은 천당이어야 한다. 이 세상에 천당이 있다면 그것은 한 명의 아내와 한 명의 남편이 만나서 꾸미는 그 가정 속에 있는 것이란다. 그러므로 아내는 남편의 위로자이어야 하고, 남편은 아내의 성령이어야 한다. 상대방에게 요구하기보다는 봉사하기를 즐겨야 하고 상대방의 약점보다는 장점을 더 드러내야 하고 몸과 마음을 편안하게 해주기 위해 마음 쓰는 것, 그것이 부부생활의 만고의 진리란다. 자식을 낳으면 어떻게 하느냐고? 그것은 아무도 가르쳐 주지 않지만 그 문제로 남의 지혜를 빌리는 사람은 거의 없단다.

사랑하는 나의 막내야!

너는 시집을 갔으나 여전히 우리 집의 아들임을 잊지 말아라. 옛날 신사임당 같은 분을 생각해 보렴. 그분은 시집의 며느리 노릇과 친정 집의 딸 노릇을 죽을 때까지 슬기롭게 병행시킨, 참으로 현명한 여인이셨다.

나는 네가 21세기에 또 하나의 신사임당, 아니 '심사임당沈師任堂'이 되기를 빌며 이 글을 마친다. 황 서방에게도 똑같은 사랑을 보내며……

－서울에서 아비 씀－

'돈'과의 대화

지난해 연말 이후로 우리나라에 불어닥친 경제적 한파를 우리는 IMF시대라고 부른다. 우리가 돈을 잘못 관리했기 때문에 생긴 일이라고 한다.

나는 문득 이열치열以熱治熱이라는 말이 생각났다. 돈 때문에 생긴 어려움을 돈으로 해결해 보자. 그리고 주머니에서 주섬주섬 우리나라 돈을 종류별로 꺼내어 책상에 늘어놓았다. 주화가 다섯 가지, 지폐가 세 가지, 모두 여덟 종이다.

"대한민국의 돈이여! 그대들이 이 민족, 이 국가를 위하여 이 세상에 태어난 존재들이라면 그대들은 분명코 고난을 받고 있는 이 백성들에게 하고 싶은 말이 있으리라. 말하라. 대한민국의 돈이여! 이 민족의 밝은 미래를 위하여!"

나는 기도하는 심정으로 이렇게 돈을 향해 말을 걸었다.

"저희들이야 어디 돈 축에나 듭니까? 지폐 형님들께서나 말씀하시지요."

오십 원짜리가 이렇게 퉁명을 부린다.

"아닐세. 일 원이 있고 나서야, 십 원이 있고 천 원도 있고 만 원도 있는 것 아닌가. 그런 소리 말고 일 원짜리 아우님부터 이야기를 해 보세나."

오백 원짜리가 중간 형님답게 능치는 말을 건넨다.

나는 인내롭게 기다리기로 하였다. 한참만에 일 원짜리부터 입을 열기 시작하였다.

"저는 등판에 무궁화를 지고 있습니다. 한국 사람으로 태어났으면 무궁화 금수강산, 이 땅의 고마움을 잊어서는 안 된다고 말하고 싶어요."

"저의 등에는 불국사의 다보탑이 새겨져 있지요? 이 세상만 세상이 아니라 저승이라는 것도 있다는 것을 말하고 싶군요."

십 원짜리의 말이었다.

"저는 농사의 중요성을 일깨워주고 싶었어요. 세상살이의 가장 원초적인 것이 먹는 일 아닙니까? 그래서 벼 이삭을 지고 있지요."

오십 원짜리가 말을 받았다.

"그래요. 세 분 아우님들이 무궁화 동산인 한반도에 태어나 삶과 죽음이라는 근원적인 문제를 먼저 생각하게 하였으니 나는 미래를 설계하기 위해서는 과거를 돌이켜 볼 필요가 있다는 것을 말해야겠군요. 과거를 알려면 모름지기 과거 조상들을 알아야 하지 않겠습니까? 그래서 저는 옛날 관복을 입은 조상의 흉상을 지니고 있습니다."

백 원짜리의 말이었다.

"아우님 말씀 참 좋습니다. 저는 백 원짜리 아우님 뜻을 살리기 위하여, 한 마리 단정학丹頂鶴을 준비했어요. 이 학을 타고 과거로 날아가서 조상님들의 가르침에 귀 기울이라고요."

오백 원짜리가 이렇게 모든 책임을 지폐 형님들에게 떠넘기는 발언을 하면서 비죽이 웃는다.

나는 다섯 가지 주화를 거듭거듭 집어서 동전 지갑 속에 넣으며 세 가지 지폐를 가만히 들여다보았다. 세 분의 조상님들 퇴계退溪 이황李滉선생과 율곡栗谷 이이李珥선생, 그리고 세종대왕님, 이 세 분이 눈을 부릅뜨며 대갈일성大喝一聲 호통을 치시는 것 같다.

"못난 사람들 같으니라구. 어떻게 지켜온 민족이며 나라이던가? 두 도막으로 갈라진 것도 빨리 아물어야 할 상처이거늘, 이제는 돈 관리조차 제대로 못해서 부도를 내고 IMF시대라는 굴욕을 받는단 말인가?"

세 분 조상의 부릅뜬 눈에서 피눈물이 맺히는 것이 아닌가! 나는 나도 모르게 머리를 조아리며 이렇게 더듬더듬 말씀을 드렸다.

"퇴계 선생님, 저희들이 정말로 잘못했습니다. 선생님께서 일생을 통하여 저희들에게 가르쳐주신 그 경敬사상을 저희는 실천하지 못했습니다. '경'은 겸손이요, 양보입니다. 그것은 검약이요, 인내입니다. '경'은 만 원이 있어도 천 원밖에 없는 것처럼 사는 것입니다. 저희가 그것을 깜박 잊었습니다."

"이제라도 알았다면 됐네 그려."

가슴속의 분노를 삭이시며 퇴계 선생께서 이렇게 말씀하시기를 기다리며 나는 또 더듬거렸다.

"율곡 선생님, 저희들은 정말 미련했습니다. 선생님이 생전에 그렇게도 애타게 십만양병十萬養兵을 주장하셨지만 뜻을 이루지 못하셨지요. 저희들이 또 그러한 어리석음을 범했습니다. 언제나 10년, 20년 먼 미래를 바라보며 삶의 지혜를 키우라는 그 가르침을 저버렸습니다. 10년은 커녕 내일을 제대로 예비하지 못하고 있는 돈을 펑펑 썼습니다."

"그렇다면 앞으로는 미래 설계에 자신이 있는가?"

율곡 선생님도 울화를 참으시며 이렇게 말씀해 주시면 얼마나 좋을까. 나는 염치없이 세종대왕께 또 말씀을 드렸다.

"전하, 죽을 죄를 지었습니다. 백성이 있고 나서야 임금도 있는 것임을 몸소 실천하신 전하의 생애를 저희들은 까맣게 잊고 살았습니다. 한글날을 공휴일에서 없애버렸듯이, 저희들의 의식 속에서 이웃 사랑, 백성 사랑의 마음을 없애고, 돈 무서운 줄을 몰랐습니다. 전하! 이제 정신을 차리고 보니 IMF시대가 찾아왔군요. 다시는 이렇게 어리석은 후손이 되지 않겠습니다. 용서하여 주옵소서. 용서하여 주옵소서."

나는 책상 위의 종이돈을 향하여 정성스레 두 손을 모아 합장을 하였다. 부처님 앞에 절을 하는 자세로.

도둑의 변신

옛날 어느 마을에 마음씨 곱고 글씨 잘 쓰는 선비가 살고 있었습니다. 그런데 이 선비는 심성도 곱고 글씨도 명필이지만 매우 가난하였습니다. 그래서 마을 입구에 움막 같은 초가에 살았습니다. 그 초가집은 담장도 울타리도 없었습니다.

그 마을로 드나드는 사람들은 그 선비의 움막을 지나쳐서 마을로 가게 되었습니다. 그러니까 해가 저문 저녁이거나 달도 기운 새벽녘 같은 때에 선비의 집 앞을 지나가게 된 사람들은 선비의 움막 벽채를 향해서 오줌을 누는 경우가 있었습니다. 워낙 초라한 움막이니까 지나가던 사람들은 그것이 어느 부잣집의 헛간이거나 움을 묻은 곳간쯤으로 생각하였기 때문입니다.

하루, 이틀도 아니요 여러 달 여러 날 사람들이 오줌을 누다보니 선비의 집 벽채는 오줌 지린내가 배게 되었습니다. 선비는 대책을 마련하지 않을 수 없었습니다. 여러 날을 궁리한 끝에 선비는 오줌 누는 벽채에 경고문을 붙이기로 하였습니다.

다음날, 그 벽채에는 경고문 하나가 붙여졌습니다.

不可隨處小便불가수처소변
아무 곳에서나 오줌을 누면 아니 됩니다.

선비의 명필 솜씨가 제대로 드러난 경고문이었습니다. 어느 날 밤이 이슥한 때에 한 도둑이 그 마을로 물건을 훔치러 들어가다가 역시 오줌이 마려워 선비의 움막 앞으로 다가서게 되었습니다. 도둑은 아무 생각 없이 오줌을 누다가 희끄무레한 종이쪽에 무엇이 적혀 있는 것을 보게 되었습니다.

부싯돌을 쳐서 그 종이를 살펴보니 그것은 다름 아닌 그 자리에 오줌을 누지 말라는 경고문 아니겠습니까?

"不可隨處小便이라."

도둑놈은 별생각 없이 중얼거렸습니다. 그러다가 화들짝 놀라 고의 춤을 추켜 올리며

"아하, 그렇지 아무 데서나 오줌을 누면 안 되지. 그런데 그 글씨 한번 명필이구나."

저절로 탄성을 발發하고야 말았습니다. 그도 그럴 것이 정말로 그 글씨는 명필이었기 때문이었습니다. 그 도둑은 생각이 달라졌습니다. 살살 침을 발라 그 경고문을 떼어 내어 품안에 감추고 마을로 도둑질을 하러 들어갔습니다.

그 도둑이 일을 마치고 자기 집에 돌아와 품속에 감추고 온 경고문을

꺼내어 펼쳐 보았습니다. 밝은 날에 보니 글씨에는 신령한 기운이 서린 듯 아름답기 그지없었습니다. 그래서 그것을 표구하여 편액扁額을 만들어 걸기로 작정하였습니다. 그러다가 문득 생각하였습니다.

"아무리 글씨가 좋기로 아무 데나 오줌 누지 말라는 경고문을 액자로 만들 수는 없지 않은가?"

도둑은 글씨가 탐이 나서 가져오기는 했으나 그만 그 내용이 상스러워 여러 날을 고민만 하였습니다. 그러다가 문득 한 꾀가 떠올랐습니다. 도둑은 그 경고문을 펴놓고 여섯 개의 글자를 한 자씩 잘라냈습니다. 그리고 순서를 바꾸어 배열해 보았습니다.

"됐다. 이렇게 하면 되겠구나."

도둑은 새롭게 배열한 글자대로 예쁘게 표구하여 편액을 만들었습니다.

小處不可隨便소처불가수편
아무리 작은 일에 처하여도 편리함만을 따르려 해서는 안 된다.

도둑은 이 편액을 대청마루 한가운데 걸어 놓았습니다. 그리고 생각하였습니다.

"그렇구나, 내가 편하게 살자고 도둑질이나 해서 되겠는가!"

그 도둑은 점점 마음이 괴로워 견딜 수가 없었습니다. 그리고는 대오각성大悟覺醒을 하게 되었습니다.

"똑같은 글자라도 순서만 바꾸면 하찮은 이야기가 뜻 깊은 교훈이 되거늘, 나도 마음만 바꾸면 훌륭한 인물이 될 수 있지 않겠는가?"

그 후로 그 도둑은 글씨의 주인공을 찾아가 사례하고 그동안 모은 재산을 털어 선비에게 좋은 서당을 지어주어 학동들을 가르치게 하고 자기 자신은 열심히 일하는 농사꾼이 되었다고 합니다.

논리와 상상

　사람의 생각하는 능력을 이성과 감성과 의지의 세 가지로 나누어 놓고 보는 사람들이 흔히 빠지기 쉬운 오류는 그 세 가지, 이성과 감성과 의지가 서로 담을 쌓고 있어서 그것들이 서로 주고받음이 없는 인식 작용이라고 생각하는 것이다. '생각한다, 느낀다, 하고 싶다, 알고 있다' 같은 것이 그렇게 서로 다른 것인가? 그렇지 않을 것이다. 안다는 것과 느끼는 것, 생각한다는 것과 뜻을 둔다는 것, 그런 것들은 모두 하나의 마음가짐을 어떤 관점에서 바라보느냐 하는 것의 문제이니 모두가 마음의 움직임이라는 점에서 하나의 동작, 또는 하나의 상태일 뿐이다.

　그렇다면 논리적 사고와 상상력의 발동은 같은 뿌리에서 나온 마음의 움직임일까, 아닐까? 이성과 감성이 둘이 아니요 하나라면 논리성과 상상력도 또한 둘이 아니요 하나라 할 수 있지 않겠는가?

　아주 오래 전 옛날의 경험 하나를 소개하고자 한다. 고등학교 시절의 작문 시간이었다. 원고지를 준비해 오게 하고, 칠판에 백일장의 시제詩題를 적어 놓듯 글짓기 제목을 적어 놓은 다음, 한 시간 내내 뒷짐을 지고 어슬렁거리시다가, 글짓기한 원고지를 수합하여 휑하니 나가버리시는 선생님의 행태를 잘 알고 있는 우리들로서는 이번에는 무슨 제목이 칠판에 쓰일 것인가? 그리고 우리는 어떻게 그 제목에 걸맞은 거짓말을 꾸며댈 것인가를 고민苦悶하고 있는 참이었다. 그러나 그날은 아주 다른 수업 진행이 기다리고 있었다.

선생님은 칠판에 다음과 같은 두 줄의 한시漢詩 대구對句를 적어 놓으셨다.

狗走梅花落구주매화락이요
개가 달려가니 매화꽃이 떨어지고
鷄行竹葉成계행죽엽성일세
닭이 걸어가니 대나무 잎이 생겼네.

선생님은 설명을 시작하셨다.

"얘들아, 옛날엔 서당에서 『천자문千字文』을 떼고 나면 『동몽선습童蒙先習』이라 하는 도덕 과목을 공부했느니라. 그 과목도 끝나고 나면 『소학小學』이라고 하는 고급 도덕 과목으로 들어가게 되는데 말야, 하기는 옛날 한문 공부에서 도덕 과목 아닌 것이 어디 있겠니. 그런데 도덕이 아닌 게 있기는 있지. 문학 과목에 속하는 것으로 '추구推句'라는 게 있거든. 그래서 오늘은 그 추구를 한 줄 읽으며 글을 지어 볼까 한다."

선생님의 말씀은 계속되었다. 추구推句라는 시구의 모음은 어린 학동들에게 문학적 감수성을 계발하는 아주 좋은 교재였다는 것, 그리고 시는 기본적으로 대립 개념의 낱말들로 이루어진 대구법對句法이 생명이라는 것, 그 대구법의 묘미가 곧 문학적 흥취의 핵심이라는 것 등을 말씀하셨다.

그리고는 불쑥 칠판에 쓰인 시구를 가리키시면서.

"너희들, 저 시구의 앞이건 뒤이건, 아니 뒤에라야 좋겠지. 저 시구 뒤에 그 말을 잇는 짝이 될 시구를 지어보도록 해라. 갑자기 한문 시구를 만들어 낼 재간은 없겠구. 그냥 우리말 풀이의 시를 지어도 괜찮아."

이 말씀이 선생님의 결론이었다.

우리들은 망연자실 할 수밖에. 도대체 개의 달림과 닭의 걸음이 매화꽃이나 대나무 잎과 무슨 관계가 있단 말인가? 시라는 것이, 문학이라는 것이 아무리 엉뚱한 소리를 지껄이는 것이라 할지라도 이건 너무 심하지 않은가?

우리들은 모두 창밖을 내다보거나 천정을 쳐다보면서, 아니 서로 얼굴을 마주 보면서 장난기 어린 눈빛으로 윙크를 보내면서 그 엉뚱한 시구의 뒤를 이을 엉뚱한 한마디를 만들어 내려고 하였다. 그러나 그날의 작문 시간은 고스란히 부질없는 공상으로 허비하였고 끝나는 종이 울리자 선생님은 그 문제를 숙제로 남기시고는 총총히 교실 밖으로 나가시었다.

그리고 그 다음 주, 작문 시간. 선생님은 교실에 들어오시자마자,

"숙제 해 온 사람."

이렇게 외치셨다. 물론 응답이 있을 리 없었다. 우리들은 선생님이

지난주 일을 잊어버리셨거나, 마음이 변해서 다른 얘기를 해 주실 것을 은근히 기대하고 있었으니까.

"녀석들. 할 수 없지 뭐. 내가 북 치고 장구 칠 수밖에."

그러시더니 다음과 같이 적어놓으시는 것이었다.

> 昨夜初雪薄작야초설박하니
> 지난밤에 첫눈이 엷게 내리니
> 今朝後庭明금조후정명이로다.
> 오늘 아침 뒤뜰이 훤히 밝았네.

우리들은 그 넉 줄의 시구詩句를 나란히 놓고는 한참을 지나서야 "아하, 그렇지 그렇지.", "음, 음, 맞아 맞아." 여기저기서 한숨 섞인 깨달음을 토해 냈었다.

이 깨달음은 어쩌면 문학이 무엇인가를 감동적으로 이해한 첫 번째의 경험이 아니었을까 싶다.

첫눈이 내린 마당에 살포시 흰 눈이 쌓여 있다. 거기에 삽살개와 씨암탉이 쪼르르 달려간다. 강아지의 발자국과 씨암탉의 발자국이 나란히 찍힌다. 하나는 매화꽃을 만들고 또 하나는 대나무 잎을 그린다.

"이제야 알겠어? 그게 글짓기야. 그 정도의 감각도 없이 무슨 문학을 하겠나? 그런데 너희들 기억해 둬. 이런 작문 공부를 옛날 서당에서는 예닐곱 살 어린아이들이 했다는 거! 너희들 지금 몇 살이야?"

가승家乘, 그 무형의 교훈

세상에 부정확한 것이 많이 있지만 말처럼 부정확한 것도 없을 것이다. 정확한 표현을 하자면 말이 길어지기 때문에 일어나는 현상이기도 하다. 나는 '나를 키워준 한 권의 책'이라는 제목으로 원고 청탁을 받고 몇 번이나 핑계를 대고 미루다가 이제야 붓을 들었다. 그 제목에 맞는 글은 도저히 쓸 수 없겠다는 생각 때문이었다.

한 세상을 살아가면서 정규 학교에서 공부하는 기간만 해도 10여 년에서 20년이 가까운데, 그동안에 읽은 책을 헤아리면 최소한 수백 권에 이를 것이요, 또 그것도 부족하여 끊임없이 고전과 신간 서적을 찾아 읽어야 하는 터에 '나를 키워준 한 권의 책'이라니.

그러나 세상 사람들은 이러한 제목에서 공통적으로 받아들이는 합의 사항이 없는 것은 아니다. 그것은 '나의 생애에 가장 큰 영향력을 행사한 몇 권의 책 가운데서 하나를 찾는다면'이라는 의미가 될 것이다. 그렇지만 이러한 뜻으로 해석한다 해서 또 즉시 손꼽히는 책 이름이 떠오르는 것은 아니다. 그것은 마치 '나를 키워준 하나의 음식'처럼, 여전히 필요한 모든 것 가운데서 하나만을 지적한다는 것이 힘들거니와 무의미한 것 아니냐고 자꾸만 뒷덜미를 잡아끄는 조심성이 작용하기 때문이다.

그러나 이런 제목의 글을 쓰기로 작성한 이상, 나는 한 권의 책을 지적하지 않을 수 없다. 그래서 나는 눈을 딱 감고, 책상 서랍 깊숙한 속에서 까맣게 손때가 묻은 한권의 책(?)을 끄집어낸다. 정확하게 말한다면 그것은 책이 아니다. 보통의 책이라면 거기에는 인생살이에 도움을 주는 교훈이 들어 있게 마련이다. "이웃을 네 몸같이 사랑하라."는 지시적 명령이 있거나 "인생은 어차피 고통의 바다인 것을……"같은 고뇌에 찬 철학적 명제 같은 것이 들어 있어야 한다. 세상 사람들은 그러한 명령과 명제 속에서 자신의 인생길을 밝히는 등불을 찾아내어 그것으로 삶의 지표를 삼겠다는 결의를 다지며 감동해 한다. 그렇지만 내가 끄집어 낸 책에는 그러한 도움의 말씀이 단 한 마디도 없다. 그리고 또 보통의 책이라면 그것을 지은 저명한 작자가 있게 마련이다. 한 분의 성현聖賢일 수도 있고, 수천 년에 걸쳐 수십, 수백 명의 인물이 동원된 것일 수도 있다. 그리스도교의 '신·구약 성경'은 얼마나 오랜 세월, 얼마나 많은 필진이 참여하였는가? 어쨌거나 보통의 책이라면 지혜를 담은 그릇이어야 마땅할 것이지만 내가 꺼내 놓은 책은 지은 사람이 누구라고 말할 수 없다.

책 읽기로 말한다면, 나는 평생토록 꽤 많은 분량을 읽은 셈이다. 어린 시절, 책 읽기로 방학 내내 도서관을 찾은 적이 있었다. 아침 일찍 읽고 싶은 책을 받아 가지고 열람실 한쪽 구석에 앉으면 점심도

굶은 채, 책 속에 파묻히곤 했었다. 도서관을 나올 때에는 책 속에 들어 있던 세상과 어둠이 깔리기 시작하는 도서관 앞길의 세상이 너무도 다르다는 사실을 깨달으면서 나는 어질어질 현기증으로 발을 헛딛곤 하였다.

그 무렵, 그러니까 나의 중학 시절과 6·25동란은 완전히 겹치는 기간인데, 그 대부분은 피난살이로 세월을 보냈고, 또 상당 부분은 시장 바닥에서 담배 목판을 메고 다녔지만 어김없이 학년은 올라가는 혼란의 세월, 무슨 마음을 먹고 도서관에서 몇 번씩이나 하루해를 꼬박꼬박 넘겼었는지 모를 일이다. 굳이 원인을 찾자면 어느 선생님의 말씀을 못 이기는 체 속아주고 싶은 마음은 아니었을까?

선생님은 이렇게 말씀하셨다.

"책 속에는 얼굴이 옥처럼 아름다운 여인이 있단다. 〈書中有女顔如玉서중유녀안여옥〉"

물론 선생님은 공부를 열심히 하는 것이 출세를 보장하는 것임을 강조하는 말씀으로 하신 것이지만 나는 짐짓 그것을 액면 그대로 받아들이며 책을 읽을 때마다 책갈피에서 미인도美人圖 한 장이 떨어지지 않을까 하고 책을 흔들어 본 적도 있었다.

또 나의 서가書架에는 줄잡아 삼천 권은 넘을, 꽤 많은 책이 꽂혀 있다. 40년 동안 훈장 생활을 하면서 모인 것들이다. 그러나 그 모든 책이 지식을 늘리는 데에는 유익할지 모르나 지혜를 얻기 위한 책은 아니라는 사실이 나를 놀라게 한다.

"이 많은 책들이 내가 밥을 벌어먹기 위한 도구였지. 내 영혼을 살찌우는 지혜의 샘물은 아니었구나."

나는 한숨이 저절로 흘러나왔다. 하기야 그런 책들 속에서 영혼의 양식이 될 책이 아주 없지도 아니하다. 가령 『육조법보단경六祖法寶壇經』은 불교에서 말하는 '마음'이 무엇이며, 그 '마음'을 어떻게 다스려야 할지를 깨닫게 하였다는 점에서 내가 아끼는 책이요, 또 요즈음 묵상 자료로 한문 공부 삼아 읽고 있는 노자老子의 『도덕경』도 빼놓을 수 없는 영혼의 책이다. 얼마 전에는 몇 백 번도 더 읽었을 한 구절 '상선약수上善若水'에 이르자, 그 말뜻이 너무도 좋아서 하루 종일 '상선약수가장 아름다운 것은 흐르는 물과 같은 법'를 노래처럼 흥얼거리기도 했었다.

그러나 지금 내가 들고 있는 책 아닌 책은 무엇인가? 그것은 내가 누구인가를 내가 죽은 뒤에도 몇 줄 글자로 밝혀야 하는 것이다. 거기에는 나의 직계 조상이 차례차례로 적혀 있다. 나는 그 스물다섯 번째 인물로 기록되어야 한다. 이른바 가승家乘이라고 하는 내 집안의 세보초世譜抄이다.

이제 나는 이 글의 제목을 바꾸어야 할까 보다. '내가 만들어 가는 한 권의 책'으로. 우리는 누구나 한 권의 책을 만들어 간다. 언제 태어나 언제 죽었으며 살아서는 무슨 일에 미친 듯 매달렸었노라는 몇 줄의 공적과 함께. 그때에 후손들이 애써 감추고 싶은 이야기를 만들지 않기 위해서 나는 오늘도 '상선약수'를 노래 부르며 집을 나선다.

법열法悅 이제二題

그것은 분명 법열法悅을 느끼는 아름다운 체험이었다. 법열이란 무엇인가? 참된 이치를 깨달았을 때 느끼는 황홀한 기쁨이 아닌가? 그렇다면 나는 그때에 깨달음의 경지에 올라섰음을 체험하였다는 말인가? 그리고 그 깨달음과 함께, 뒤미처 찾아온 황홀한 기쁨에 몸을 떨었다는 말인가? 그러나 나는 그것을 감히 수행적 차원의 오도적悟道的 경지로 말하고 싶지는 않다. 차라리 그전에는 맛볼 수 없었던 황홀경, 그러면서도 "아하! 그래 바로 이거야." 하는 느낌이 내 온몸을 감싸고 돌았던 것만은 분명하다.

그래서 만일에 지금까지 막연하고 알고 있었던 어떤 지식, 또는 전혀 의식하지 못한 채 지니고 있었던 어떤 감정이 새로운 사태에 직면하는 순간, 갑자기 그 상황이 감상적 체험으로 다가오면서 "아하! 그래 바로 이거야."라고 자기도 모르게 탄성을 발發하게 되는 것이 곧 깨달음이요. 그러한 순간의 경험을 통하여 세상의 이치를 하나씩하나씩 깨달아

가는 것이라면 바로 그 황홀함이 곧 깨달음이라 말해도 무방할 듯하다. 다음은 그 깨달음에 접근했던 두 개의 예화이다.

제 1화. 수남각樹南閣 주인 김동리 선생의 서재에서였다. 선생님이 나오시기를 기다리는 동안 서재를 두리번거리다가 선생님의 자작시 한 수를 자필로 써서 목각으로 새겨 걸은 편액扁額에 눈길이 머물렀다. 아무 생각 없이 읽어 나가다가 나는 그 시를 끝까지 읽기도 전에 그만 목이 메어 울고 있었다. 그때 나는 온몸이 꽉 조여오는 듯 오무라드는 듯하였고, 기쁨인지 슬픔인지 분간할 수 없는 울음이 입 속을 맴돌았다.

> 파랑새를 좇다가 들끝까지 갔었네.
> 산빛깔 흙냄새 모두 낯선 타관인데
> 패랭이꽃 무더기져 피어 있었네.

나는 지금도 그때를 생각하며 숙연히 울고 싶을 때마다, 이 시를 조용히 읊조린다.

제 2화. 일본 오사카를 지나가면서였다. 이른바 한국의 냄새, 한국 역사의 맛을 느낄 수 있는 몇 군데를 둘러보고 나서 도대체 일본 속에는 한국과 한국 문화라는 것이 어떤 의미가 있는 것일까를 생각하며 들어온 곳 — 거기는 나카노지마中の島에 있는 동양도자기박물관東洋陶磁器博物館이었다. 고려자기 전시실에 이르자 갑자기 딴 세상이 펼쳐지는 것 같았다. 그리고 나도 모르게 "야! 이것이 고려자기로구나."하는 말이 튀어나왔다. 나는 흥분이 되어 춤을 추고 싶었다. 아니 내 몸속의 혼불은 이미 너울너울 춤을 추고 있었을 것이다. 조선백자의 전시실로 옮겨 왔다. 이 어찌된 일인가. 나는 또 중얼거렸다. "그렇지, 그렇지. 이것이 이조백자이지!" 나는 거기가 일본이라는 생각이 들지 않았다. 옛날 고향집의 사랑방 같기도 하고 어머니의 음성 같기도 한 그 방의 분위기. 그리고 그 백자 그릇에서 흘러나오는 그 유백乳白의 웃음. 나는 그 감정을 주체할 수가 없었다. 나도 모르게 청자실과 백자실을 왔다 갔다 하였다. 내가 만일 그 박물관을 다시 찾아간다면 이번에도 역시 미친 듯이 청자실과 백자실을 왔다 갔다 하며 억누를 길 없는 나의 느낌을 내 살갗에 박아 넣으려 할 것이다.

생각한다는 것과 말한다는 것

(I)

석굴암 본존불 앞에 서 본 적이 있는가? 그것은 화강암 돌조각이건만 따스한 체온이 느껴질 듯하고, 그것은 우러러보아야 하는 거대한 체구이건만 사랑방에 앉아 계신 할아버지처럼 가깝고도 자상스럽게 다가온다. 우리는 그 부처님을 우러러 뵈오며 드려야 할 말씀을 가다듬는다.

"부처님 당신은 풍만하면서도 단아하시고, 온화하면서도 준엄하십니다."

(II)

강원도 정선군旌善郡 남면南面 무릉리武陵里 발구덕 마을. 석회 동굴을 들어갔다 나와서 실개천 흐르는 밭두렁에 앉았다가 귀청을 간질이는 정선 아리랑의 애절한 가락을 들은 일이 있는가? 그것은 목구멍에서 나오는 소리가 아니라 끝도 바닥도 알 수 없는 가슴 어느 언저리에서 울려 나오는 것 같은데 청아한가 하면 구성지고, 은근한가 하면 간절하다. 가슴을 적신다고 말해야 할까, 간장을 녹인다고 말해야 할까, 몸속의 핏줄이 정情으로 맺히면서 이랑 지어 흐르는 것을 느끼게 된다.

위의 두 글은 각각 본 것과 들은 것에 대한 느낌을 나타내고 있다. 부처님도 말이 없으셨고, 정선 아리랑의 노랫가락도 노랫말을 분간할 수 없었다면 음률音律과 곡조曲調뿐이었는데, 우리는 그것을 풍만하다, 온화하다, 청아하다, 은근하다 같은 낱말을 동원하거나 가슴을 적신다, 간장을 녹인다 같은 표현으로 그려내고 있다.

말이란 이처럼 세상의 삼라만상을 그려내는 그림이다. 모양도 그리고 소리도 그린다. 그러나 그려낸 말은 삼라만상 그 자체가 아니라, 그것을 보고 들으며 느끼고 생각한 것의 일부일 뿐이다. 다시 말하여 말은 세상을 그려낸 그림이지만, 불완전한 그림이다. 말하는 사람의 느낌과 생각이 시시각각으로 바뀌고, 또한 사용하는 언어의 어휘 수가 유한하기 때문에 삼라만상의 진면목은 여전히 인간의 언어와는 일정한 거리를 유지하고 있다.

인간은 말을 통하여 생각과 느낌을 드러낼 수밖에 없지만 생각과 느낌의 얼마만큼을 그려내는 것일까? 인간을 일컬어 생각하는 동물이라고 한다. 그러나 우리가 자동차 운전을 할 때, 또 운동 경기를 할 때, 우리의 동작은 자율 신경 조직을 통하여 이루어지지만 말이라고 하는 논리적 세계의 사고 작용을 거치지 않는다.

이렇게 볼 때에 삼라만상보다 인간의 감정과 생각은 그 규모가 엄청나게 작고, 또 그렇게 작은 인간의 감정과 생각보다 그것을 표현한 인간의 언어는 더 말할 수 없이 작다. 그러나 우리 인간은 이처럼 초라

하기 그지없는 언어 자산을 가지고 인간이 생각하고 느낀 바를 그려냄으로써 삼라만상의 진면목에 도전한다. 작디작은 언어가 중간 크기의 생각과 느낌을 거쳐 가장 큰 삼라만상, 온 우주를 그려내는 것이다. 생각해 보면 신비하다고 말할 수밖에 없다. 그러면 이러한 일은 어째서 가능한 것일까?

그것은 언어가 생각과 느낌을 조직적이고 체계적인 사고 과정을 통하여 표출되기 때문이다. 조직적이고 체계적인 사고 과정이라는 것은 부족한 어휘를 동원하여 결코 서두르지 않으면서 점진적으로 사물이나 사건의 실체를 그려내려는 노력이라고 할 수 있다. 텔레비전 화면을 생각해 보자. 그것은 무수히 많은 점들이 순차적으로 주사走査되어 한 폭의 화면을 구성한다. 이처럼 우리는 우리가 갖고 있는 언어 자산 곧 낱말들을 동원하여 차분하게 하나씩 하나씩 연결지음으로써 한 폭의 그림 같은 한 줄의 문장, 한 도막의 글월, 한 편의 시를 만들어 낸다.

그러나 만일에 우리의 생각하기가 텔레비전 화면을 구성하듯 체계적이고 조직적이고 순차적으로 진행되지 않는다면 우리가 사용하는 언어는 결코 아름다운 화면을 구성하지 못하는 고장난 텔레비전처럼, 남들이 제대로 알아들을 수 없는 이상하고 무의미한 음절의 조합이 된다.

우리는 가끔 언어로 표현될 수 없는 생각하기의 높은 산을 넘을 때가 있다. 무념무상無念無想의 참선參禪 같은 것이 바로 그것이다. 그러나 이 참선도 다른 사람과 공유하는 득도得道의 수단이 되기 위해서는 그 경지에 이르는 방법이 논리적 표현 수단인 언어의 신세를 지지 않을 수 없다. 이렇게 본다면 언어는 인간의 사고와 이 세상 만물 모든 존재를 중간에서 이어주는 영롱한 무지개가 아닐 것인가? 우리 인간은 이 무지개를 타고 오늘날의 인류 문명을 아름답게 수놓고 있다.

어문유감
語文有感

문자 문화의 바른 길

우리 민족이 일제의 질곡으로부터 해방되어 광복의 생활을 누린 지 어언 반세기가 넘었다. 그 60여 년의 세월이 흐르도록 정리되지 않은 문화 현상이 많이 있지만 그 가운데에서도 극심한 혼미를 거듭해 온 것은 문자 문화에 관련된 것이 아닐까 싶다. 다시 말하여 한글만 쓸 것이냐, 한자도 섞어 쓸 것이냐 하는 논쟁과 그 논쟁을 둘러싸고 벌어진 절름발이 교육 정책이 바로 그것이다.

얼마 전만 해도 어느 일간 신문에 한글 전용과 국한자 혼용을 주장하는 두 가지 대립되는 견해와 또 그 절충론을 나란히 실어 놓고 일반 국민의 여론을 수렴하려는 듯한 기사가 게재되었다. 이와 같은 언론 행사(?)는 지난 60여 년 간 줄기차게 이어진 문화면의 고정 메뉴였다.

그것은 매해 한글날을 전후로 하여 등장하는 연중 기획 기사의 하나이기도 하고, 정권이 바뀔 때마다 새로운 집권층에 관심을 호소하는 톱 이슈의 하나이기도 하였다.

필자는 이와 같은 문자 정책의 방황과 혼미, 그리고 이 논쟁의 끝모르는 순환을 지켜보면서 이 문제의 해결점이 바로 그 방황과 순환 자체에 숨겨져 있음을 밝혀 말하고자 한다. 현재 우리나라에서 간행되는 대부분의 간행물은 한글 전용이 이루어진 듯한 모습을 보인다. 적어도 표면적으로는 그렇다. 그럼에도 불구하고 한글 전용을 주장하는 분들은 더욱 목청을 높여 '한글만 쓰기'를 부르짖는다. 무언가 불안하다는 느낌을 주는 그 부르짖음을 우리는 주의 깊게 분석할 필요가 있다.

한글 전용을 주장하는 분들이 의지하고 있는 한글 전용 타당성의 근거는 크게 두 가지로 압축된다. 첫째로는 한글 전용이 민족 정신겨레 얼을 바르게 선양하는 가장 좋은 방편이라는 것이요, 둘째로는 쓰기 쉬운 글자의 사용이 시대의 흐름, 역사의 흐름에 순응하는 자연스런 자세라는 것이다.

우리는 이제 이 두 가지 근거의 부당함을 생각해 보아야 한다. 만일에 한글 전용이 민족의 정체성과 우수성을 증명하고 보장하는 최선의 방편이라면 이 세상에 고유 문자를 지니지 못한 민족이나 국가는 문화적, 정치적, 경제적 후진성을 면할 수 없어야 한다. 따라서 고유 문자의 소유 여부가 민족적 문화적 우월성을 보장하지 않는다는 것을 즉시 깨달을 수 있다. 또 만일에 쓰기 쉬운 소리글자를 쓰는 것이 선진 문화의 필수 요소라고 한다면 불완전한 음절문자와 한자를 사용하는 일본은 단연코 우리나라보다 뒤쳐진 사회에 머물러 있어야 한다. 그러나 현실은 그렇지 않다.

그렇다면 문자 문제의 핵심은 무엇인가? 그것은 문자 생활이 문화생활의 하나라는 것이다. 문화는 넓게 보아 삶의 질을 높이려는 생활양식이라고 말할 수 있다. 그러므로 문화는 본성적으로 두 방향으로 발전의 진로를 잡는다. 그 하나는 대중화·일반화의 길이고, 다른 하나는 고급화·전문화의 길이다. 모든 문화 활동은 옆으로 뻗어나가는 대중화 성향이 있고, 동시에 위로 솟구치려는 고급화 성향이 있다. 물론 대중화의 길이나 고급화의 길은 모두 역사적 전통을 바탕에 깔고 진행되는 것이다.

문화라는 생활양식에 묶이는 모든 문화 현상을 눈여겨보자. 거기에는 반드시 대중성과 전문성이 공존한다. 대중음악과 민속음악이 있는가 하면 고전음악과 궁중아악이 있다. 연극도 미술도 사진도, 심지어 음식에도 대중 음식과 고급 음식이 공존한다.

그런데 우리나라의 한글 전용은 문자 문화의 대중화·평준화에는 효과가 있었으나 고급화·전문화에는 실패하였다. 그것은 적어도 2천 년 역사를 우리 민족과 함께 살았고, 우리말 어휘의 70%를 점유한 한자어를 한글로만 표기하거나 좀 더 쉬운 고유어를 찾아 쓰고자 함으로써 어휘의 빈곤, 표현력의 상실을 초래하였기 때문이다. 그러나 그렇게 평준화에 성공하였다고 해서 문제가 끝나는 것이 아니다. 당장 한자어를 싹쓸이해 몰아낼 수 없으므로 의사소통이 제대로 안 되고 전통문화에는 백치가 되어 버리기 때문이다.

대학에서 정상적으로 전공과목의 강의가 이루어지지 않은 지 이미 오래되었다. 한자어에 대한 무지 때문이다. 이러한 사정을 알면서도 한자 교육을 강화하지 않은 이유가 무엇인지 모르겠다. 사회 각계각층에서 한자를 모르기 때문에 벌어지는 기막힌 에피소드를 모아 놓으면 우리가 지금 얼마나 심각한 문자 문화의 IMF시대를 살고 있는지 깨닫게 될 것이다. 지금 경제만 IMF시대가 아니다. 더 늦기 전에 한자 교육의 강화를 통하여 문자 문화의 IMF를 벗어나야 한다. 이것은 모두 문자 생활이 문화생활의 꽃이라는 사실을 미처 깨닫지 못한 지난날의 맹목적 순정醇正 민족주의자들의 잘못된 한글 전용 주장 때문이다.

어문 정책 혼선과 한글날

한글날이 돌아왔다. 562돌이다. 참으로 경하하여 마지않을 일이다. 그런데 필자는 조금도 즐겁지 않다. 한글을 지은 세종대왕이나 한글을 사랑한 조상들께 고마움이 덜하거나 한글의 우수성에 대해 자랑하는 마음이 식었기 때문에 그런 것이 아니다. 오히려 그 고마움과 자랑스러움이 해가 갈수록 더 커지기 때문에 마음은 더욱 서글픈 것이다.

첫째로는 한글날을 국경일에서 빼어버림으로써 이 세상에서 유일한 문자 창제 경축일을 잃어버렸다는 허탈감 때문이며, 둘째로는 건국 육십 년이 흘렀으면서도 우리나라의 언어 문자 정책이 제자리를 잡지 못해서 언어 문자 문화의 혼미가 날로 심해지는 것을 지켜보아야 하는 괴로움 때문이다.

먼저 언어 문제부터 살펴보자. 외국어特히 영어의 남용, 우리말 발음의 혼란, 현저한 어휘력의 저하, 비속어의 만연, 어색한 표현의 증가, 이상한 문장外국어 번역투의 횡행 등 그 항목을 일일이 나열하기에도 숨이 벅차다. 무엇보다도 영어를 공용어로 삼자고 하는 극단론까지 나올 만큼 국어가 무엇인지를 제대로 알지 못하고 있는 형편이다.

선진 문화를 따라잡자는 열망과 편의성을 앞세워 힘쓰는 나라, 앞서 가는 나라의 말을 공용어로 하자는 얘기는 지나간 역사 속에서도 찾을 수 있다.

"우리나라는 지역적으로 중국과 가깝고, 성음聲音이 대략 같으므로 온 나라 사람이 본국 말을 버린다고 해도 불가할 것이 없다. 그러한 뒤에라야 오랑캐라는 말을 면할 것이며……."

박제가朴齊家의 『북학의北學議』에 나온 일절이다. 이 논조는 민족 문화가 어떻게 세계화에 기여하는가 하는 점을 깜박 잊어버린, 성급하고 맹목적인 지식인의 모습을 보여준다.

언어 문제는 이쯤 해두고 문자 문제로 넘어와 보자. 여기에는 한자 문맹의 확산, 남북한 철자법의 차이, 외래어 표기법의 표류 등 이것 역시 손꼽아 헤아릴 것이 한두 가지가 아니다. 그 중에서도 가장 심각한 것은 한자 무식꾼이 국민 전체로 확산되고 있어서 그대로 방치한다면 언젠가는 전통문화의 단절은 말할 것도 없고, 일상의 의사소통조차 제대로 이루어지지 않을 것이 예견된다. 한자에 대한 무지는 어휘력의 저하를 가져오고, 그것은 저속한 표현의 증가를 부추길 것이 뻔하다. 한때 일부의 사람들은 한글 전용이 애국 애족의 수단이며 민족 문화를 수호하는 지름길이라고 생각했었다. 그것은 어떠한 문화 현상이든 오랜 역사적 전통을 바닥에 깔고 발전한다는 기본 상식을 망각한 데서 비롯된 잘못이었다.

한글만 쓰기를 주장하는 이를 만날 때마다 필자는 다음과 같은 상상을 하곤 하였다. 손이 귀한 어느 집안에서 여러 해 동안 아기가 태어나기를 빌었다. 그러나 아내에게서 수태의 기미는 보이지 않고 세월은 흘렀다. 하는 수 없이 양자를 맞아들이기로 하였다. 다행히 업둥이로 들어온 양자가 장성하여 부모에게 공순하고 제법 효성이 극진하였다. 그런데 뒤늦게 아내가 수태하여 아들을 낳았다. 새 아기가 아주 똑똑하고 건강하게 잘 자랐다. 그러자 부모는 자신들을 지성으로 섬기던 큰자식 양자를 남의 자식처럼 내치는 것이었다.

이 이야기에서 양자는 한자요, 새 아기는 한글이라고 생각해 보자. 지금 우리나라의 사정은 양자를 구박하는 못난 부모의 모습이라고 아니할 수 없을 것이다. 한글날은 한글이 창제되었다는 사실만을 기리는 날이 아니다. 그것은 우리나라의 문자 문화가 바른 자리에 놓여 있는지를 반성하는 날이어야 한다. 세종대왕이 한글을 창제함으로써 얻으려고 했던 우리나라 문자 문화의 이상理想이 무엇이었는지를 확인하고 그 현황을 점검하는 날이어야 한다. 그리고 그것은 한 걸음 더 나아가 우리나라 언어문화가 바른 자리에 놓여 있는지를 반성하는 날이어야 한다. 외국어는 어디까지 수용해야 하며 세계화를 추진하는 과정에서 국어가 어떤 대우를 받아야 온당한 것인지를 바르게 깨우치는 날이어야 한다.

좀 더 욕심을 부려 말한다면, 한글날은 우리 민족이 문화 민족으로서의 자긍심을 키우며 민족 문화의 독자성과 유일성이 세계화를 추진하는 민족의 염원에 도움을 줄지언정 결코 걸림돌이 되지는 않는다는 깨우침의 날이어야 한다. 그런데 아직은 그러한 성숙한 문화 인식이 퍼져 있지 않다. 그렇건만 이렇게 슬픈 한글날은 금년으로 끝냈으면

하는 염원은 또 무엇인가. 영어 문제, 한자 문제, 통일 철자법 문제, 국어 순화 문제, 발음 문제 같은 것이 제 길을 찾아간다고 자축하는 한글날이 내년부터는 꼭 찾아오리라는 믿음은 또 무엇이란 말인가.

560돌 한글날에 즈음하여

우리정부는 몇 해 전, 온 세계에 터놓고 자랑할 우리나라 문화 상징 열 가지를 선정한 바 있다. 그 가운데서 첫 번째로 손꼽히는 것이 우리의 고유 문자 '한글'이다. 누구라도 한국 사람이라면 한글을 우리나라의 첫 번째 문화 상징으로 선정한 사실에 대해 이의異議를 제기할 사람은 없을 것이다. 그만큼 한글은 우리 민족의 정체성正體性을 증명하는 움직일 수 없는 기본 자산이다. 그러나 이 한글이 태어날 때부터 오늘에 이르기까지 한결같이 우리 민족의 정체성을 증명하고 확립하는 문화 상징이었던 것은 아니다. 우리나라 문화사의 흐름과 함께, 한글은 적어도 세 번쯤 다시 태어난 것이라는 생각이 든다.

한글의 첫 번째 태어남은 두말할 것도 없이 세종 25년에 훈민정음訓民正音이라는 이름으로 세상에 첫선을 보인 것이다. 이때에 한글이 수행해야 했던 사명은 크게 세 가지였다. 하나는 우리나라 한자음의 정확한 표기였고, 둘은 중국어를 비롯한 당대의 중요 외국어인 왜어,

만주어, 몽고어 등을 표기하는 것이었으며 셋은 일반 백성들의 생활 언어를 적는 것이었다. 뜻글자인 한자만 문자로 생각했던 당대의 지식인들은 이 훈민정음이 문자로서는 한 등급 떨어지는 발음 부호 체계라는 인식을 떨쳐버리지 않았었다. 비록 일반 백성들에게 생활 언어를 적도록 배려한 부분이 기초 교육 및 생활 문자로서의 기능을 담당하는 것이긴 하였으나, 공문서의 작성이나 학술적 저술과 같은 중요 문예 활동은 여전히 한자를 사용하였다. 그러므로 고급 문자는 한자였고 대중 문자는 한글이었다고 말할 수 있다.

이처럼 한자가 우대되고 한글이 보조 문자의 기능을 담당하는 이중 체계는 19세기 말엽 개화기에 이르러 변화를 입는다. 이때가 한글의 두 번째 태어남이다. 그리고 이 기간은 21세기 초인 오늘에까지 이어진다. 이 기간은 국한 혼용이 우세하였던 전반기와 한글 전용이 확산된 후반기로 갈라진다. 국권을 잃게 되는 위기에 처하여 나라를 잃지 않겠다는 안간힘은 극단의 국수적國粹的 민족주의를 배태하게 되었고, 그러한 사상을 받쳐주는 민족 문화 상징으로서 한글은 우리말과 함께 우리 민족이 의지해야 할 가장 큰 버팀목이었다.

그러나 결국 나라 잃은 설움은 서른여섯 해나 계속되었고, 그 기간 중에 한글과 우리말만 온전히 지키면 민족이 살아난다는 믿음이 확산되었다. 해방이 되고 대한민국이 건설되자 '한글만 가지면'이라는 믿음에 가속도가 붙게 되었다. 그런데 문화라는 것은 본질적으로 국수적 민족주의와는 함께 설 수 없는 속성을 지니고 있는 것이다. 그것은 오랜 역사를 통해 인류의 총체적인 지식이 슬기롭게 쌓인 것이기 때문이다. 그래서 지나간 20, 30년 간 짐짓 한자 가르치기를 게을리 하면서 한글 전용을 확대한 결과, 그 부작용이 여러 분야에서 노출되기 시작하였다. 한마디로 요약하면 지식의 전수傳受가 제대로 이루어지지 않는 현상이 벌어졌다. 학문과 기술의 대중화에는 한글이 기여하지만, 학문과 기술의 발전과 심화深化에는 그만 한계에 부딪히고 말았다.

이러한 시점에 이르러 한글은 세 번째 태어남을 기다리고 있다. 그것은 새롭게 한자와 한글이 공존하는 것을 의미한다. 새로운 21세기는 문화 전쟁이 벌어지리라고 한다. 그렇다면 우리나라의 전통문화를 비롯한 동양 문화는 21세기 문화 전쟁의 기본 무기가 될 것이다. 그것들은 한자의 이해와 사용을 전제로 한다.

그렇다면 우리는 이제 문자 생활에서 '한글만 가지면'이라는 생각을 과감히 떨쳐버려야 할 것이다. 한글만 쓰면이 생각에는 '고유어만 사용하면' 이라는 뜻도 포함하고 있다. 저절로 나라 사랑, 겨레 사랑이 되는 것이 아니라 문화 수준을 향상시키는 것이 나라와 겨레의 발전을 보장하는 것이라는 새로운 인식이 필요한 때가 다가오고 있기 때문이다.

한글의 세 번째 태어남은 21세기 새 천년에 한자와의 공존으로 시작되어야 한다.

사전辭典에 친숙하기

영어가 우리나라에 널리 보급되기 시작한 광복 이후에 생긴 우스개 이야기.

한 청년이 사랑하는 여인에게 '디어dear 순이 씨'라고 서두를 시작하는 사랑의 편지를 보냈다. 순희 씨는 'dear'이라는 영어 단어의 뜻을 알기 위해 사전을 펼쳐 보았다.

'①사랑하는, ②편지 첫머리에 관용적으로 쓰는 호칭'

이렇게 두 가지 뜻풀이가 있었다.

순희 씨는 청년에게 다음과 같은 답장을 보냈다.

"보내주신 글월을 잘 받았습니다. 송구하오나 제가 잘 알지 못하여 여쭙는 것이니 밝혀 주시기 바랍니다. 보내주신 글월의 첫머리에 적힌 영어 단어 'dear'는 제 1의 뜻입니까? 제2의 뜻입니까?"

청년은 급히 답장을 보냈다.

"디어 순희 씨, 그것은 물론 제 1의 뜻입니다."

그리하여 그들의 사랑은 행복한 결말 쪽으로 진행되었다고 한다.

우리는 이 이야기에서 두 가지 교훈을 얻는다. 그 첫째는 뜻을 모르는 낱말이 있을 때에는 지체 없이 사전을 찾아보아야 한다는 것이요, 그 둘째는 사전의 뜻풀이는 엄정한 위계 질서에 따라 적어야 한다는 사실이다. 둘째 사항이 사전을 만드는 사람이 지켜야 할 원칙의 문제라면 첫째 사항은 세상 사람들이 얼마만큼 친숙하게 사전을 접해야 하는가를 알려 주는 언어 생활의 원칙이라 하겠다.

세상을 살아가면서 알아야 할 것이 많이 있지만 그 가운데서 가장 기초적인 것이 정확한 말을 쓰는 일임을 부정할 사람은 없을 것이다. 그렇다면 우리말 사전은 누구나 지니고 있어야 할 것 아닌가? 그러나 우리의 주위를 둘러보면 전혀 사정이 다르다는 것을 알게 된다. 영어사전은 갖고 있으나 국어사전을 갖고 있는 사람은 그야말로 가뭄에 콩 나듯 희귀하기 그지없다. 초등학교 어린이에서부터 대학교 학생에 이르기까지 국어사전을 갖고 있는가 아닌가를 확인해 보면 그 실상은 대뜸 밝혀질 것이다. 우리는 국어 사랑은 나라 사랑이라고 구호만 외칠 일이 아니다. 국어 사랑은 나라 사랑이라는 사실을 생활로 증명하려면 무엇보다도 먼저 우리 국민 모두가 각자의 처지에 맞는 국어사전을 가져야 한다. 초등학교 학생은 그들의 수준에 맞는 소사전을, 그리고 중·고등학생은 또 그들의 수준에 맞는 중사전을, 그리고 한 가정에는 대사전을 한 질씩 비치해 두어야 한다. 그런 연후에, 미심쩍은 낱말을 만날 때마다 사전을 들추어보고 그 낱말의 정확한 뜻을 확인하는 습관을 길들여야 한다.

물론 이미 출간된 우리말 사전을 대조해 보면 뜻풀이에 차이가 나는 것도 있고, 뜻풀이의 순서가 엇갈려 있는 것도 있다. 그래서 어떤 이들은 그 차이를 발견하면서 '사전'이란 것이 절대 진리도 아니요, 또한 완벽한 것이 아님을 알게 될 것이다. 그러는 동안, 말이라는 것이 의사소통의 기본 수단이기는 하지만 거기에는 조심해야 할 몇 가지 항목이 있다는 것을 터득하게 될 것이다. 말은 시대에 따라 소리도 변하고 뜻도 변한다는 것, 말하는 이의 생각이 말 속에 완벽하게 드러나지 않을 뿐 아니라 완벽하게 드러나기도 어렵다는 것, 그리하여 말을 바르게 듣고 바르게 쓰기가 참으로 힘들고 어렵다는 것을 깨닫게 될 것이다.

요컨대, 사전 사용을 일상화함으로써 우리는 정제整齊된 언어 생활을 누리게 된다는 사실을 경험할 수 있을 것이다. 이것이 '말'을 직업적으로 다루는 사람들, 이른바 글쟁이나 국어 선생님만의 문제가 아님을 온 천하에 알리고 싶다.

'콘텐트'에 얽힌 사연

요즈음엔 영어를 모르면 행세를 못하게 되어 있다. 세계화 바람을 타고 번지는 서글픈 풍속이다.

언제부터인지 잡지의 겉표지를 넘기면 '차례'나 '목차'라고 적혀야 할 자리에 한글 표기도 아닌 영어 낱말 'CONTENTS'가 버젓이 찍혀 있다. 그렇게 해야 책이 더 잘 팔리는지 모르겠다. 나는 그래서 요즈음 '콘텐트/콘텐츠'에 대해 심히 불쾌한 심정을 갖고 있는 터에 또 하나의 콘텐트 사건을 맞고야 말았다.

방송 광고 분야에서 일하시는 분이 어느 날 나에게 전화를 주셨다. 광고 내용을 다루는 전문 분야 종사자들이 학회를 결성하려 한다는 말 끝에, 그 학회의 명칭을 어떻게 했으면 좋겠냐는 것이었다. 나로서는 대답할 말이 없었다. 내가 비록 말을 공부하는 사람이지만 학문의 내용과 성격을 모르니 이름을 짓는 일이 쉽지 않기 때문이다. 그러나 질문하신 분은 이미 내심으로 분명한 결정을 하신 뒤인 듯하였다.

다음은 그 분과의 일문 일답.

"우선 선생님의 복안이 있을 것 아닙니까? 광고 내용에 관한 모든 것을 영어로는 무어라고 합니까?"

"영어로는 콘텐트content라고 해요."

"그러면 광고내용학회廣告內容學會라고 하면 되겠네요?"

"그런 용어를 생각해 보지 않은 것은 아니지요. 그런데 단순히 '내용'이라고 하면 개념이 막연해지고 어딘가 저속하다는 느낌이 들거든요?"

"그러면 무어라고 하고 싶으세요?"

"저희는 그냥 영어를 써서 '콘텐트학회'라고 하면 안 될까 해서 선생님께 여쭈어 보았어요."

대화가 여기에 이르자 나는 나도 모르게 언성이 높아지고 말이 길어졌다.

"그 분야에 종사하는 분들이 그렇게 정하셨다면 그대로 결정하셔야겠습니다. 그러나 국어 문화의 장래를 생각하는 처지에서 괴로운 말씀을 드리지 않을 수 없습니다. 외국의 학문을 우리 토양에 옮길 때에, 그 개념에 꼭 맞는 용어가 없어서 외국어를 그대로 쓰는 것은 어쩔 수 없는 잠정 조치입니다. 그렇지만 광고 분야에서는 처음부터 우리말로 바꾸어 보려는 노력이 없지 않았나 생각됩니다. 카피라이터copy writer를 '광고 문안작가'라 하지 않았고, 크리에이티브creative를 '창의성'이라 하지 않았습니다. 영어를 그대로 써왔습니다. '콘텐트학회'라고 하자는 의견도 우리말로 바꾸어 보려는 노력을 포기한 상태에서 쉽게 결정하는 것이 아닌지 모르겠습니다.

분명한 사실 한 가지만 더 말씀드리겠습니다. 외국의 문물을 받아들여서 그것을 제 나라 말, 제 나라 토양에 맞게 바꾸는 힘이 부족한 민족은 결국 제 나라, 제 민족의 독자적인 문화를 만들어 나갈 수 없을 것입니다. 저는 '광고 내용'이란 용어가 그 분야 학문 성격에 맞지 않더라도 그것을 사용함으로써 민족적 문화적 독자성을 추구해야 옳다고 봅니다."

이렇게 내 말이 길어지는 동안, 나의 높아진 언성은 어느 틈에 울음 섞인 외침으로 바뀌고 있었다.

한글 전용과 천석고황泉石膏肓

천석고황이라는 말은 돌이킬 수 없는 깊은 병을 가리킨다. 그것은 벼슬살이에 뜻이 없는 선비가 자연을 벗삼아 유유자적悠悠自適하겠다는 꺾을 수 없는 고집을 뜻하기도 한다. 보기에 따라서는 아름다운 삶일 수 있다. 그러나 세상을 적극적이고 긍정적으로 살겠다는 진취적인 기상과는 거리가 있다.

한글 전용을 주장하고 실천하는 분들의 삶도 가만히 생각해 보면 천석고황에 통하는 바가 있다. 아름다운 우리 토박이말만 살려 쓰고 한글만 쓴다는 것은 분명 대견스러운 일면이 있다. 그러나 조금만 깊이 생각해보면 그것은 정당한 삶의 자세가 아님을 깨닫게 된다. 우리는 한복을 사랑하고 즐겨 입지만 한복만 입고 살자고 고집하지 않는다. 우리는 한옥을 사랑하고 그곳에서 살 때도 있지만 한옥만 짓고 한옥에서만 살자고 고집하지 않는다. 우리는 한식을 사랑하고 즐겨 먹지만, 사시장철 언제나 김치 깍두기에 된장찌개만을 고집하지 않는다. 세상을 살아간다는 것이 원래 어울림과 섞임의 연속이기 때문이다. 그래서 남의 것도 들여다가 내 것처럼 활용하는 것이 유무상통有無相通하는 삶의 슬기인 것이다.

그러면 어째서 글자 사용에 있어서 한글만을 고집하고 말하기조차 고유어만 살려 쓸 것을 고집하게 되었는가? 그것은 한마디로 일제 식민지시대의 잔영殘影이다. 나라 잃은 설움을 삭이며 정신을 가다듬어 나라를 찾기 위해서 우리가 모든 것을 다 빼앗겨도 이것만은 빼앗기지 말자고 했던 것이 바로 우리말이요, 우리 글자 한글이었다. 그 시대에는 우리가 한글을 지키고 고유한 토박이말을 보듬어 안고 있는 것만이 우리가 살아남아야 하는 정당성의 유일한 근거였다. 사실 그러한 옹고집, 통고집, 외고집 덕분에 우리는 나라를 다시 찾을 수 있었던 것이다.

그러나 세월은 흐르고 세상은 바뀌었다. 이제는 외고집을 부릴 경우 문화 발전의 대열에서 낙오자가 될지언정 결코 민족 문화의 수호자가 될 수는 없다. 오히려 민족 문화 발전에 걸림돌이 될 뿐이다.

우리말과 우리글을 지킨다는 명분을 내걸고 한글 전용을 주장하는 분들이 저지르는 실수는 크게 두 가지다.

첫째는 필요한 경우에 한자를 가르치고 사용하자는 사람들을 마치 민족 반역자로 매도하는 듯한 도덕적 결함이요,

둘째는 한자 학습과 한자 교육을 죄악시罪惡視함으로써 인간에게 보편적으로 지니고 있는 알고자 하는 권리, 배우고자 하는 권리를 박탈하려는 행위다. 그것은 자연법을 거스리는 일이다. 스스로 한글만 고집하는 것은 개인의 자유일 수 있으나 남에게 그것을 강요함으로써

다른 사람의 지적 욕구를 억압하려는 것은 아무래도 하늘을 거스리는 행위인 것만 같다.

한글 사랑의 외고집은 이제 21세기의 넓은 들판으로 나오면서 낡은 때를 훨훨 털어버려야 한다.

4장

문화점검
文化點檢

4장
문화점검 文化點檢

한국의 문화 상징 열 가지
'돈'에 담긴 문화 의식
가정 의례와 민족 정서
'앞장서기' 위하여
전통문화 살리는 개혁을
목소리를 낮추자
부정과 비리로 얼룩진 하루
기록 문화 꽃피우기

한국의 문화 상징 열 가지

하루가 다르게 이 세상은 세계화·국제화의 물결 속에 휘말리고 있고, 그럴수록 한국이라는 나라와 한국인이라는 민족 공동체는 세계 속에 제 모습을 분명하게 드러내야 할 절박한(?) 형편이 되었다. 세계화가 빠른 속도로 진행하면 할수록 우리는 더욱더 '우리다움'을 지니며 살아야 하기 때문이다. 이러한 시대적 요구에 맞추기 위해 우리 정부는 무엇을 '우리다움'의 징표로 내세울 것인가를 고민하면서 뽑아 놓은 것이 다름 아닌 '한국의 문화 상징 열 가지'이다.

그것은 무엇보다도 외국 문화와 뚜렷이 구별되는 것이어야 한다. 그러면서도 평이하고 단순하여 쉽게 눈에 띄는 것이어야 하며, 이미 이 세상에 얼마간 알려진 것이라면 금상첨화錦上添花일 것이다. 그런 것이라면 인종과 종교를 초월하여 누구에게나 호감을 줄 것이다. 그리고 그것은 일상의 생활 속에서 자연스럽게 접할 수 있어야만 한다. 이러한 조건을 모두 구비한 것이 어디에 있겠는가? 그러나 우리는 다음과 같이 최상급 다섯 가지와 차상급 다섯 가지를 고를 수 있었다. 최상급 다섯 가지는 다음과 같다.

1) 한글 2) 한복 3) 김치·불고기 4) 불국사·석굴암 5) 태권도

한글이 우리 민족을 대표하는 문화 상징의 첫째라는 데에 이견을 내놓을 사람은 아무도 없을 것이다. 그것은 우리말을 담는 그릇이며 더 나아가 우리말이 담고 있는 민족의 정신을 표상하는 것으로 승화할 수 있기 때문이다. 그 다음으로 한복, 김치·불고기, 불국사·석굴암으로 이어진다. 이것들은 한국 사람의 의식주衣食住를 대표하고 상징한다는 점에서 더없이 합당한 것이라고 생각된다. 옷과 음식과 집, 이 기본적인 삶의 세 가지 요소에서 우리가 세상에 내놓으며 자랑할 것이 있다는 것은 이미 우리가 이 세상의 일등 민족이라는 선언을 하는 셈이다. 그리고 다섯 번째로 태권도가 이어진다. 여기에 이르러 강건한 육체의 민족적 자부심이 꽃을 피운다.

첫 번째, 정신 문화의 알맹이인 문자 한글이 있고, 그 다음에 의식주를 대표하는 한복, 김치·불고기, 불국사·석굴암이 있으며 그 끝에 육체 문화의 수문장 태권도가 버티고 있다.

이만하면 세계를 선도할 자격을 갖춘 민족이 아니겠는가? 다음으로 차상급 다섯 가지는 다음과 같다.

6) 고려 인삼 7) 탈춤 8) 종묘제례악 9) 설악산 10) 세계적 예술인

    이들 다섯 가지에 대하여는 더러 다른 견해를 내놓는 사람이 있을 수 있다. 고려 인삼이 한국을 대표하지 않는 바 아니나 어딘가 꺼림칙하다. 왜냐하면 인삼이란 명칭이 국제적으로는 '진생'이라는 일본말이기 때문이다. 탈춤과 종묘제례악은 그런대로 수긍이 간다. 그러나 설악산은 북한에 있는 금강산과 백두산에 비하면 그 격이 떨어진다. 끝으로 세계적 예술인정명훈, 백남준 등이 자랑스럽지 않은 것은 아니나 세계적 학자가 없다는 점에서 짝을 잃은 것 같아 서운하기 그지없다.
    우리는 차상급 다섯 가지의 갱신을 위해 21세기에는 피나는 노력을 기울여야 할 것이다.

'돈'에 담긴 문화 의식

　내 사무실 정면 벽에는 편액扁額 하나가 걸려 있다. 작년 초에 IMF사태로 온 국민이 어려움을 겪고 있을 때 만든 것인데 돈 문제의 해결은 돈 속에 있다는 내 평소의 신념을 적은 글자가 적혀 있다. '돈 문제의 해결은 돈 속에서' 라는 내 생각은 이열치열以熱治熱이라든가 약존어독藥存於毒: 독 속에 약 있다.같은 동양 전래의 통념에 뿌리를 둔 것이지만, 그 뿌리가 싹을 틔운 것은 IMF사태 덕분이라고 할 수 있다.

　한 나라의 경제 구조가 그 나라의 문화 의식과 깊은 관련을 맺고 있다면, 세상 사람들은 조금은 의아해할 것이다. 그러나 나는 어쩌다 외국 나들이에 나갔다가 그 나라의 돈을 보면서 돈과 문화 의식이 너무나 밀접하게 묶여 있다는 사실을 알게 되었다. 내 사무실 벽에 걸린 편액에는 여섯 개의 글자, 세 개의 낱말이 적혀 있다. 첫째 낱말은 이타利他요, 둘째 낱말은 지경持敬이요, 셋째 낱말은 활간活看이다. 어찌 보면 불교 냄새도 나도 또 유교의 냄새도 풍기는 이 낱말은 어떻게 찾은 것인가?

내가 일본에 처음 갔을 때 일본 돈에서 처음으로 만난 인물은 이토 히로부미伊藤博文였다. 초등학교 시절부터 이등박문과 안중근 의사를 함께 공부해 온 나로서는 우리 민족이 원수처럼 여기는 사람이 일본에서는 돈에 찍히어 존중된다는 사실을 선뜻 받아들일 수가 없었다. 그러나 즉시 "아하, 이등박문은 일본 사람들에게는 일본 근대화의 은인이로구나." 라는 결론을 내리게 되었다. 또 다른 일본 종이돈에는 나쓰메 소세키夏目漱石와 후꾸자와 유기찌福澤諭吉가 찍혀 있었다. 이들은 누구인가? 모두 19세기 말엽에서 20세기 초엽에 걸쳐 일본의 근대화에 박차를 가했던 인물이 아닌가. 이토는 정치가요, 나쓰메는 소설가요, 후꾸자와는 사상가였지만 모두 비슷한 시기에 일본을 서구 열강의 대열에 올려놓는 데 주춧돌이 된 사람들이었던 것이다. 종이돈에 찍힌 인물만을 놓고 본다면 일본은 백여 년 전의 근대화 정신을 먹고 사는 나라라고 할 수 있다.

그렇다면 우리나라의 종이돈은 어떠한가? 만 원짜리에 세종대왕, 천 원짜리에 퇴계 이황李滉선생, 그리고 오천 원짜리에 율곡 이이李珥선생이 모셔져 있다. 사백 년에서 오백여 년 전 조상의 정신을 흠모하며 사는 사람이 다름 아닌 우리들이다. 그러면 우리는 이 분들의 어떤 점을 흠모한다는 말인가? 나의 편액에 적힌 세 개의 낱말은 바로 이들 세 분의 조상이 평생의 삶으로 가르쳐 주신 말씀이다. 세종대왕은 백성들의 복리 증진을 위해 임금 노릇을 하신 분이다. 남을 이롭게 한다는 뜻의 '이타利他'는 세종대왕의 삶이었다. 퇴계 이황 선생은 벼슬자리에 나아가거나 도산서원을 차리고 제자들을 가르칠 때이거나 한결같이 삶의 기본을 겸손에 두었었다. 입버릇처럼 경敬의 중요성을 강조하였다. 언제나 겸허謙虛의 마음을 지니며 사셨다. 그것을 퇴계 선생은 '지경持敬'이라 말씀하셨다. 이제 남은 것은 율곡 선생의 가르침이다. 율곡 선생이 돌아가시기 전에 당시의 국제 정세를 조감하면서 십만양병十萬養兵을 목청 높여 주장하였다. 그러나 그때에 선생의 말씀에 귀 기울이는 사람은 별로 없었다. '활간活看'이란 살아 있는 통찰력으로 멀리 바라보는 슬기를 뜻한다.

만일에 우리가 천 원짜리, 오천 원짜리, 만 원짜리 지폐를 매일같이 사용하면서 하루에 단 한 번이라도 '이타'와 '지경'과 '활간'의 정신으로 우리의 경제 생활을 꾸려가는가를 반성하였다면 우리나라에 IMF 사태가 찾아왔을까? 여기에 이르러 우리나라의 경제적 난국은 어느 누구의 탓도 아닌 우리들 자신의 어리석음 때문이었음을 깨닫는다. 그러나 지금이라도 늦은 것은 아니다. 세종과 퇴계와 율곡을 우리 조상으로 모셨다는 사실과 그분들의 가르침 '이타', '지경', '활간'을 실천할 의지가 있기만 하다면.

가정 의례와 민족 정서

우리는 미국이라는 나라에 대하여 매우 복잡한 감정을 지니고 있다. 정치·군사적으로 우방 국가이긴 하지만 경제·문화적 차원에서는 서로 다른 방향을 택할 때가 많기 때문이다. 6·25 때 베풀어준 원조에 고마움을 느끼면서도 가난한 흥부네가 넉넉한 놀부 형님에게 갖는 서운함을 동시에 품고 있다. 그러나 총체적으로 미국에 대한 감정을 한마디로 요약한다면 그것은 밑도 끝도 없는 '부러움'일 것이다.

그러면 우리는 미국의 무엇을 부러워하는가? 그것을 나보고 말하라면 나는 첫 번째로 단일한 의식 절차를 손꼽겠다. 새로 당선된 미국 대통령이 취임 선서를 할 때 한 손은 성서에 얹고, 다른 손은 곧추세운 모습, 그것이 제일 부럽다. 그것은 미국의 정신·도덕·문화적 기초가 그리스도교의 가르침을 벗어나지 않는다는 것, 그리고 미국 사람들의 생활 중심 축에는 언제나 성서가 놓여 있음을 증명하는 것이기 때문이다. 다양한 민족이 제각기 다른 종교를 믿으며 다른 풍습과 다른 음식을 먹으며 모여 사는 다종족 국가이건만 하나의 종교 예절이 공식적인 예식에서 전 국민을 하나의 공동체로 묶을 수 있는 나라, 그것이 미국이다.

우리나라 사정은 어떤가? 박정희 전 대통령과 김대중 전 대통령 장례식을 회상해 보기로 하자. 그때의 장례 예절은 천주교, 개신교, 불교 세 종교 대표자의 연합 집전이었다. 정확하게 표현하면 세 종교 단체 성직자들이 차례대로 기도하고 염불하는 혼합 예절이었다. 그러하게 잡탕을 만든 것은 그렇게 해야만 비로소 온 국민이 그 추도에 동참했다는 의식을 가질 것이라고 생각했기 때문이었다. 이러한 사실로 미루어 볼 때, 우리나라는 국민의 기본정서, 기본 사상이 단일하다고 입을 모아 말하지만 어느 틈엔가 아버지는 성당에 가시고, 어머니는 예배당에 가시고, 아들·딸은 법당을 찾는 혼합 종교 가족을 구성하게 되었다.

이때 그 가족 구성원들의 각자의 종교 생활을 인정하고 서로 화목할 수 있다면 참으로 다행스러운 일이요, 어떤 면에서 바람직하다고 하겠으나, 사정은 그렇게 단순하지가 않다. 종교적 속성 속에는 '나'는 옳고 '남'은 그르다고 하는 독선적獨善的요소가 있기 때문이다. 누구나 자기가 믿는 종교를 절대 진리라고 생각한다. 자기식대로 살지 않는 것을 측은하게 여기기도 하고 죄악시하기도 하며 심하면 적대시하기까지 한다. 여기에서 분란의 싹이 트고 민족 공동체의 단일성 의식에 금이 간다.

우리나라는 예부터 유교와 불교가 조화를 이룬 관혼상제冠婚喪祭가 치러져 왔다. 그러나 금세기에 들어와 천주교, 개신교, 불교의 삼극화三極化현상은 이러한 전통 예절에 혼란과 분열을 발생시켰다. 관례는 이미 없어졌으니 이야기할 필요가 없다. 혼례는 혼인 당사자와 그 가족들의 결정 사항이므로 축하객은 구경꾼으로 머물면 그만이니까 특별히 문제 삼지 않아도 된다. 제례祭禮도 가정 안의 문제이므로 외부 사람과의 갈등이 발생하지 않는다. 그러나 상례에 오면 사정이 달라진다. 돌아가신 분을 추모하고 그 가족을 위로해야 하는 조문객은 단순한 바깥사람이 아니다. 그들은 각자 자기의 종교가 있고, 그 종교 방식대로 돌아가신 분의 명복을 빌고 싶어 한다. 냉정하게 생각해 보면, 그것은 문상 온 분이 돌아가신 분에게 드릴 수 있는 고유 권한이라고 할 수 있다. 그런데 어떤 가정에서는 그 가정이 선택한 종교 예절에 따라 조문할 것을 강요(?)한다. 분향을 해야만 명복을 비는 보람을 느끼는 사람에게 분향도 할 수 없게 할 뿐만 아니라, 절도 하지 말라 하고 흰색의 국화꽃 한 송이를 영정 앞에 올려놓고 어색한 묵념을 시키는 일이 항다반사恒茶飯事로 벌어지고 있다.

우리는 상주喪主가 베옷에 굴건屈巾을 쓰고 대지팡이를 짚고 서있기를 바라는 것이 아니다. 생활 양식이 달라지면서 상복의 변화가 온 것은 역시 세상의 흐름에 따르는 것으로 보아 넘길 수 있다. 더 나아가 분향을 없애는 것도 참자면 참을 수 있다. 그러나 '절'도 못하게 하는 것은 분명 문상객에 대한 상주의 횡포라는 생각을 지울 수 없다.

단일민족이라고 단일성을 강조하던 우리나라 사람들이 민족 정서의 기본 공감대가 무너져 가는 이런 현상을 제도적으로 정리할 수 없는 것일까? 천주교, 개신교, 불교가 단일한 예식 절차를 진행하면서 서로 만족하며 행복할 수는 없을까? 현재로서는 특별한 묘책이 없는 것 같다. 그렇지만 국화꽃 한 송이를 영정 앞에 덜렁 얹어 놓을 때에는 가슴속에 찬바람이 일며 한없이 허전하다.

'앞장서기' 위하여

새 정부가 들어서면서 '세계화'라는 낱말이 잘 쓰이지 않는 듯하다.

앞선 정부가 세계화를 기치로 내걸고 국민들이 시선과 거취를 나라 밖으로 돌리며 간덩이만 부풀리다가 경제 난국을 맞았으니 이제 세계화라는 말만 들어도 그것이 곧 지난날의 실정失政을 불러온 원인이라고 생각하는지도 모르겠다.

그러나 이 세상은 '하나의 지구에 하나의 인류'라고 하는 대명제를 향하여 도도히 흘러가는 강물이다. 그러므로 우리는 그 세계화의 흐름에서 벗어날 수도 없고, 그 흐름을 늦출 수도 없다. 다시 말하여 우리는 그 세계화의 물결 한복판에 들어 있는 것이다. '세계화'라는 낱말이 듣기 싫으면 '지구촌에 함께 살기' 또는 '지구촌에 앞장서기' 쯤으로 말을 바꿀지언정 우리의 행보를 멈출 수가 없게 되어 있다. 역설적이기는 하지만 우리의 경제가 국제기구의 원조를 받으면서 회생의 몸부림을 치는 것 자체가 국제 경제의 세계화를 반증하는 것이다.

그런데 문제는 우리 국민이 그 '앞장서기'에 적극적으로 나서려는 자세가 있는가 하는 점이다. 앞장서기 위하여 우리는 남들보다 빨리 걸어야 한다. 땀 흘리며 뛰어야 할 때도 있다. 남이 놀 때 나도 놀고, 남이 쉴 때 나도 쉬면 결코 앞설 수 없다. 그러면 다시 물어보자. 우리는 왜 앞장서기를 바라는가? 어리석은 물음이지만 여기에 성실하게 대답해야 한다. 그것은 우리가 이 세상에서 당당하게 살기 위해서다. 지난날 앞장서지 못했기 때문에 식민지 굴레에서 신음했으며 동족상잔의 비극으로 몸살을 앓은 것이고, 또 지금도 경제 회생을 위한 처절한 진통을 겪고 있지 않은가?

우리는 이 세상에서 당당하게 살아가기 위하여 앞장서야 한다. 맨 앞줄에 서서 전진할 때에만 훤히 트인 앞길이 보이는 법이다. 그런데 지금 국민은 앞장서기 위하여 무엇을 하고 있는가? 땀 흘리며 뛰기 위하여 신 끈을 졸라매고 있는가? 우리들의 존재와 그 위치를 확인하기 위하여 준엄한 자기 반성의 시간을 마련하고 있는가?

이때에 우리는 이스라엘 사람들이 강의실에서 수업하는 첫머리에 마음에 새기며 복창하는 다음과 같은 선서문을 생각해 볼 필요가 있다.

"…세상을 살다보면 부유할 때도 있고 가난할 때도 있습니다. 자유를 누릴 때도 있고 억압을 받을 때도 있습니다. 그러나 그 어떤 경우에도 우리는 우리 자신을 잃지는 않습니다."

이것은 선서라기보다는 차라리 야훼 하느님께 자신들의 존재가 무엇인가? 자신들이 야훼 하느님으로부터 받은 소명이 무엇인가를 묻는 외침이요 기도라고 생각된다. 그러한 결의와 자세가 3000년의 유랑 생활에서도 민족의 정체성을 상실하지 않고 살아남아서 이스라엘 땅에 제 나라를 세우게 하였던 것이다. 그들은 흥미롭게도 1948년에 독립을 선언하였다. 그래서 이스라엘과 우리나라는 똑같이 금년으로 독립 60주년을 맞고 있다. 그런데 그들은 사막을 옥토로 바꾸며 여러 분야에서 명실공히 세상을 앞장서서 이끌고 있다. 이스라엘은 세계 20위권 이내에 들어 있는 대학이 세 개나 된다. 그러나 우리나라는 세계 150위권 이내에 들어 있는 대학이 단 하나도 없다. 이러고도 '지구촌에 앞장서기'가 과연 가능한 것인가?

그 앞장서기는 월드컵 축구대회에서 우리나라가 16강에 드느냐 안 드느냐 하는 것으로 이루어지지 않는다. 한국에서 또 올림픽이나 월드컵을 개최하느냐, 마느냐 하는 것에 따라 이루어지는 것도 아니다. 또 유행에 민감한 청소년들이 헐렁한 바지를 입고 땅바닥의 먼지를 쓸며, 똑같은 맵시에, 똑같은 화장으로 거리를 누비는 것으로 이루어지는 것도 아니다. 또 그것은 학점을 잘 주는 교수의 강의를 찾아다니거나, 숙제를 많이 내는 과목은 수강 취소를 하는 일부 대학생들 — 쉽게 살기의 선두 주자들 — 이 많은 나라에서는 결코 이루어지지 않는다. 그리고 그것은 이름만 조금 더 알려진 대학으로 편입학하기 위하여 아무 대학에나 입학했다가 다른 대학으로 옮겨가는 대학생이 한 해에 5만 명이 넘는 나라에서는 결코 이루어지지 않을 것이다.

그것은 우리가 누구인가를 스스로에게 준엄하게 물으며 각자가 자기의 길을 묵묵히 걷고자 할 때 이루어지기 시작할 것이다. 그러므로 우리는 이제부터 앞장서기 위하여 조용히 골방으로 숨어들어야 한다. 그리고 기도해야 한다.

"우리는 누구입니까? 이 세상을 당당하게 살아갈 자격이 없는 민족입니까? 언제까지나 남의 꽁무니만 따라다니며 수모를 받아야 합니까? 이제는 이 민족에게도 힘을 주소서, 슬기를 주소서, 결코 실망시키지 않겠나이다."

전통문화 살리는 개혁을

금세기도 어느 덧 10년 가까이 지나간다. 이제 우리는 과거 20세기가 우리 민족에게 어떤 의미가 있었는가를 여러 방면에서 검토해 보아야 할 때가 되었다. 왜냐하면 이 20세기는 우리 민족사에서 수치와 오욕으로 얼룩진 세기였기 때문이다. 따라서 이러한 부끄러움의 역사는 두 번 다시 되풀이되어서는 아니 되겠다는 결의를 다지며 21세기를 떳떳하게 질주하여야겠다.

20세기의 부끄러움은 그야말로 한두 가지가 아니다. 무엇보다도 먼저 나라를 일본 사람 손에 넘겨주었던 경술국치庚戌國恥가 그 첫째요, 해방을 맞이하고도 단일 국가를 세우지 못하고 나라를 두 동강으로 쪼갰던 남북 분단이 그 둘째다. 먼 훗날 우리의 후손들은 우리나라 역사를 공부하며 가르치다가 "20세기만 슬쩍 건너뛰면 얼마나 좋을까?" 이렇게 생각할지도 모른다. 그러나 이러한 정치적 사건 못지않게, 크게 잘못한 것은 전통문화에 대한 인식과 태도다. 그것은 물론 나라를 잃은 설움을 삭이기 위한 방편이었으나 참으로 잘못된 발상에 근거한 것이었다.

우리 속담에 '잘못되면 조상 탓이요, 잘되면 자기 덕이다'는 말이 있다. 나라 잃은 설움을 조상들의 무능으로 돌리면서 과거의 모든 정신적, 문화적 전통과 유산을 헌신짝 버리듯 내팽개친 것이었다. 그리고 일본으로부터 근대화에 필요한 지식과 기술을 정신없이 받아들였다. 물론 이 무렵에 뜻있는 인사들의 민족 문화 보존 계승을 위한 피나는 노력이 없었던 것은 아니다. 그러나 그것은 대세를 바꾸는 큰 물줄기는 되지 못했고 언제나 연약하게 울리는 산골짜기의 메아리였다.

해방이 되고, 반쪽만의 민주국가를 세웠다고 해서 전통문화에 대한 인식이 새로워진 것은 아니었다. 경박한 미국의 군사 문화와, 프래그머티즘이라는 실용주의實用主義 사상이 팽배하면서 그나마 명맥을 유지하던 전통문화는 점점 더 설 땅을 잃고 말았다. 우리는 앞다투어 어떻게 하면 미국 사람들처럼 옷 입고, 밥 먹고, 모양내고 몸짓하며 살 것인가를 고민하였다.

세계화를 부르짖으며 영어 교육을 초등학교까지 끌어내렸다. 그렇지만 신라의 원효대사가 세계화를 실현하고자 중국 유학을 떠났다가, 세계화가 지역적 개념이 아니라 정신적 개념임을 깨닫고 중도에 되돌아왔다는 사실은 교육시키지 않는다. 한 걸음 양보하여 세계화를 지역적 개념에 국한시킬 경우, 선구자적 개척 정신으로 신라의 스님 혜초가 1200년 전에 어떻게 인도를 여행하고 『왕오천축국전往五天竺國傳』을 남기게 되었는지 가르치지 않는다.

요컨대 우리는 '세계 속의 한국'을 만들기 위하여 온 국민이 나라 밖으로만 눈을 돌리고 있을 뿐, 제 모습을 냉엄하게 돌아볼 줄은 모르고 있다.

얼마 전 일이다. 대학 시절부터 미국에 유학하여 공부하다가 그곳에서 지금까지 우리말을 가르치고 있는 50대 후반인 여선생님과 몇 명이 어울려 점심을 함께 하는 자리였다. 그 여선생님이 남편을 미국에 남겨둔 채 혼자만 잠시 귀국한 처지였으므로 우리 가운데 한 사람이 농담으로 한마디를 던졌다.

"지아비는 어떻게 하고 이렇게 한국에 나와 있어요?"

"네? 지아비가 뭐예요?"

우리들은 그 순간 '저 분이 정말 한국어 선생인가?' 하는 의아심으로 뒷말을 잇지 못했다. 그러자 즉시 한 사람이 "집아비의 변한 말로 남편을 가리키는 말인데, 몰랐어? 지어미는 아내를 가리키고 말이야."하고 얘기를 꺼냈기 때문에 그 어색했던 분위기는 풀어졌다.

이 작은 사건은 그 주인공이 우리말 선생님이었기 때문에 문제가 더 큰 것이지만, 지금 우리나라가 경제 회복과 21세기의 새로운 도약을 준비하면서 자칫 잊고 놓쳐버리는 게 그 국어 선생님의 낱말 실력 같은 것이 되지 않으리라는 보장은 없다.

우리는 이 글에서 '민족 문화'가 뜻하는 구체적인 내용에 대해 장황하게 언급할 여유가 없다. 그것은 조상 대대로 지켜온 우리들의 도덕적 정신 구조와 우리의 고유한 언어에 바탕을 두고 있다는 것만 지적해 두고자 한다. 앞으로 우리는 더욱더 정보화 사회에 발맞추기 위한 기술 도입과, 지속적인 구조 조정과 개혁을 단행하여야 할 것이다. 그러나 전통문화의 밑거름이었던 인성 교육이 배제된 정보 기술은 고도의 해커를 양산할 것이요, 허울만 외국 모델에 짜 맞추는 개혁은 '지아비, 지어미'도 모르는 국어 선생님을 만들어 낼 것이 분명하다. 진정으로 가슴 졸이는 나날이다.

목소리를 낮추자

몇 해 전 미국 시카고 공항에서 겪었던 일이다. 나는 시카고에서 어바나 샴페인으로 가기 위하여 국내선 비행기로 갈아타는 수속을 하는 접수대를 찾았다. 그 접수대에는 기다리는 행렬이 길게 늘어서 있었다. 나는 그 줄 끝에 서서 내 차례가 오기를 기다렸다. 한참을 기다렸지만 줄이 줄어드는 것 같지 않았다. 그래도 나는 줄이 줄어들 것을 기대하며 기다렸으나, 여전히 줄이 줄어들지 않자 접수대에 가서 그 이유를 알아보았다. 그랬더니 그날 기착지의 기상 사정이 나빠서 비행기가 결항이 되었는데, 항공사에서 손님들을 위해 호텔을 마련하고 조금 전부터 숙박권을 나누어주는 사무가 진행 중이라는 것이었다.

나는 어차피 그날 중으로 목적지에 가기는 틀렸으므로 느긋한 마음으로 내 차례가 오기를 기다리기로 하였다. 그렇지만 여전히 줄은 줄어들지 않았다. 저녁 6시경에 시작한 사무가 내 차례가 오기까지는 4시간이나 기다려야 했었다.

그런데 참으로 이상한 일은 그 항공사 직원들이 자기네들끼리 농담을 해가며 그야말로 여유만만하게 사무를 진행하는 것이었다. 게다가 더 이상한 것은 기다리는 손님들이 조금도 불평을 하지 않고 자기 차례를 기다리는 것이었다. 내 뒤에 있던 젊은 친구는 기다리기가 몹시 지루했는지 "이러다간 여기서 날이 새겠네."라고 혼잣말로 투덜거리는데 그 소리가 바로 앞에 서 있는 나에게도 겨우 들릴 듯 말듯한 작은 목소리였다.

나는 그날의 그 느긋했던 항공사 직원들의 사무 처리 모습과, 인내롭게 기다리던 손님들의 모습을 지금도 잊을 수 없다. 만일에 이와 같은 일이 우리나라에서 있었더라면 어떠했을까? 사무 처리를 빨리하지 않는다고 손님중의 몇몇 사람은 접수대를 향하여 큰 소리로 욕지거리를 해댔을 것이다.

또 한 번은 이런 일도 있었다. 프랑스 파리의 어느 음식점에서였다. 내가 동료 한 사람과 마주 앉아 있는 건너편에 10여 명의 손님들이 앉아 있었다. 한눈에 우리나라에서 온 관광객이라는 것을 알아볼 수 있었다. 그들은 처음에는 별로 말이 없더니 식사가 시작되자 한두 사람의 음성이 높아졌고, 급기야는 홀이 떠나갈 듯한 웃음이 터져 나오기도 하였다. 다른 식탁에 앉아 있는 손님들이 힐끗힐끗 그들을 쳐다보는 것이었다. 식당의 종업원들이 난감한 듯 바라보고 있었다. 어느 틈에 내 얼굴이 벌겋게 달아올랐다. 나는 짐짓 못 본 체, 못 들은 체하며 마주 앉은 동료에게 눈만 끔벅거리고 있었다. 그때는 우리나라 한 사람 당 국민소득이 5000달러인지 6000달러인지가 되었다고 우쭐대던 무렵이었다.

지금 이런 이야기를 쓰고 있는 것은 얼마 전에 끝난 국회 국정감사에서 독설毒舌과 고성高聲이 어지럽게 춤추었기 때문이다. 그리고 신문에는 그러한 독설과 고성에 특기가 있는 국회의원을 마치 개선장군처럼 소개하였기 때문이다.

내가 알기로 국회는 대화의 장소요, 협의를 위한 모임이다. 나라살림을 하다가 잘못한 것을 폭로하는데 목적이 있는 것이 아니라, 그 잘못을 고치기 위한 슬기를 창출하는 장소요, 좀 더 나은 미래를 설계하는 모임이다. 그런데 어떤 선량選良은 속기록에 남기기 위한 공격성 발언, 선정성 질문을 퍼붓고는 정작 그 대답을 들어야 할 시간에는 자리를 비운다고 한다. 처음부터 대화하고 협의할 생각이 없었음이 분명한 처사라 아니할 수 없다.

하기야 국회에서 하는 모든 일이 그런 식으로 진행되지는 않을 것이다. 그러나 아직까지 우리나라에서 '대화의 문화'가 자리잡지 못한 것은 분명하다. 목소리 큰 놈이 이긴다고 하는 상스럽고 졸렬한 생각이 온 나라에 넘쳐흐르고 있다.

자동차 접촉 사고가 일어난 길거리에서 목청을 높여 언쟁하는 장면을 목격한 사람들은 생각할 것이다. 그와 똑같은 사건이 벌어졌을 때, 어느 나라에선가 양쪽의 운전자가 겸연쩍은 듯 마주 보고 웃으며 교통순경이 오기를 기다리는 장면을!

자, 이제 우리도 웃으며 대화할 때가 되지 않았는가. 우리의 옛날 조상들은 식사할 때에 음식 씹는 소리조차도 내지 말라고 가르치셨다. 또 남의 말이 끝날 때까지 조용히 귀 기울여 들을 줄 알아야 한다고 가르치셨다. 온화한 음성으로 결코 크게 말하여서는 아니 된다고 기회

있을 때마다 타이르시기를 게을리 하지 않으셨다.

여기까지 쓰다가 문득 '쇠귀의 경 읽기'라는 속담이 생각나는 것은 무슨 까닭일까?

부정과 비리로 얼룩진 하루

1.

우리 집에서 골목을 빠져나와 큰길에 들어서면 교통 순경이 딱지를 떼는 함정이 있다. 길은 오른쪽으로 굽어 있고 그 굽이에 횡단보도가 있는데, 초행길의 운전자들은 빨간 신호등이 켜져 있어도 횡단보도를 건너는 사람이 없으면 멈추어 섰다가 슬며시 그냥 달리는 수가 있다. 그때마다 굽은 골목길에서 20m쯤 물러서서 지키고 있던 교통 순경이 나타나 신호 위반 딱지를 뗀다. 오늘 아침에도 딱지를 떼는 장면을 목격하였다. 운전자들은 자신이 분명히 잘못을 범했으므로 꼼짝없이 당하게 된다.

"신호 위반하셨습니다."

"예, 잘못했군요. 보행자가 없길래 그만…"

"잘못을 인정하시니, 제일 싼 것으로 끊겠습니다."

나는 더 이상은 듣지 못하고 길을 지나쳤다.

2.

편도 3차선의 큰길이었다. 나는 2차선을 달리고 있었고, 3차선에 봉고트럭이 달리고 있었다. 마침 신호등이 빨간색으로 정지 신호가 켜져 횡단보도 앞에 멈추어 섰는데 나란히 달려오던 3차선의 봉고트럭이 경적을 울리며 나에게 신호를 보냈다. 나는 그 운전자가 길을 물으려는가 싶어서 차의 유리창을 열었다.

"사장님, 바다회 좋아하시죠?" (이건 웬 뚱딴지 같은 질문인가?)

"그런데요?" 엉겁결에 내가 대답하였다.

"제가 지금 바다 활어회를 운반 중인데 좀 구경하시겠습니까?"

그때 파란 불이 켜졌기에 나는 두말하지 않고 내 길을 달렸다. 그러면서 생각해 보았다.

(만일 내가 활어회에 관심을 보이고 어느 후미진 곳에서 활어회를 사려했다면, 나는 틀림없는 장물아비가 되었을 것이다.)

3.

한참을 달려가다 보니 휘발유 넣을 때가 되었다는 표시등이 켜져 있음을 보았다. 가까운 주유소에서 기름을 넣기로 하였다. 주유가 끝난 뒤에 계기판의 액수를 확인하고 돈을 지불하였다. 주유소 직원이 거스름 돈과 서비스 휴지 한 통을 주면서 이렇게 말하는 것이었다.

"사장님, 영수증 용지가 떨어졌어요."

"아니, 영수증 용지가 없으면 영업을 못하는 거 아니오? 젊은이! 그러지 말고 사무실에 들어가 봐요. 영수증이 있을 거야."

나는 한참을 기다려 기어코 영수증을 받고서야 주유소를 빠져나왔다. 그런데 차안에서 거스름돈을 확인해 보니 1000원이 부족하였다. 영수증 챙기느라고 거스름돈을 확인하는 걸 잊었더니 거기에도 또 속임수가 도사리고 있었다.

4.

그날 낮에 나는 어느 단체가 주관하는 모임에서 특강을 하게 되어 있었다. 그 단체는 오랜 연륜이 쌓인 권위 있는 사회 봉사 단체였고, 또 내가 이야기해야 할 내용은 나의 전공 분야였으므로 나는 그 강의를 사명감을 가지고 기쁘게 응낙했다. 물론 그 특강 자체는 매우 보람 있는 것이었다. 청중들도 매우 진지하게 받아들였고 나 또한 정성스럽게 강의를 마칠 수 있었다. 그런데 문제는 강연료를 줄 때 생겼다. 10만 원의 강연료를 주면서 영수증을 해 달라고 하는데 금액을 적는 난은 비워놓고 서명하라는 것이었다. 담당 직원은 그렇게 할 수밖에 없는 처지를 잘 알지 않느냐는 태도였다.

나는 아무 말 않고 백지로 서명해 주고 말았다.

5.

그날 저녁 집에 돌아오니 아내는 추연한 표정으로 이렇게 말문을 열었다.

"여보, 언제쯤이나 우리 사회가 공정하게 굴러갈까요?"

아내가 관여하는 어느 모임에서 그날, 임원을 개선하는 총회가 열렸다. 회원은 100여 명 되지만 대개 40여 명 정도가 출석하고 활동하는 조촐한 단체다. 새로 회장을 뽑는 지금까지의 관례는 선임 부회장이

추대의 형식으로 다음 회장에 선출되는 것이었다고 한다. 그런데 그날은 총회 며칠 전에 입회한 70여 명의 신입회원들을 옆집 다방에 대기해 놓았다가 그 신입회원들을 총회에 참석시켜 투표하게 함으로써 70여 명의 무리를 몰고 온 인사가 회장으로 당선되는 해프닝이 벌어졌다는 것이다.

"아니 그 70여 명이 투표권이 있었단 말이요?"

"같은 길을 걷는 이들이 오순도순 꾸려왔던 일종의 친목 단체라, 입회하는 것만 반기던 처지였지요. 그동안 이런 일은 한 번도 없었어요."

"그렇다면 그것은 회장되겠다는 사람이 민주주의의 다수결 원칙을 악용한 횡포구만. 세상을 계도하는 지성인들의 모임에서도 그런 정치적 깡패 행위가 나타났단 말이오? 그렇게까지 해서 회장이 되면 그 마음이 평안하고 떳떳할까?"

그러나 그렇게 말하는 나 스스로도 하루 종일 마음이 편안하지 않기는 마찬가지였다. 우리가 언제까지 이러한 부정과 비리에 침묵하고 있어야 한단 말인가? 갑자기 숨 쉬기도 답답함을 느꼈다.

기록 문화 꽃피우기

사십 년 가까운 세월, 우리말 우리글을 가르쳐 온 나에게는 아주 작은 소원이 하나 있다.

그것은 세종대왕이 훈민정음을 창제하시고 반포하실 때, 그 훈민정음 창제의 취지를 밝힌 '훈민정음 서문'을 함께 발표하셨는데, 그 서문을 온 국민이 한 글자도 틀리지 않게 외우는 일이다. 옛말도 살리고 현대 감각도 살려서 다시 써 보기로 하자.

"나랏말씀이 중국에 달라 문자와로 서로 사맞지 아니할 쌔 이런 전차로 어린 백성이 이르고자 할 배 있어도 마침내 제 뜻을 시러 펴지 못할 놈이 하니라. 내 이를 위하여 여엿비 여겨 새로 스물여덟 자를 맹가노니 사람마다 하여 수비 익혀 날로 씀에 편안케 하고자 할 따름이니라."

108자밖에 되지 않은 이 짧은 선언문을 온 백성이 즐겨 외울 수 있으려면 어떤 방법이 있을까? 나는 그 방법을 궁리하다가 꽤 오래 전부터 이 108자의 서문을 노래로 지어 부르면 좋겠다는 생각을 하게 되었다.

아주 흥겹고도 우아한 곡조에 얹힌 노랫말은 기억하기도 좋고 잘 잊혀지지도 않을 것이므로 훈민정음 서문가序文歌는 그야말로 온 국민의 사랑을 받으며 애창될 것이다.

만일 나에게 기회가 주어진다면 나는 훈민정음 서문곡序文曲을 공모하겠다. 그래서 골라잡아 몇 곡을 온 국민이 두루 감상할 수 있는 시간대에 방송 매체를 통하여 발표하고 경연을 붙이겠다. 거기에서 결정된 곡을 애국가처럼 초등학교 때부터 가르치게 하겠다. 그러면 한글날이 없어져버린 것을 애석해 하지 않아도 될 것이다. 그 훈민정음 노래를 부르는 날은 모두 한글날이 될 것이기 때문이다.

그러나 이러한 소원이 언제 성취될 수 있을 것인가? 나는 그 꿈이 하루빨리 현실로 찾아오기를 빌고 있다. 그런데 마침 제2 건국운동이 범국민적으로 일어날 기미를 보이고 있다. 그 제2 건국운동이 구체적으로 무엇을 할 것인지는 모르겠으나, 거기에는 민족 문화 진흥을 위한 항목이 있을 것이다. 그렇다면 그 운동 차원에서 '훈민정음 서문 노래'도 만들어 낼 수 있지 않겠는가?

민족 문화 창달은 민족 문화를 사랑한다는 말만으로는 이루어지지 않는다. 민족 문화 자산을 창조적으로 활용할 때에만이 그것은 살아 있는 재산으로 민족의 정신을 풍요롭게 만든다. 그리고 그 재산은 현재의 잘못을 바로잡는 준엄한 거울이 된다. 가령 조선왕조 정조대왕 시절1776~1800에는 나라에 큰 행사가 있을 때마다 의궤儀軌라 하는 행사 보고서를 작성하였다. 이 의궤에는 행사의 모습을 한눈에 볼 수 있는 행차도는 말할 것도 없고, 행사에 참여한 사람의 명단을 신분 고하를 막론하고 모두 기록하였을 뿐만 아니라, 그 행사에 들어간 비용을 물품과 단가를 밝혀 몇 냥 몇 전에 이르기까지 빠짐없이 기록하고 있다. 행사에 참여한 노동자나 기술자의 이름과 주소가 적히고, 복무 일수와 실제로 한 일이 무엇이며 품값은 얼마였는가도 세세히 기록하였다. 심지어 매일 아침 저녁과 간식에 만든 음식이 무엇이며 그 그릇의 숫자, 재료의 종류와 분량, 그리고 비용을 있는 대로 기록하였다. 이러한 의궤를 검토해 본 사람이면 누구나 경험하는 것이지만 이토록 철저하고 상세한 국정 보고서가 일찍이 어느 나라 어느 시대에 또 있었는지 감탄과 전율을 함께 느낀다. 그러면서 동시에 우리 민족이 이렇게 우수한 기록 문화를 가진 민족이었구나 하는 뿌듯한 감동을 가슴에 품게 된다.

그리고 이 감동은 자연스럽게 "그렇다면 지금 우리나라는 이러한 기록문화의 전통을 유지하고 있는가?"라는 자문自問을 하게 되고, 그리고 우리는 얼굴을 붉히며 고개를 떨구게 된다.

자,『원행을묘정리의궤園幸乙卯整理儀軌』에서 대전大殿 수라상에 드는 비용을 어떻게 밝혀놓았는지 읽어보자.

> "밥 1냥, 국 1냥, 조치 2냥, 구이 3냥, 자반 2냥, 침채 5전, 담침채 5전, 청장 1전, 청연군주, 청선군주의 진지 및 국진짓상은 대전 수라상과 같다."

우리는 지금 이러한 기록 문화의 전통을 어떻게 창조적으로 살려나가고 있는가? 만일 살려나가지 못한다면 언제부터 살려낼 수 있을 것인가?

IMF경제 위기를 극복하는 방안은 여러 가지가 있을 수 있다. 그런데 내 생각으로는 우리 민족의 전통문화를 바르게 계승, 발전시키는 방법을 강구하는 것이 가장 빠른 지름길이 될 것 같다. 이것이 백면서생白面書生의 부질없는 꿈이겠는가?

5장

국한혼용
國漢混用

도전挑戰받는 한자문화권漢字文化圈

우리 인류가 이 지구상에 삶의 둥지를 틀고 살아온 이래, 여러 민족들이 여러 시대 여러 지역에 걸쳐 참으로 다양한 문명文明의 꽃을 피웠다. 그러나 불행하게도 어떤 문명은 흔적도 없이 사라졌고 또 어떤 문명은 그것이 아름답고 찬란하기는 했으나, 지금은 단지 돌덩이만 구르는 황량한 폐허로 남아있을 뿐이다.

그 중에서도 중앙中央아메리카 과테말라 고지에 남아있는 마야문명의 유적지, 멕시코 고원에 남아있는 아스테카문명의 유적지, 그리고 남아메리카 안데스 지역에 흩어져 있는 잉카문명의 유적지는 흔적만 남겨진 대표적인 문명의 유허遺墟들이다. 이들 마야족이나 인디오족들은 적어도 16세기 초까지는 아메리카 대륙 곳곳에서 그들 나름의 고유한 문화생활을 누리며 번영하고 있었다. 그런데 그들 문명은 왜 멸망의 길을 걸었는가? 잘 알려진 사실이지만 그것은 스페인의 침공侵攻 때문이었다.

그리스도교 문명만이 유일한 선진문명이며 그 외 모든 이민족異民族의 문화와 문명은 야만이라는 생각을 갖고 있던 스페인 제국주의 군대는 그들의 문명을 돌덩이만 남긴 채 사라지게 하였다. 황금을 찾는 데만 혈안이 되었던 스페인 군대는 살육殺戮과 파괴破壞를 능사能事로 삼았을 뿐 인명이나 유적을 보호하는 문제는 안중에도 없었다. 그리하여 16세기가 끝나기도 전에 독특한 문명을 누리던 마야문명, 아스테카문명, 그리고 잉카문명은 단지 폐허와 함께 그 이름만을 전하고 있을 뿐이다.

우리는 오백 년도 안 된 이 역사적 참상을 통하여 중대한 교훈을 얻는다.

〈"이 세상에 공존과 상생을 위반하는 어떠한 침략행위도 정당화될 수 없다"는 교훈을.〉

그러나 근현대사를 돌이켜보면 오백 년 전에 중남미대륙에서 자행된 무모한 침략과 살육행위는 여전히 지구상 곳곳에서 재현되고 있다. 이백여 년의 미합중국 역사는 북아메리카 인디언들의 멸망사滅亡史와 표리表裏를 이루고 있으며 19세기 이래 유럽 제국주의의 팽창은 아시아 아프리카에 무수한 식민지를 낳게 하였다. 이 과정에서 이른바 한자문화권漢字文化圈에 속한 동북아시아 여러 나라도 조금씩 사정이 다르기는 했으나 모두 서西유럽 열강의 제국주의적 마수魔手에서 자유로울 수 없었다. 한자문화권이 알파벳문화권과 비로소 정면으로 출동한 것이었다.

한자문화권에 속한 나라는 크게 넷이었다. 중국과 일본과 월남, 그리고 한국이다. 중국中國은 서유럽 강국의 끈질긴 통상압력으로 마카오와 홍콩을 조차租借해 주며 근대화를 위한 용트림을 시작하였다. 이때에 중국은 "근대화近代化의 걸림돌은 한자漢字다"라는 알파벳문화권들의 세뇌에 빠져들고 말았다. 20세기 초 중국은 어떻게 한자를 벗어날 것인가를 심각하게 고민하였다. 그러나 누천년 한자문화권의 두꺼운 층을 무너뜨리는 일은 중국 역사 자체를 말살하는 것을 의미했다. 다른 문자로의 대체가 불가능한 상황에서 중국이 취할 수 있는 방법은 간체자簡體字를 개발하는 것이었다.

일본日本은 고유문자 '가나カナ'가 있으나 그 '가나'는 한자와의 보조적 기능을 갖는 제2문자였다. 일본에서의 한자는 음독音讀과 훈독訓讀을 넘나들며 읽는 오랜 관행을 전통으로 확립한 처지여서 한자없는 문자생활은 상상할 수 없는 것이었다. 그래서 그들은 한때 '한자'와 '가나'를 모두 버리고 알파벳을 도입하자는 극단론이 나오기도 했으나, 오랜 관습과 전통을 아낄 줄 아는 일본인들은 한자수漢字數를 1,945자로 줄이는 고육책을 쓰면서 옛날 그대로의 문자생활을 영위하고 있다.

월남越南은 한자문화권 안의 나라 가운데 가장 불행한 경우에 속한다. 프랑스 식민통치자들이 한자를 없애고 알파벳으로 대체할 것을 극력極力 주장하였기 때문이다. 그리고 그것은 정책으로 밀어 붙였다. 1910년부터 20여 년에 걸쳐 한자를 폐지하고 월남어를 알파벳 곧 로마자로 바꾸어 나아갔다. 교과서와 국가시험에서 한자를 폐지하고 로마자로 바꾼 월남어쓰기를 강제强制하였다.

이 정책은 크게 성공하여 아주 빠른 시일내에 한자가 월남에서 사라지게 되었다. 이때에 독립운동 세력이 크게 반발할 수도 있었으나 프랑스 어를 강요하지 않고 월남어 자체를 살리는 것에 만족했기 때문에 이 정책은 성공을 거둘 수 있었던 것이다. 그 결과 월남어 가운데 60% 이상을 점하는 한자어가 알파벳으로만 표기되는 상태에서 광범위한 지식부재현상이 발생하게 되었다. 고급학문을 위한 교재도 교육도 불가능해진 상황에서 부유층은 프랑스 유학을 떠났고 하층민은 극심한 지적 빈곤현상에 직면하게 되었다. 1975년 월맹越盟이 공산체제로 통일을 성취한 후에도 학문부재學問不在 현상은 계속되어서 1985년까지 하노이 종합대綜合大는 법과대학을 설치할 수 없는 형편이었다.

다행인지 불행인지 한국은 알파벳에 완벽하게 대응하는 소리글자 '한글'을 가지고 있었다. 그래서 한글만으로 모든 문자생활을 이끌어 가자고 하였다. 오랫동안 우여곡절을 거치면서 1970년 이래 한글만 쓰기의 대중문화가 온 나라를 뒤덮었다. 그리고 지금 그 후유증에 시달리고 있는 것이다.

우리는 이제 더 이상 서구西歐 알파벳 문화의 충격을 얘기할 필요가 없다. 앞으로의 한국문화는 우리의 의지와 결단으로 만들어 나가는 것이기 때문이다. 그동안 우리가 서구문화권에 너무 휘둘려 왔다는 각성만 한다면 민족문화의 미래가 그렇게 어둡지만은 않을 것이다.

파행 반세기─우리나라의 어문정책語文政策

우리가 좋아하는 '신토불이身土不二'라는 말은 주로 우리나라 농산물이 우리 몸에 좋다는 것을 강조하는 데 쓰입니다. 실제로 우리나라 안에서 자생하거나 재배된 먹을거리가 우리 몸에 좋다는 것을 누구나 잘 알기 때문에 '신토불이'는 보편적인 진리로 이해하게 되었습니다. 그렇습니다. 우리 몸과 우리를 에워싼 자연환경은 둘이 아니요, 하나입니다. 그러한 뜻에서 신토불이는 만고의 진리가 될 수 있습니다.

그런데 불행하게도 이렇게 평범한 진리를 우리나라의 어문정책語文政策은 정면으로 위반하기를 반세기나 지속해 오고 있습니다. 참으로 한심하고 안타까운 일입니다. 이제 이 문제를 좀 자세히 살펴봅시다.

'어문생활語文生活'이란 것이 무엇입니까? 말하기와 글쓰기입니다. 무엇을 말하고, 글로 씁니까? 우리의 생각과 느낌을 말하고 또 그것을 글로 쓰는 것입니다. 생각과 느낌이란 무엇입니까? 우리가 알고 있는 것, 곧 지식으로 축적된 것을 삶의 현장에서 상황에 맞추어 감성을 곁들여 표현하는 것입니다. 그렇다면 우리가 알고 있는 것, 느끼고 있는 것, 그것이 말로 표현될 때에 도대체 그 말은 무엇입니까? 그것은 수천 년 우리 민족과 함께 살며 영욕榮辱을 같이 해 온 정신적 감성적 자산資産이 아닙니까? 그러므로 그 '말'은 그 자체로 전통문화, 정신문화의 소중한 유산遺産입니다. 그러한 우리말은 수천 년 우리의 문화풍토 속에서 생성되고 변화하면서 살아온 것이어서 하루아침에 바꿀 수가 없습니다. 이러한 우리말에는 고유한 토박이말이 30%, 그리고 한자漢字말이 70%를 점유하고 있습니다.최근에 서양에서 들어온 외국어가 약간 있습니다 여기에서 문제가 발생하였습니다. 30%의 토박이말과 70%의 한자말을 글로 쓰고자 할 때에 그 전부를 한글로만 적고자 하는 정책이 1948년 건국 이래 지금까지 계속되어 온 것입니다. 물론 건국 초부터 사태가 악화되었던 것은 아닙니다. 건국초 독립의 기쁨과 흥분이 어문생활에서 한글전용專用을 하자는 이른바 '한글전용에 관한 법률'을 발효시키기는 했지만 한자漢字교육은 계속되었기 때문에 한자지식이 있는 한 웬만한 한글전용의 글은 그 원자原字가 무엇인지를 읽는 사람이 알 수 있었습니다. 따라서, 한글로만 쓴 글도 그런대로 의사소통에 장애가 발생하지는 않았습니다.

그런데 참으로 애석한 것은 점차로 한자漢字교육이 약화되더니 급기야 국어교육國語敎育안에서 한자漢字교육이 폐지되면서 우리나라 문화文化위기의 수위가 높아지기 시작했다는 사실입니다. 그 무정견無定見했던 정책의 변천을 잠시 훑어보기로 합니다.

1948년 10월 9일 한글전용법이 공포되고, 1949년에는 한자병용漢字倂用을 허용했으며, 1950년에는 한걸음 물러서서 한자혼용漢字混用을 강조했습니다. 그러다가 6·25사변을 겪고 난 뒤 1954년에 다시 한글전용이 강조됩니다. 그때에 상용한자漢字 1,300자가 제정되고, 초등학교 고학년 교재에 한자혼용이 허용됩니다. 그리고 1년 후 1955년에는 문교부의 한글전용법이 발표됩니다. 당시 문교부내에는 한글지상주의 한글학자가 어문정책을 주도하고 있었습니다. 아마도 후세의 문화사학자文化史學者는 그 한글학자를 위선적 문화정책론자로 매도할 것입니다만 아무튼 당시에는 많은 반대론에도 불구하고 그러한 정책이 힘을 얻고 있었습니다. 그 까닭은 한글의 우수성에 매료된 나머지 문자문화文字文化에 대한 깊이 있는 생각을 미처 정리할 수 없었던 때가 아니었나 생각됩니다. 그리하여 1957년 11월 한글전용적극추진안과 한글전용법개정안이 국무회의에 상정되고, 다음해 1958년 1월에는 한글전용실천요강이 실시되었으며 다시 1년 뒤인 1959년에는 문교부와 내무부가 협조하여 거리 간판의 한자를 강제로 추방하기에 이릅니다.

이렇게 악화일로로 걷던 어문정책은 1961년 5·16군사정변이 일어난 후로 더욱 악화됩니다. 1961년 12월에 국가재건최고회의에서 한글전용법률안이 개정되고 다음해인 1962년 5월에는 한글전용원칙이 발표됩니다. 그러나 이때까지만 해도 아직 한자漢字생활의 생명력이 아주 끊어진 것은 아니었습니다. 1963년 8월에 교과서에 한자를 표기시키도록 하였고 1965년에 초중고 교과서에 임시허용한자 1,300자가 실제로 표기되었습니다. 그러다가 1968년 한글날 대통령은 한글전용을 선언하고 한글전용 5개년계획이 수립됩니다. 당시 군사정변으로 집권한 박정희대통령은 점차 영구집권의 꿈을 키우며 어문정책에도 돌이킬 수 없는 과오를 범하게 되는데, 그 당시 그의 주위에 한글전용을 부추긴 원로문인이 있었다고 합니다. 독재자의 측근에 그런 사람을 두고 그의 말만 따랐던 위정자를 가졌던 것은 우리 역사의 슬픔이 아닐 수 없습니다. 그리하여 1969년 9월 모든 교과서에 한자가 사라지고, 1970년 1월 1일은 한글전용을 단행한 역사적인 새해 초하루가 되었습니다. 1972년에 중·고등학교에 한자漢字교육이 부활되고 상용한자漢字 1,800자가 제정되지만 이미 한자사용은 전반적으로 쇠퇴하고 대부분의 젊은 세대는 '한자는 귀찮은 것', '한자는 피해야할 대상'으로 인식하게 됩니다. 그로부터 30년 동안 교육현장에서 한자는 자취를 감추고 한자문맹漢字文盲은 그 수를 더해갑니다. 이것이 건국이후 반세기간의 어문정책의 모습입니다.

이러한 사실에서도 확인된 것이지만 그 난맥의 핵심은 한글전용법과 같은 법령에 있는 것이 아니라 중·고등학교 교육현장에서 한자가 등장했다 사라졌다는 것입니다. 이것이 국민 일반에게 한자 혐오증과 한자 기피증을 갖게 하였고, 모든 문자생활에서 점차로 한자를 몰아내게 한 것입니다. 이제 우리는 정신을 가다듬어야 합니다. 한자가 없는 문자생활, 곧 한글만 쓰기로 한 우리의 문자생활이 얼마나 만족스러웠느냐 하는 데에 우리의 관심을 돌려야 합니다. 우리말 속에서 소중한 언어자산으로 살아있는 한자말은 한자로 표현되지 않으면 그 뜻을 제대로 알기가 어렵습니다. 한자漢字말은 엄청난 동음이의어同音異議語가 있기 때문입니다. 여기에서는 '사고'라는 낱말 하나를 예로 들겠습니다. 이 낱말에는 적어도 스무개 가까운 서로 다른 뜻의 낱말을 공유하고 있습니다.(事故, 思考, 史庫, 社告, 司庫, 私考, 私庫, 私稿, 査考, 思顧, 師姑, 斜高, 飼藁, 四考, 四苦, 四庫, 四顧, 死苦, 謝告) 그 가운데서 우리가 흔히 쓰는 너덧 개 낱말만을 일상용어로 삼는다 해도 그 뜻의 차이는 엄청나다는 것을 알 수 있습니다. 그런데 요즈음 젊은이들은 이것을 구분하는 능력을 점차 상실하고 있습니다. 이만 저만 슬픈 일이 아닙니다. 제 얘기는 여기서 잠시 멈추어야 하겠습니다. 신토불이의 진리를 생각하면서.

한자漢字 공부의 비결

한자공부는 해야겠고 공부하기는 귀찮고 힘들고 짜증나고, 도무지 해결책이 없어 보이는 중학교 3학년인 손녀가 모처럼 할애비와 저녁밥을 먹게 된 자리였다.

"할아버지!"

"왜?"

"할아버지는 한문 공부 어떻게 하셨어요?"

나는 이때다 싶어 불쑥 이렇게 반문反問하였다.

"응! 너는 밥 먹고 움직이고 말하는 거 어떻게 배웠니?"

"할아버지는 그게 배우는 거예요? 그냥 살면서 알게 되는 거지."

"그래, 맞다. 세상에는 그냥 살면서 알게 되는 것과 마음먹고 판 차리고 배우는 것, 그렇게 두 가지로 나눌 수 있지."

나는 여기서 잠시 뜸을 들였다. 저절로 알게 되는 것과 배워서 알게 되는 것이 따로 떨어진 딴 세상의 일이 아니요, 따지고 보면 모두가

다 살면서 알게 되는 것이요, 동시에 그것은 모두 정성껏 배워서 반듯한 품격을 갖추어야 한다는 것을 한두 마디로 말할 수는 없는 일이기 때문이었다.

"그런데 말이다. 한자 공부도 그냥 살면서 알게 되는 방법으로 배울 수 없을까?"

"그런 방법이 있어요?"

"있지. 그렇지만 그건 방법이란 이름을 붙일 수도 없고 붙일 필요도 없는 그런 길이야. 아무 때나 보이는 대로 한두 자씩 그냥 읽고 쓰는 것, 모르면 물어가면서 말이야."

그날 우리의 대화는 여기에서 멈추었다. 사실 나는 매일 배달되는 신문新聞에 어쩔 수 없이 쓰이는 글자만 주의 깊게 익혀나간대도 며칠 지나지 않아 수십자數十字의 글자를 익힐 수 있을 것이란 말과, 또 할애비하고 하루에 십 분씩만이라도 한자 공부를 하겠다고 마주 앉으면 좋겠다는 말을 하고 싶었지만 거기까지 이야기를 진행시킬 수가 없었다.

모처럼 할아버지 할머니랑 어울려 식사를 하는 것만도 다행스러운 분위기라고 아이의 애비와 에미가 눈짓을 하지 않았다 해도, 나는 이미 손녀아이가 할애비에게 한자 공부의 비결을 물었다는 사실에서 그 아이의 변화를 감지感知하였기 때문이요, 또 지나가는 말처럼 이미 결론은 낸 것이니 틀림없이 손녀아이는 이름을 붙일 수도 없고 붙일 필요도 없는 자기만의 방법으로 한자에 접근하리라는 기대가 있기 때문이기도 하다.

자고自古로 비결이란 남이 흉내 낼 수도 없고 따를 수도 없기 때문에 비결인 것이니, 비결은 배우는 것이 아니라 스스로 만드는 것이 아니던가?

미국에서 태어나 거기서 자라다가 우리나라로 온 손녀는 2002년 월드컵이 한창이던 때에 "너는 어느 나라 사람이냐?" 하고 물으면 "아메리칸 코리안" 이렇게 대답하던 아이였다. 한국의 풍물風物을 익혀서 서서히 자기가 한국 사람일 수밖에 없다는 인식을 굳히면서 그 아이는 한국문화와 한국 정신이 한자 속에 숨어 있음을 깨달은 것일까?

나는 이제부터 내 손녀가 한국 사람으로 성장하는 것과 한자 공부를 하는 것이 어떤 관계가 있는가를 면밀히 지켜볼 것이다.

나라이름 '대한민국'에 부는 바람

전철을 타고 가던 어느 날 오후, 선반 위에 놓인 신문을 집어 들고 무심코 읽게 된 칼럼!

"아니, 이런 생각을 하는 분이 있다니!"

무어라 표현할 길 없는 섭섭함이 가슴속을 치받쳐 올라왔다. 몇 줄 인용해 보자.

뭐냐 하면 우리나라 이름을 바꾸면 어떻겠느냐는 거다. 무슨 말도 안 되는 소리 하고 있느냐고 야단치실 분들도 계실 것이다. 하지만 한번 생각이라도 해 보자. 우리는 우리만의 독특한 글과 언어가 있음에도 무슨 이유에서인지 아직도 나라 이름을 중국글로 쓰고 있다. 연유야 어찌 됐든 간에 '大韓民國', 이건 분명히 중국의 글이다. 뜻을 알리려면 또 한 번 풀어야 한다. '큰 대'자에 '나라 이름 한' 뭐 이렇게… 평소에 유난히 신토불이이것도 중국 글인데…니 해서 우리 것을 부르짖는 우리 민족이 '우리 것이 좋은 것이야'라는 광고 카피까지 있는 우리 사회가 왜 가장 중요한 나라 이름은 남의 글로 쓰고 있는지 모르겠다.

이 글을 쓰신 분은 나이 지긋하고 인기도 있는 연예인이다. 우리나라 사람으로 이 분이 부른 노래 한두 곡쯤 모르는 사람이 없을 것이다. 그러니까 이분은 우리나라 보통 사람의 가장 대중적인 생각을 발표한 것이라고 보아야 한다. 더구나 언론의 자유가 보장된 우리나라에서 개인의 의견이 이처럼 자유롭게 표출되고 있는 것은 그 자체만으로도 존중되어야 할 아름다운 일이다. 그러나 나는 왜 이토록 가슴속이 답답하고 섭섭한가? 그것은 순정純正 민족주의民族主義의 이름 아래 대중의 의식이 잘못되어 있기 때문이다. 또 그 잘못 주입注入된 민족의식民族意識이 쉽게 고쳐지기는 힘들겠다는 느낌 때문이다.

위의 글은 '大韓民國'이 남의 글자인 漢字로 적힌 이름이니 한글로만 적을 수 있는 토박이말로 된 나라 이름으로 바꾸자는 것이다. 이런 생각을 하는 보통 사람이 우리나라에 얼마나 많이 있을까? 그리고 이것이 잘못된 생각이라고 일깨워 주려면 얼마나 많은 세월이 걸려야 하는 것일까?

한자는 결코 남의 글자가 아니라는 인식에 도달하려면 민족과 역사와 문화가 서로 어떻게 관계를 맺으며 유구悠久한 세월을 흐르고 있는 것인지, 그리고 그 세월 속에서 언어言語와 문자文字가 어떻게 서로 얽히며 민족문화民族文化를 만들어 가는지를 진정으로 여러 달, 여러 날 얘기해야만 할 것이다.

그렇지만 더욱 답답한 것은, 오늘날 그런 이야기를 펼칠 사회적 여건도 그렇게 편하지만은 않다는 사실이다. 슬픈 마음으로 그 칼럼을 더

들여다보니 다음 구절 하나만은 그래도 내게 위안을 준다.

그러나 이거 하나는 그동안의 많은 경험으로 알고 있다. 내가 이 세상 어디엘 가든, 어떻게 뒹굴고 살든, '이 나라 이 땅 사람'이라는 이 억세고 질긴 굴레를 벗을 수 없다는 것을, 그것은 하늘이 무너져도 벗어날 수 없는 '피의 굴레'라는 것을.

한글전용의 종착점終着點

한글전용을 하고 괄호 안에 영문자英文字를 넣을 것인가? 아니면 예전처럼 국한혼용國漢混用으로 돌아갈 것인가? 이 문제는 한글전용이 대세大勢가 되어 버린 오늘날, 조금만 깊이 있는 글, 그러니까 학술적인 글을 쓰려는 사람들에게 부딪힌 진퇴양난進退兩難의 과제가 되었다. 얼마 전 한 대학신문에 이렇게 한탄하는 글이 실렸었다.

한글 창제는 오랜 한문 생활에 침윤된 우리 문화에 즉물성卽物性을 회복시킨 쾌거Restoration of the Reality라고 나는 주장해 왔다. 따라서 나는 당연히 한글전용론자다. 그러나 오늘날 한글전용의 모습은 내가 원하는 것과는 거리가 멀어도 너무 멀다. 한 인간학 책에서 '무상성'이란 단어를 보고 '無常性'인가 했더니 '무상성Gratuita'을 보고서야 '無償性'임을 알 수 있었고, '비허Kenosis'에 이르러서는 괄호 안의 그리스어를 보고서야 우리말 뜻을 헤아릴 수 있었다.

이렇게 시작된 불만은 동음이의同音異意의 한자어를 식별하기 위하여 "정의justice의 정의definition"라는 웃지 못할 표기 현상이 생기는 것을 한탄하면서 왜 "正義의 定義"라고 쓰지 않는가를 꼬집고 있다.

나는 이 글을 쓰신 분의 뜻에 전적으로 공감하면서도 한 가지 유감遺憾스런 마음을 숨길 수 없었다. 그것은 이분이 끝까지 한글전용을 돌이킬 수 없는 절체절명의 이상이라고 생각하며 '正義' 대신에 '올곧음', '定義' 대신에 '뜻매김' 같은 토박이 우리말을 개발하지 않은 한글전용주의 국어학자의 게으름을 꾸짖고 있기 때문이다. 그러면 그러한 학술 용어를 토박이말로 바꾸는 일이 과연 한글전용주의 국어학자들의 임무인가? 그렇지는 않다. 국어학자는 국어 현실, 국어 현상을 있는 대로 해설하고 바람직한 방향을 제시하는 사람들이지 결코 용어用語 제조사製造師는 아니기 때문이다.

한때 한글전용을 주장하던 어떤 분이 '삼각형三角形'을 '세모꼴', '자외선紫外線'을 '넘보라살'이라 바꾼 사례가 있어서 모든 학술 용어의 개신改新이 그렇게 쉬우리라 오해하는 분들이 있는 모양이지만 그것은 어처구니없는 망상일 뿐이다.

한번은 검시檢屍를 전문으로 하는 어떤 기관에서 인체 각 부위의 세분된 명칭이 없음을 불평하며 그 이름들을 알려주었으면 좋겠다고 자문諮問하여 왔었다.

"전문專門으로 일하는 그쪽에서 만들지 않은 말을 국어학자가 어떻게 알아서 이름을 붙입니까?"

전문 용어, 학술 용어는 그 분야 종사자가 주인이라는 것, 그리고 한번 정착한 학술 용어, 전문 용어는 하루아침 또는 한두 해 안에 그렇게 쉽사리 바꿀 수도 없고 또 바꾸어서도 안 된다는 것을 많은 사람들이 알았으면 좋겠다.

다행스럽게도 한글전용을 꿈꾸는 그 분은 "꼭 필요한 경우에 적어도 한자漢字를 병기倂記하는 지혜를 살려야 한다."고 응변應變의 대안代案을 내놓고 있다.

그렇다면 결론은 자명한 것 아닌가? 자수字數를 제한해서라도 국한혼용國漢混用으로 돌아가는 길밖에 없다는 것이…….

'한글'에 따라붙는 환상幻想들

나는 환상적인 믿음을 하나 가지고 있다. 이 믿음은 절대로 양보할 수 없는 것인데, 그것은 '한국 사람이면 누구나 한글을 끔찍히 사랑하리라'는 것이다. 아마도 이 믿음은 여론조사를 해보면 쉽게 증명이 될 것이다. 철들어 한글을 배울 때부터 한글은 세계에서 가장 우수한 문자라는 것을 귀가 따갑게 들어 왔을 것이요, 또 외국 말과 외국 문자를 배우기 전까지는 한글을 사용하면서 불편을 느껴본 적이 별로 없을 것이기 때문이다. 10여 년 전 옥스퍼드대학에서 세계 30여 개 문자의 순위를 매긴 적이 있는데, 그때에 한글이 첫 번째 순위에 올랐다는 글을 읽은 적이 있다. 분명히 한글은 세계에서 가장 우수한 문자임에 틀림없을 것이다.

그러나 이 믿음은 우리에게 매우 위험한 발상을 부채질한다. 가장 우수한 것이니 가장 잘 활용되어야 마땅하지 않겠느냐는 것이다. 참으로 그럴듯한 생각이다. 그래서 세상 사람들은 또 하나의 환상을 꿈꾼다. 그것은 한글을 온 세상에 보급하자는 한글 세계화의 꿈이다.

다음은 어느 신문에 실린 칼럼이다.

> 누구나 하루아침이면 다 배울 수 있다고 해서 '아침글자'라고도 불리는 한글은 21세기 정보통신 시대를 맞이하여 전 세계인이 공통으로 사용하는 문자가 되도록 해야 한다. 다시 말해 소수 종족의 무문자無文字 언어들은 말할 것도 없고 어려운 문자를 쓰는 중국어나 힌디어, 태국어, 아랍어 등을 포함한 세계의 모든 언어들을 표기하는 문자로서의 위상을 정립해야 한다.

나는 이 글을 읽으며 생각하고 또 생각해 보았다. 그리고 "나는 이담에 자라서 대통령이 될 거야. 세계를 움직이는 대통령이 될 거야." 이렇게 호언장담하는, 열 살 안팎 어린이들의 모습을 그려 보았다.

하나의 문자가 다른 민족이나 국가에 전파하는 문화현상에 얼마나 많은 정치·경제·사회적 제반 여건이 함께 움직여야 하는가를 조금이라도 생각해 보았는가? 서로 다른 문화와 언어를 가진 두 사회집단이 하나의 문자를 주고받는 관계가 되려면 얼마만큼 친밀도를 유지하며 공동체의식을 형성해야 되는가를 고려해 보았는가? 아마도 거기에는 반드시 침략과 약탈, 지배와 굴종이 어우러진 제국주의의 화약 냄새, 식민주의의 비수가 숨겨져 있을 것이다.

문자의 전수를 자동차 수출쯤으로 아는가? 나는 그 글을 쓰신 분에게 이렇게 묻고 싶다.

"보시오. 태평양 한구석 외딴 섬에 인구 3만 명쯤의 무문자無文字 종족種族이 있다고 가정합시다. 자, 그들은 아마 미국의 보호령保護領쯤

되겠지요. 이미 알파벳을 쓰고 있고요. 그러한 그들에게 '한글'을 자기네 문자로 채택하게 하기 위하여 당신은 그들에게 문자 외에 무엇을 더 주시겠소? 그들의 언어·문화·전통에 대해 얼마만큼의 애정이 있소? 그들과 운명을 같이할 한국 사람이 3천 명, 아니 3백 명만 있다면 그때에는 한글을 들고 같이 살자고 찾아갈 수 있을 것이오."

한글을 세계화하겠다는 것은 너무도 무모하고 위험한 제국주의적 발상이요, 신식민주의 콤플렉스의 환상이다.

신문新聞에 쓰이는 한자漢字들

삼십여 년 전 옛날 같으면 工夫공부, 電氣전기, 鐵道철도 같은 한자어
는, 중학교 1,2학년들의 공책에 연습 글자로 적혔을 것이다. 그러나
요즈음은 당당히 일간신문의 해설란 박스를 차지하고 있다. 어쩌다
세상이 이 지경에 이르렀는가 하고 분노가 치밀어 신문들을 주의 깊게
살펴보니 거기에는 그래도 생명을 부지하고 쓰이는 한자들이 더러
있었다. 그 중의 한 부류는 한자의 간결簡潔 압축미壓縮味를 살린 약자
성略字性 표기요, 또 한 부류는 다분히 문자 유희에 속하는 개그성性
표기였다.

첫 번째 부류에 속하는 것은 첫째 나라 이름, 둘째 사람 이름, 특히
성씨, 셋째 복합 개념의 명사 또는 명사구의 한쪽 부분, 넷째 복합성
낱말의 접두사나 접미사 성격의 글자, 다섯째 편의상 의미를 분명히
드러내고 싶은 부분 등으로 나누어 볼 수 있었다.

1. 美, 英, 露, 獨, 佛, 伊, 韓, 中, 日, 越, 濠, 泰……
2. 盧정권, 李통일, 宋외교, 李·朴 제2라운드……
3. 年 2만명, 새章 열리다, 換폭탄에 車업계 비상, 자립형高, 現입시정책, 다산研, 인식差……
4. 前총리○○○, 故○○○作, 軍시설, 北금강산역, 南문산역, 유관순賞, 세종대왕艦, 균형발전委, 비구니史, 사찰行, 중국發, 한국新, 농촌희 망歌……
5. 노동계夏鬪, 힌두교神像, 商議간담회, 都農원원……이 외에도 문장 안에서 동음어의 혼동이 염려되는 낱말은 한자를 드러내고 있었다.
6. 그곳에 正義의 로봇 태권V는 없었다.(情義), 진정 실직家長의 심정 을 아느뇨?(假裝), 부시, 대북정책 왜 갑자기 바꿨나?(臺北)

이 기사들을 보면서 나는 신문사의 데스크 담당 기자들이 가여워 견딜 수가 없었다. 일상의 언어생활에서는 아무런 부담도 없는 한자어 가 기사화될 때에 특히 제목에서 그 한자어를 편한 마음으로 노출시킬 수는 없고 그래도 만부득이 한자로 표기해야 하는 최소한의 글자가 그것들이란 생각이 들었기 때문이다.

한편 일반 기사가 아닌 광고성廣告性 기사나 기획企劃 기사에서는 문자文字 유희적遊戲的 표현이 심심치 않게 나타나고 있다.

7. 好~올딱? 禍~들짝!
8. 孫 잡으려다 孫 놓는 386
9. 마실 水 있는 물, 빼어 날 水, 열 받는 피부 뱃길 水 없어.
10. 夜한 밤, 개그夜

미모의 여성을 고용하여 음식 값 덤터기 씌우는 '꽃뱀 레스토랑'을 조심하라는 기획 기사의 제목 "홀딱 반했다가 화들짝 놀랐다"는 뜻을 "好~올딱? 禍~들짝!"으로 표현한 재치는 가위 김삿갓과 어깨를 겨룸 직 하다. 일찍이 김삿갓도 "스무 나무 아래, 섫은 나그네, 망할 놈의 집에서, 쉰밥을 먹었네."라는 뜻을 "二十樹下 三十客 四十家門 五十食" 이라 지은 희작戱作의 시를 세상에 전하고 있지 아니한가?

자, 그러면 오늘날 새로운 기세로 부활하는 개그성 신문 기사 제목들은 그처럼 순수하고 천진스런 문자 유희인가? 그렇다면 얼마나 좋으랴. 아마도 그렇지 않을 것이다. 데스크의 신문기자는 이 글자를 모르면 어쩌나 하는 조마조마하는 마음이 있었을 것이다. 그리고 이렇게 중얼거렸을 것이다.

"'전통傳統 없이 진리眞理 없다.'Nulla Veritas Sine Traditio는 라틴 속담도 있는데 이 정도 한자漢字야 알아야 하지 않을까?"

한자교육과 사자성어四字成語

얼마 전 우리 어문회語文會 이사理事들이 모인 자리에서, 앞으로 공교육公教育 기관機關에 한자교육이 정상화된다면 그 교과과정教科課程을 어디까지로 해야 할 것인가를 놓고 잠시 설왕설래說往說來한 적이 있다. 학과목學科目의 영역 분점으로 각 과목 담당 교사나 그 과목을 대표하는 전공학과 사이에 이른바 밥통싸움이 날카롭게 전개되는 현실을 걱정하면서 나눈 대화였다. 문제는 국어 시간에 한자를 가르쳐야 되겠는데, 한문학과漢文學科에서는 漢文은 자기네 영역이니 침범할 수 없다고 할 것인즉, 국어 시간에 가르칠 수 있는 한자교육의 범위가 어디까지 가능한 것이냐 하는 데에 초점이 모아지고 있었다. 이때에 이구동성異口同聲으로 어휘語彙 차원의 한자어라는 데까지는 합의할 수 있었다. 그러나 좀더 세밀하게 논의하자면 무엇이 우리말 통사구조統辭構造 안에서 어휘 차원의 한자어인가 하는 것을 이야기하지 않을 수 없었다. 그리고 우리가 얻은 결론은 '사자성어四字成語'였다.

'사자성어'는 참으로 묘한 존재다. 말 그대로 "네 글자가 모여 이루어진 낱말"이란 뜻이다. 그러나 이 사자성어들은 낱말로 보기 어려운 문장 성격의 어구가 상당히 많이 있다. 다시 말하여 어휘와 문장을 넘나드는 박쥐와 같은 존재들이다. 우리말 문장에 쓰인 사자성어들은 복합개념의 낱말로 취급할 수밖에 없으나, 그것을 분석하면 상당량이 주술구조主述構造가 분명한 문장文章의 화석化石들이기 때문이다. 그래도 그것이 국어 속의 어휘로 기능하는 한, 국어 시간에 가르칠 수 있는 한자어는 '사자성어'까지 가능하다는 결론은 움직일 수 없을 듯하다.

그러면 국어 속에 '사자성어'가 얼마나 있을까? 최근에 간행된 『표준국어대사전』을 가지고 조사한 바에 따르면, 전체 어휘 509,076개의 단어 가운데서 인명, 지명 등 고유명사를 제외한 漢字·四字語는 21,520개에 이른다. 이 사자어가 모두 '사자성어'는 아니지만, 그 사자어가 총 국어 어휘수의 4.2%에 이른다는 사실은 사자성어의 높은 비율을 짐작케 한다. 그 21,520개의 사자어는 순수 한자어 252,278개의 8.5%가 되는 것이고, '해바라기, 맨드라미, 할아버지' 등 고유어를 포함한 4음절 단어 102,095개의 20.9%에 해당한다. 우리말 어휘 자산에서 4음절 한자 사자어가 그렇게 많다면, 그리고 그것이 '사자성어'의 온상이라면 우리의 일상생활에서 한자 사자어 및 사자성어의 사용 실태가 만만치 않음을 짐작할 수 있다.

다시 원점原點으로 돌아가자.

『표준국어대사전』에 실린 사자어는 그것이 사자성어이건 아니건 분명코 어휘에 포함되는 것이요, 따라서 그것은 반드시 국어과목國語科目의 교과과정에 넣어야 온당할 것이다.

초·중·고등학교 국어 과목이 한자교육을 필수로 교수敎授하도록 정상화되면 국어 선생님들은 조금 더 부지런을 피워야 할 것이다. 무엇보다도 '사자성어'에 깊은 관심을 기울이고 폭 넓은 공부를 해야 할 것이기 때문이다. 그러나 그 과정에서 동양문화의 무궁무진한 깊이와 넓이, 그 진수와 슬기에 흠뻑 취하는 행복도 함께 누릴 수 있을 것이다.

한글은 곧 한국어인가?

우리는 매년 10월 9일이면 한글날을 맞는다. 한글이 우리의 고유문자임을 경축하고 한글이 상징하는 우리나라 정신문화를 드높이려는 민족의 염원을 되새기기 위해서이다. 그러므로 우리는 한글날을 기쁜 마음으로 맞이하고 경축해야 한다.

그러나 우리는 이 한글날이 지니고 있는 역기능의 문제점은 없는지 생각해 볼 필요가 있다. 첫째, 한글날은 어떻게 시작되었는가 하는 점이다. 한글날의 역사는 이제 겨우 82년밖에 안 된다. 1926년에 '가갸날'이라는 이름으로 한글날이 시작되었다. 그것은 당시 일제 식민지 치하에서 나라 잃고 말과 글까지 잃어버리게 될 지경에 이르자 우리 글자 '한글'만이라도 지키자는 취지에서 시작된 문화 운동이다. 둘째, 한글날을 10월 9일로 정한 것은 1945년에 가서야 확정된 것이다. 1940년 안동安東의 어느 고가古家에서 『해례본 훈민정음解例本訓民正音』이 발견되었는데 그 책에 "정통正統 11년 9월 상한上澣"이라고 적힌 간기刊

記에 근거하여 결정하게 된 것이다. "正統 11年 9月 上澣"은 세종 28년 1446.A.D 10월 9일이 되기 때문이다. 그러므로 이 10월 9일은 『혜례본훈민정음』의 출판기념일은 될지언정 훈민정음을 창제하고 공포한 날은 아니라는 점이다. 실록 및 다른 문헌에 의하면 한글창제 및 공포일은 계해癸亥 동冬 12월세종 25년 12월이므로 이것은 요즈음의 양력陽曆으로 환산하면 1444년 1월 28일에 해당한다. 셋째, 한글날은 "한글=한국어"라는 등식을 성립시킴으로써 일반 국민들에게 언어와 문자를 혼동하는 결과를 초래하였다. 애초에 한글날이 민족의 언어를 지키는 일은 한글을 지키는 것으로 시작되어야 한다는 것이었으나 그것은 곧 한국어는 한글로만 써야하는 언어 자산이라는 인식을 심어주게 되었고, 이 인식은 자연스럽게 한글만 쓰기 운동의 이론적 바탕을 형성하게 되었다. 그리고 더 나아가 한글로만 쓸 수 있는 낱말 곧 토박이 고유어만이 한국어라는 생각을 확산시켰다. 그 결과 모든 한자어, 우리말 자산의 70%~80%를 점유하고 있는 한자어는 내버려야 할 대상으로 오도誤導되기에 이르렀다.

이것이 모두 "한글=한국어"라는 등식의 오해가 낳은 결과라고 할 수 있다. 위의 세 가지를 새롭게 정리해 보자.

첫 번째 문제, 일제 시대의 한글날은 민족 언어를 지키기 위한 운동이었다. 그러나 지금은 언어문자 생활을 바람직한 방향으로 이끌기 위한 광범위한 민족의 언어·문화 운동으로 새롭게 자리 매김 되어야 한다.

두 번째 문제, 정확한 창제일은 영원한 미궁일 수 있다. 그러나 『혜례본훈민정음』이란 책자의 출판일을 기념하는 것으로 관례상 대체하는 것은 허용할 수 있을 것이다. 24절기의 하나인 한로寒露 무렵 10월 9일은 등화가친燈火可親의 절기이니 그런대로 넘어갈 수 있는 문제일지도 모른다.

세 번째 문제, 한자어를 배제한 채 고유어만 갖고 문자생활을 하겠다는 착각은 하루빨리 내버려야 한다. 한글 창제 당시에 한자가 제1문자요, 한글이 제2문자였다면 지금은 한글이 제1문자요, 한자가 제2문자로 자리바꿈은 되었을지언정 한자를 몰아내는 것으로 문자생활을 정리하려는 생각은 하루빨리 고쳐야 할 것이다. 한글날만 되면 거듭되는 이런 문제를 언제까지 반복해서 논의해야 하는 것인지 서글프기 그지없다.

외래어 원음주의原音主義 표기의 명암

우리나라 어문생활의 부조리를 한마디로 말하면, 그것은 한자어를 한자로 적지 않으려는 풍조라 하겠다. 외래어 원음주의 표기도 한자로 적을 수 있는 중국과 일본의 인명·지명에 와서 딜레마에 빠진다.

외래어外來語란 원래 외국어이지만 우리나라 안에서 우리말 차원으로 쓰이는 낱말이다. 잉크, 펜, 마이크, 필름 같은 일반명사도 외래어이고 아이젠하워, 아웅산 수지, 오사마 빈 라덴 같은 이름이나 샌프란시스코, 블라디보스토크, 프랑크푸르트 같은 땅 이름도 외래어의 범주에 드는 것이다.

그런데 세계의 모든 나라가 이 외래어를 표기하고 발음할 때에는 자기 나라 말소리의 성질에 맞추어 발음하는 것을 관행으로 하고 있다. 예컨대 영어에서는 프랑스 땅 이름 'Paris'를 '빠리'라 발음하지 않고 '패리스'라고 발음하며, 러시아 땅 이름 'Moskva'를 '모스크바'라 발음하지 않고 '모스코우'라 발음한다. 이것은 생경生硬한 외국어를 자기 나라 음운체계音韻體系에 맞추어 귀화歸化 정착定着시킴으로써 일상의 언어 생활을 편하게 하려는 것이다.

우리나라도 일찍이 이러한 외래어 수용원칙外來語受容原則에 따라 이 중二重의 체계가 통용되던 때가 있었다. 즉 가까운 나라 중국과 일본의 인명人名·지명地名은 모두 한자로 적을 수 있으므로 한자로 적고 우리 나라 한자음으로 읽었고, 그 외 먼 나라는 그 나라 발음을 존중하여 그것을 한글로 음사音寫하는 이른바 원음주의原音主義를 채택하였었다.

그래서 노신魯迅, 장개석蔣介石, 모택동毛澤東, 북경北京, 연길延吉, 상해上海가 우리에게 익숙하였고 이등박문伊藤博文, 풍신수길豐臣秀吉, 동경東京, 대판大阪이 우리 입에서 편하게 오르내렸던 것이다.

그런데 1986년에 개정 시행한 외래어 표기법外來語表記法은 대원칙을 원음주의 하나로 고정시키고, 다만 필요한 경우 한자를 병기하도록 하였고 종전 관행을 약간 허용하는 것으로 규정하였다.

- 鄧小平/떵샤오핑/등소평
- 胡錦燾/후진따오/호금도
- 黃河/황허/황하
- 臺灣/타이완/대만
- 北海道/홋카이도/북해도
- 玄海灘/겐카이나다/현해탄

그러나 언론·출판물에는 한자가 실질적으로 사라졌으므로 '쑨원', '와이멍구'가 각각 '손문孫文'이요, '외몽고外蒙古'인지 알 수가 없게 되었 다. 더구나 일본의 인명에 이르러서는 철저한 원음주의가 지켜져서

'후꾸사와류기치'가 '복택유길福澤諭吉'이요, '나쓰메소세키'가 '하목수석夏目漱石'이라고 짐작할 수도 없다.

저들은 우리나라 고유명사를 모두 자기네 식으로 부른다. 金大中을 '찐따종', 盧武鉉을 '루우쉔'으로 부르고 三星을 '싼씽', 現代를 '쌘따이'로 부른다. 李承晩을 '리쇼방', 全斗煥을 '젠또깡'으로 부른다.

우리도 중국·일본의 고유명사는 우리 한자음대로 읽는 전통을 다시 찾아야 할 것이다.

한글 이름과 漢字 이름

어떤 이가 나에게 "한글 이름이 더 좋습니까? 漢字 이름이 더 좋습니까?" 하고 묻는다면 나는 이렇게 반문하겠다. "당신은 어머니가 더 좋습니까? 아버지가 더 좋습니까?"

그렇다. 한글 이름을 갖느냐, 한자 이름을 갖느냐 하는 것은 비교우위比較優位의 문제가 아니라, 선택결단選擇決斷의 문제다. 사과를 배보다 더 좋아하는 사람이 있듯이 한글 이름을 더 좋아하는 사람이 있고, 배를 사과보다 더 좋아하는 사람이 있듯이 이름이라면 한자 이름이어야 한다고 생각하는 사람이 있다.

그러면 한글 이름과 한자 이름은 각기 어떤 특성이 있는 것일까?

나에게는 한글 이름을 갖고 있는 두 명의 조카가 있다. 사내 '우람'이고 계집아이는 '소담'이다. '우람하다, 소담하다'는 형용사의 어근을 명사화하여 이름으로 삼은 것이다. 불교철학을 공부하는 내 아우가 미국에서 산스크리트 불경 원전과 한문 경전의 틈바구니에서 씨름하며 학위논문을 쓸 때에 태어난 아이들이라 쉽고 편한 우리말로 그렇게 이름을 지은 것이라 하였다.

그런데 10여 년이 지나 조카아이들이 중학교에 들어가 한자를 공부하기 시작할 무렵, 문제가 발생하였다. 아이들이 이렇게 물어온 것이었다. "아버지! 큰아버지! 만일에 저희 이름을 한자漢字로 쓴다면 어떤 글자로 써야 할까요?" 무언가 허전하다는 느낌을 갖는 것 같았다. 그리하여 우리 형제는 아이들 이름의 재의미화再意味化 작업作業을 위해 부지런히 옥편을 펼쳤다. 그리고 우람은 宇嵐온 세상에 가득한 산 기운, 又藍 '청출어람靑出於藍'을 또 생각하며, 소담은 昭潭밝고 깨끗함, 素淡순수하고 담박함을 내어주며 어느 것이 좋을까 숙의한 적이 있었다.

한글 이름은 음상音相과 의미意味가 밀착되어 있어서 보고 듣는 순간 그 뜻을 알게 되니 생각할 여지가 없다. 그러나 한자漢字 이름은 음상과 의미를 결합시키기 위한 방법으로, 듣는 것만으로는 불가능하다. 무슨 글자인지 보아야 한다. 가령 흔하디흔한 '철수'나 '영희'를 예로 생각해 보자. 한 음절에 글자 다섯 개씩 골라 본다.

철(哲, 喆, 徹, 澈, 鐵)　수(壽, 守, 洙, 秀, 銖)
영(榮, 永, 英, 寧, 瑛)　희(希, 喜, 姬, 熙, 羲)

모두가 이름에 흔히 쓰이는 글자들이다. 이 글자로 철수도 영희도 모두 25개의 이름을 얻을 수 있다. 이 다양성이 무의미하고 골치 아프다고 말한다면 더 이상 할 말이 없다.

그러나 잠시 생각을 가다듬고 장면을 바꾸어 보자.

어린 아기가 길을 걷다가 돌부리에 채어 넘어진다. 그러면 엄마는 생각할 겨를도 없이 반사적으로 몸을 구부려 아기를 안아 일으킨다. 민첩하기 이를 데 없다. 그러나 이 경우에 아빠는 느긋하게 아기가 흙먼지를 털고 스스로 일어나는지, 또 우는지 아니 우는지를 지켜본다. 밉살머리스럽게 신중하다.

그렇다면 한글 이름은 엄마처럼 민첩하고 한자 이름은 아빠처럼 신중하다고 할 수 없을까? 비유가 적절한지 모르겠다.

엄마 같은 한글 이름, 아빠 같은 漢字 이름.

괄호 안에 漢字 넣기─눈 가리고 아웅하기

민족문화의 발전과 애국애족의 충정을 소리 높이 외치며 끈질기게 한글전용을 도모해 온 지난 반세기. 어지간히 그 효력이 나타나서 이제 웬만한 서책과 신문·잡지는 한자 구경하기가 어렵게 되었다. 조금 더 버티면 명실공히 '한글만 쓰기'가 실현될 것처럼 보인다. 그러나 과연 '한글만 쓰기'로 우리의 언어·문자생활이 가능할 것인가?

며칠 전 법원행정처에서 발행한 『전문심리위원 제도에 대한 안내』라는 홍보용 인쇄물 하나를 보게 되었다. 표지를 포함하여 8쪽짜리 얄팍한 것으로 이른바 서양의 배심원 제도를 우리나라에도 도입한다는 것을 알리는 내용이었다. 그런데 그 글 가운데 괄호 안에 漢字를 넣은 것은 '감정鑑定'이란 낱말 하나뿐이고 그 외에는 어디에도 漢字가 보이지 않았다. 법률 지식이 넉넉한 사람이야 아무 문제없겠지만 그렇지 않은 사람이 그 내용을 보고 제대로 알 수 있을까 하는 의구심이 들어 조금 읽어보기로 하였다. 그리고 나는 다음 구절에 이르러 시선이 멈췄다.

　　전문심리위원의 제척과 기피. 전문심리위원의 공정성·중립성을 확
보하기 위하여 법관의 제척 및 기피에 관한 규정이 전문심리위원에게도
준용됩니다.

'제척'이라. 나는 잠시 생각을 가다듬었다. 평생토록 법률 공부는
해본 적이 없으니 법률 용어에 생소한 것은 분명하였으나 어쨌건 '제
척'은 처음 보는 낱말이었다. 할 수 없이 사전을 들추어 '除斥'임을 확인
하였다. 그리고 '제척'은 법원이 전문심리위원을 위촉하는 과정에서
사건의 공정한 판결을 위해 사건과 모종의 관계가 있음을 알게 되었을
때, 그 후보자를 배제·배척하는 일이고, '기피忌避'는 전문위원으로
위촉된 당사자가 스스로 자격에 문제가 있으리라는 염려가 있어서
자진하여 위원직을 사양하거나 회피하는 일을 가리킨다는 것을 알게
되었다.

그리고 또 생각해 보았다. 웬만큼 한자를 알고 또 한자어의 뜻을
추정할 수 있는 사람도 용어의 정확한 의미를 파악하기 위하여 사전을
찾아보아야 하는 용어라면 처음부터 '제척除斥'이라고 괄호 안에 한자
를 넣어 주면 좋지 않았을까?

그러나 이러한 나의 생각은 부질없는 일임을 즉시 깨닫게 되었다.
나의 경우는 '除斥'이란 낱말 하나였지만 다른 사람에게는 그러한 낱말
이 하나일지 둘일지, 또 그 보다 많을지 어떻게 판단한다는 말인가?

그렇다면 뜻을 분명하게 알리기 위하여 괄호 안에 한자를 적어 넣는

다는 것도 결국은 임시방편이요, 문제의 본질을 호도糊塗하기 위한 궁여지책窮餘之策이 아닐 것인가!

이제야 알겠다. 괄호 안에 한자를 넣는 일은 '눈 가리고 아웅하기'에 지나지 않는다는 것을!

서둘러야겠다. 하루빨리 편안하게 '국한혼용國漢混用'이 이루어지도록. 그래야 한글만 고집하고 한글로만 글쓰기를 하는 이들이 우리나라 문화사회에서 제척되지도 않고, 또 스스로 우리 문화사회의 소중한 한자 어휘語彙 자산資産을 기피하지도 않을 것이 아닌가!

과연 漢字는 사라질 文字인가?

한글전용을 주장하고 실천하려는 사람들이 부지불식간에 스스로 믿고 있는 것은 문자에 대하여 갖고 있는 매우 소박한 단선적單線的 진화론進化論이다. 이 진화론은 생물학적生物學的 진화론進化論과는 역방향이라는 특징을 갖고 있다. 생물학적 진화론은 단순에서 복잡으로 진행되는데, 이 문자진화론은 복잡에서 단순으로 흐른다.

즉 문자의 진화는 표의성表意性 상형문자象形文字로부터 한결같이 표음성表音性 기호문자記號文字로 진행하여 왔다는 것이다. 서양의 알파벳이 그렇고 일본의 カナ가나 문자도 그러하며 한글의 창제도 그 진화론의 틀을 벗어난 것이 아니라고 그들은 주장한다. 따라서 한글만 쓰기로 나아가는 것은 진화론에 순응하여 세계의 선진문화 대열에 합류하는 쾌거라고 믿어 의심치 않는다.

우리는 이 믿음에 두 가지 의문을 품고 있다.

첫째, 단선적 진화론으로 문자문화 현상을 해석하는 것 자체가 허황하고도 위험하다는 생각이 든다. 왜 그런가. 단선적 진화론을 듣고 있으면, 마치 자본주의가 필연적으로 공산주의의 도래到來를 가져올 것이라고 주장했던 막스류類의 사회경제론을 듣는 듯하기 때문이다. 그러나 그 공산주의 진화론의 진실은 무엇이었는가? 70여 년의 실험이 종언을 고하지 않았는가! 사회문화 현상은 결코 단선으로 진행하지 않는다.

둘째, 이러한 진화론을 들고 나온 주인공들은 일찍이 19세기에 경쟁적으로 제국주의 팽창책을 썼던 알파벳 문화권의 나라들이었다는 점이다. 지난 20세기 초, 유럽 제국주의 국가들은 근대화에 몸부림치는 한자문화권의 나라들을 향하여 "너희가 근대화하여 우리와 어깨를 나란히 하려면 그 漢字를 버려야 해. 그래야 과학문명을 이룩하지." 이렇게 윽박질렀었다. 그러자 그 당시의 웬만한 동양의 지성인들도 위압에 주눅이 들어 "정말 그런가?" 하면서 회의에 빠져 있었다. 『漢字의 運命』이라는 책을 쓴 일본인 학자가 중국의 당대 지성인이었던 곽말략郭沫若과 나눈 다음의 대화가 이런 분위기를 잘 말해주고 있다.

"한자는 장차 어찌 될까요?"

"그야 영원히 보존되지요."

"어떻게 어디서 보존된다는 말씀입니까?"

"박물관에서……"

이런 대화가 있고 어느덧 또 한 세기가 흘렀다. 이제 주눅이 들었던 동양의 지성들이 고개를 들어 세계 문화의 흐름을 여유를 갖고 바라보게 되었다. 그리고 문자도 언어, 음식, 복식服飾, 주택 등과 마찬가지로 하나의 생활문화 양식으로 존재한다는 것. 그리고 그것은 지역과 국가와 민족에 따라 고유한 문화자산으로서 개화문명의 변천과는 직접 관련이 없다는 것도 깨닫게 되었다.

여기에 이르러 최근 중국의 동향動向이 우리의 흥미를 끈다. 그동안 중국은 정자체正字體를 쓰는 한국·일본·대만 등이 추진하는 국제상용표준한자 제정 운동을 강 건너 불구경하듯 바라보고만 있었다. 그러다가 지난해 11월 '제8차 국제한자회의'가 북경에서 열렸을 때, 그동안의 자세를 180도 바꾸어, 그 회의를 주도하려 하였을 뿐 아니라 한자가 중국 고유의 문자임을 힘주어 주장하기 시작하였다. 또한 정자체의 교육도 강화한다는 것을 과시하였다.

이것은 무엇을 뜻하는가? 한자는 이제 어느 특정 민족이나 국가의 소유가 아니라 동북아시아 한자문화권 전체의 공통 지적 재산임을 입증하는 것이다. 이제야 중국은 그 사실을 깨닫고 허둥지둥 주인 행세를 하려고 하는 것이다.

한글날 국경일國慶日 유감

우리는 올해의 한글날을 특별히 새로운 감회로 맞이하게 되었다. 한동안 국경일에서 빠져 있던 한글날이 금년부터는 다시 법정法定 국경일로 부활하였기 때문이다. 참으로 기쁜 일이다. 그러나 이 기쁨은 우리 민족사회의 언어문자생활이 바람직한 모습을 갖추어야만 진정한 기쁨이 될 것이다. 한글날을 경축하는 것은 단지 훈민정음이라는 우리 민족 고유의 문자 자체를 경축하는 것이 아니라 그 문자를 중심으로 한 언어문자생활 전반이 바람직한 상태에 이를 때에만 진정한 의미의 경축慶祝이 될 것이기 때문이다.

이제는 한글만 쓰기를 주장하는 사람들의 목소리가 놀라우리만큼 잦아들었다. 한글만 쓰기를 고집하며 반세기 남짓 살아오는 동안 그 폐단弊端이 곳곳에서 드러난 때문이기도 하고, 또 그러한 현상을 목도目睹하면서 자신들이 꿈꾸었던 한글만 쓰기의 이상理想이 얼마나 부질없는 환상이었는가를 통절痛切하게 깨달은 때문이기도 할 것이다. 돌이켜보면 한글만 쓰기를 주장한 분들의 순진한 생각이 그렇게 나쁠 것은 없었다. 독자적 고유문자만을 사용하면 대외적으로 그 순결함과 자주성이 한결 돋보이고 문화적 특수성도 자랑할 수 있을 것 같았기 때문이었다. 그러나 여기에는 몇 가지 중대한 착오錯誤가 도사리고 있었다.

첫째는 한민족의 언어자산이 누천년에 걸친 역사와 전통의 응결체이므로 그러한 과거의 언어자산을 무시한 채 언어생활을 누릴 수 없음을 간파한 것이요.

둘째는 한자가 2천 년 이상 우리민족의 기간基幹문자 구실을 하였으니 당연히 우리 것인데 너무 훈민정음에만 홀려 한자를 남의 것으로 보았다는 것이요.

셋째는 문화 자체에 대한 몰이해沒理解이니 문화는 본질적으로 잡다한 요소의 어울림과 뒤섞임으로 만들어지는 놀라운 조화라는 것을 도외시度外視한 점이요.

끝으로 인류문화의 발달은 모든 학문과 기술의 전문화, 고급화, 정밀화에 따르는 것인데 한글전용을 하면 하향下向 평준화는 될지언정 궁극적으로 학문과 기술의 발전을 저해하여 문화의 낙오자가 된다는 것을 깨닫지 못하였다는 점이다.

만시지탄晩時之歎의 느낌이 없지 않으나 한글전용의 부당성을 깨달은 분들이 점점 늘어가는 것은 참으로 반가운 일이다.

이제 우리는 비로소 말하게 되었다. '한글전용'이란 '국한혼용國漢混用'의 문자생활을 깨닫기 위한 홍역 같은 것이었다고. 그래서 우리는 또 말하게 되었다. 한글날을 진정으로 뜻있는 경축일로 경축하려면 하루 빨리 한자교육을 초등학교 교육과정에서부터 포함시켜야 한다는 것을.

그러므로 이제 우리는 내년의 한글날에는 우리 사회의 문자생활이 정상화되었음을 경축하는 날이 될 것을 기원하며 올해의 한글날을 새로운 기대로 맞이하여야 하겠다.

6장

국어강화
國語講話

6장
국어강화 國語講話

21세기와 국어국문학
21세기 국어학의 과제
하나된 언어, 하나된 민족
한자 병기倂記의 문자 생활
왜 '국어문장상담소'를 만들려 하는가?
북한의 언어 이질화에 대하여
우리민족의 철학 용어를 정리, 통일하는 원칙과 방법

21세기와 국어국문학

I

20세기를 마감하는 현재의 시점에서 다가오는 21세기에는 국어국문학이 어떤 모습으로 발전해야 하는가를 생각해 보려는 것이 이 글의 목적이다. 경험해 보지 않은 미래의 세계를 그것도 일백 년 단위의 시간대를 예언해 보라는 주문이다. 20세기의 변화 속도로 추정한다면 21세기의 후반기는 전혀 예측이 불가능할 것 같은데 이제 그것을 우리는 진단해 보려는 것이다. 가령 1899년에 우리 조상 가운데 한 분이 백년 뒤인 지금의 모습을 어느 정도나 예측할 수 있었을까를 생각해 본다면 지금 우리의 작업이 얼마나 무모한 일인가를 짐작해 낼 수 있을 것이다.

무엇보다도 백 년 전인 1899년에는 국어국문학이라는 이름의 학문 영역이 존재하지 않았다. 국어 연구나 국문학 연구가 단편적으로 이루어지기는 했지만 그것이 하나의 독립된 학문 영역을 이룬다는 뚜렷한 의식은 존재하지 않았다. 그런데 지금은 국어국문학이라는 말을 아주 편하게 사용한다. 그렇다면 앞으로 100년 뒤에 국어국문학이란 학문은 지금과 동일한 개념으로 동일한 학문의 범주를 유지하고 지속될 것인가? 사실은 이것부터가 의문에 찬 화두話頭가 될 수 있다.

그러나 우리의 논의는 국어국문학이 현재의 개념 규정대로 발전해 가리라는 가정 위에서 출발한다. 그러므로 우리의 논의는 현재의 국어국문학이 백 년 뒤에도 단선적인 연장선상에서 이러저러한 정치적·사회적·문화적 변화를 입으면서 적어도 이러한 모습은 띠어야 하지 않겠느냐는 당위론을 펼치는 작업이 되어야 할 것이다. 다시 말하여 우리의 논의는 현재 우리가 생각하고 있는 국어국문학의 세포 분열적인 확대 재생산을 논의하는 것이 되어야 할 것이다. 과연 우리의 추론이 그렇게 진행될 것인지 우리 스스로도 확신이 서지 않은 채 이 논의는 진행된다.

Ⅱ

이제 우리가 해야 할 첫 번째 작업은 지나온 100년의 발걸음을 뒤돌아보는 작업이다. 지나온 행적의 점검을 통하여 나아갈 길을 찾아 낼 수 있을 것이기 때문이다. 그러나 그 일백 년 간의 발자취를 이 글에서 세밀하게 분석할 수는 없다. 큰 줄기를 듬성듬성 짚어 보면서 앞날을 설계해 보는 방법을 택하기로 하겠다.

1900년에서 1910년까지는 명목상의 대한제국이 그 이름을 보존하던 시기이다. 갑오경장이란 사회 개혁을 경험하고 새로운 패러다임으로 사회가 재정비되면서 국어가 민족 국가와 표리일체表裏一體로 인식되는 시기였다. 이 시기에 주시경의 일련의 저작이 국어학을 주도하였다. 그의 학문적 열정은 국어에 대한 일반의 대오각성을 촉발하였으나 지나치게 민족의 고유성을 강조하면서 과거의 전통을 불신하였기 때문에 그의 학문은 은연중 배타적 민족주의를 드러내게 되었다. 그래서 한편으로는 한문에 대한 무조건의 반감을 조장하였고 다른 한편으로는 대중적 한글선호 사상을 퍼뜨리는 결과를 가져왔다. 이와 같은 학문적 성향은 자연스럽게 서구 지향의 모습을 띠게 되었으나 그것도 서양 선교사들에 의해 전수된 단편적이고 인상적인 수준을 벗어나는 것은 아니었다.

이 시기에 국문학 연구는 아직 자리를 잡지 못하였다. 개화 계몽의 차원에서 국어국문에 대한 각성이 고조된 것과는 대조를 이루는 현상이었다. 그러나 이인직에 의해 신소설이 간행되어 과거와는 다른 형태의 문학의 세계가 열렸다는 것은 주목해야 할 사항이다.

여기에서 우리는 20세기 처음 10년이 국어학에 주시경, 국문학에 이인직이라는 두 분에 의해 착수着手되었다는 사실에 접한다. 그리고 주시경에 의한 서구 지향적 학문 성향과 이인직에 의한 일본 지향적 문화 성향을 발견하게 된다. 이것은 반일적 서구성과 친일적 서구성이라는 말로 바꾸어 볼 수 있겠는데 이러한 두 방향의 문화적·학문적 흐름이 결국은 20세기 전 기간에 지속되어 왔다는 사실에 우리는 놀라지 않을 수 없다. 그러므로 20세기의 처음 10년에서 공교롭게도 20세기 전체를 꿰뚫는 학문의 진로가 미리 그 조짐을 보이고 있었음을 알 수 있다. 1910년에 국치를 당하고 1919년 3·1운동이 일어나기까지 10년간은 국치의 충격에서 벗어날 수가 없었던지 국어학이나 국문학 분야에 이렇다 할 업적을 찾기가 힘들다. 굳이 손꼽아 보자면 최남선의 외로운 행보를 눈여겨볼 수 있을 것이다. 그는 조선광문회朝鮮光文會를 만들어 고전 간행에 힘쓰는가 하면『붉은 저고리』,『少年』,『새별』,『아이들 보이』등 어린이 잡지에 이어『청춘靑春』을 발간함으로써 우리나라 문화사에 잡지 시대를 열어 대중문화의 발판을 만들었다. 그러나 이것은 어디까지나 대중 계몽의 성격을 벗어나는 것은 아니었고 오늘날 우리가 논의하고자 하는 체계화된 학문과는 거리가 있다.

이렇게 1910년대가 넘어가고 1920년대에 접어들면서 비로소 근대적 의미의 학술적 업적이 싹을 보이기 시작한다. 국어학 분야에서는 권덕규의『조선어문경위』1923와 김두봉. 김윤경. 최현배 등의『깁더 조선말본』1923,『조선말본』1925,『우리말본 첫째매 소리갈』1929같은 국어 문법서를 손꼽을 수 있겠고 국문학 분야에서는 안확의『조선문학사』1922가 눈에 띈다. 이때까지도 문학 분야에서는 연구보다는 창작 활동이 문제되는 시대이어서『창조創造』를 필두로,『개벽開闢』,『폐허廢墟』,『백조白潮』등이 간행되어 서서히 문학 인구를 넓힌 시대였다. 이 시기에 특별히 잊지 않아야 할 사항은 일본인 학자에 의해서 조선어문학이 비교적 깊이 있게 연구되었다는 사실이다. 그들의 조직적이고 체계적인 연구는 그것이 우리문화의 진정한 발전과 관련되느냐 아니 되느냐와는 관계없이 그 나름의 성과는 있는 것이고 그러한 성과는 우리 민족의 자존심과 학문적 열의를 자극하는 데에는 손색이 없을 것이었다.

그리하여 1930년대에는 일본인 학자들의 연구 성과에 도전해야 하겠다는 결의는 성숙하지만 그것이 구체적인 연구 업적으로 나타나기에는 아직 시기가 이른 때였다. 그러나 민족적 정체성을 확립하려는 문화 운동으로서의 국어 운동과 국문학 운동이 1930년대를 지배한다.

그것이 다름 아닌 한글 맞춤법 통일안 사업이요. 시조 부흥 운동이다. 학술적인 연구가 아니라 문화 운동이 앞서야 할 만큼 아직 우리 학문풍토는 보잘 것이 없었던 것이다. 그렇지만 이러한 문화 운동의 바탕 위에서 학문이 뿌리를 내릴 수 있다는 교훈을 배운 것은 식민지 시대의 암울한 분위기 속에서도 우리 민족이 독자적인 문화를 누리고 그 문화의 근원을 탐색하는 문화민족의 자긍심 키우는 기회이기도 하였다.

이렇게 하여 1940년대에 접어들자 비로소 우리는 주목할 만한 연구 성과를 만나게 된다. 물론 그것들은 크게 보면 일본인들의 연구 성과를 이겨보자는 안간힘의 성격을 띠는 것들이었다.

그 첫째가 국어학 분야에서는 양주동의 『조선고가연구』1942요, 국문학 분야에서는 조윤재의 『국문학사』1949이다. 광복을 전후하여 발표된 이들 일련의 연구 성과는 대개 1930년대부터 착수된 것으로서 이것으로 말미암아 국어국문학이 학술 면에서도 일본으로부터 독립을 선언한 셈이 되었다.

Ⅲ

그리고 1950년대에 접어든다. 20세기의 전반을 일본의 영향 아래서 국어 연구와 국문학 연구를 진행하면서 일본인 학자들의 한계를 극복하고 독자적인 방법론을 개척해야 할 시점에 이른 것이었다.

그러나 민족의 분단이라는 비극과 뒤미쳐 찾아온 6·25전쟁은 우리나라의 학문을 피난 짐 속에 묶어 두는 결과를 가져 왔다. 1950년대가 국어국문학에 기여한 것이 있다면 모든 대학에 국어국문학과를 설치함으로써 외형상 국어국문학이 독자적인 학문 영역을 확고하게 구축하였다는 점. 그리고 그에 따른 상당한 수의 연구 인력을 확보할 수 있게 되었다는 점일 것이다.

무엇보다도 1952년 국어국문회가 결성되었다는 것은 주목할 만한 사건이었다. 대학의 증설에 비례하여 국어국문학과가 증설되어 교수와 학생이 폭발적으로 늘어났다. 학과가 생겼으나 학과목을 담당할 교수는 형편없이 부족한 상태가 되어서 한때는 석사학위를 받을 예정인 사람이 대학의 전임강사로 부임하는 일도 심심치 않게 일어났었다. 새로운 강좌를 개설해 놓고 그것을 담당할 마땅한 전공자가 없어서 쩔쩔매는 국어국문학과도 많이 있었다. 전공분야의 외국 이론서흔히 원서라고 불렀음.를 구한다는 것도 쉬운 일은 아니었다. 1950년대 초기에는 미국부대 도서관에서 흘러나온 책을 보물처럼 여기기도 하였고, 일본어 번역본을 읽고 원서를 읽은 것처럼 위장하는 교수들도 있었다. 이렇게 1950년대가 흘러갔다.

1960년대에 오면 서구 이론에 대한 갈증은 대체로 해소 되었다. 서양 서적을 전문으로 수입하는 책방이 생겨서 대학원 학생들도 쉽게 서구의 이론 서적을 접하게 된 것이 1960년대의 일이었다.

이 무렵부터 서구의 이론을 도입하여 국어에 적용하고, 우리나라 문학현상에 적용하는 연구를 경쟁적으로 벌이게 되었다. 현대문학을 공부하는 사람들은 르네 웰렉, 노드롭프라이, 롤랑 바르뜨, 루카치, 골드만 등 서양학자들의 이름을 언급하지 않고는 문학 현상을 말하지 못하는 풍조가 생겼고, 국어학을 공부하는 사람들은 예스페르센, 로만 야곱슨, 노암 촘스키 등을 말하지 않으면 행세를 못하는 분위기가 퍼지기도 하였다. 이러한 현상은 학문의 발전에 분명히 긍정적인 요소로 작용하였다.

그러나 외래 이론을 적용하는 것이 우리나라 언어와 문학을 설명하는 유일의 수단이 아니라고 말하면서도 그 속에서 헤어나지 못하는 폐단이 없지 않았고, 또한 이러한 연구 경향은 원서의 이론을 깊이 있게 이해한 상태에서 적용하는 것이 아니라 지극히 인상적이고 표피적인 적용에 그치는 사례도 발생하게 되었다. 더구나 일부 초보적인 연구자들은 원서를 읽고 연구에 들어가는 것이 아니라 번역본에 의지하여 논문을 쓰는 사례까지 등장하게 되어 이것이 국어국문학의 진정한 발전이 될 수 있을 것인지를 깊이 고민하게 하였다. 국어국문학과의 과포화 상태가 빚은 심각한 후유증이었다.

이런 상태에서도 물론 양질의 연구 성과가 국어국문학 연구의 상층을 형성하고 있었다. 아마도 1970년대 이후 오늘에 이르기까지의 기간은 우리나라 학문사상 유례없는 국어국문학의 호황이라고 보아야 할 것이다. 군사 독재라는 정치적 분위기하에서도 한강의 기적이라고 부르는 경제 개발 붐은 국어국문학의 연구 열기를 가중시켰다. 외국 이론의 영향을 받지 않는 분야도 그 나름대로 차분하게 발전을 모색하였고 세분화된 전공영역을 확대하여 나아갔다. 그렇지만 1990년대에 들어서면서 20세기 후반기 학풍에 대한 반성의 기운이 일어나기 시작하였다.

그 대표적인 사건이 바로 국어국문학회 40년을 맞아 국어국문학40년을 회고한 일이었다. 그 보고서에 의하면 그동안 국어국문학이 크게 보아 몇 개의 학문 영역으로 가지치기를 하였는가를 알 수 있다. 잠시 제목만을 훑어보기로 하자.

고전문학 분야

1. 고전문학의 자료와 방법론
2. 향가 · 여요 연구의 회고와 전망
3. 시조 · 가사 연구 60년 개관
4. 고전 소설 연구사 검토
5. 구비 문학 연구사
6. 고려조 한문학 연구의 현황과 과제
7. 조선시대 한문학 연구사 검토

현대문학 분야

1. 현대문학 연구의 쟁점과 전망
2. 한국 현대시의 회고와 반성
3. 현대 소설 연구의 성과와 과제
4. 수필 문학 연구사
5. 현대 희극 연구 약사
6. 비평의 정론 편향성 극복과 실용화 문제
7. 비교 문학 연구사

국어학 분야

1. 국어학의 자료와 방법론
2. 국어 음운론 연구 1세기
3. 국어 통사론 연구사
4. 국어 형태론 연구의 흐름과 과제

5. 국어 의미론 연구사

6. 어휘론 연구사

7. 국어 문체론 연구의 현 단계와 어학적 문체론

별도

1. 국어 국문학40년의 회고 - 어문 정책을 중심으로

IV

위의 항목에 추가해 넣어야 할 것도 있으나, 20세기 후반기 40년의 국어국문학의 행적은 양적 팽창에 있어서는 일단 자랑할 만한 정도에 이르렀다고 할 수 있다. 그러나 질적인 문제에 이르면 만족하다고 말할 수는 없을 것 같다. 이미 이들 보고서에서도 산발적으로 밝히고 있는 문제점은 다음의 세 가지로 요약된다.

첫째, 언제까지 외국 이론의 보세가공만 할 것인가?

둘째, 북한의 연구 성과를 소상하게 파악하고 논의할 수는 없는가?

셋째, 19세기 이전의 전통을 어떻게 접목시킬 것인가?

위의 첫 번째 과제는 시점에 따라 해석을 달리할 소지가 있다. 즉 외국이론은 부단히 흡수하여 그것을 내 것처럼 알고 이용할 수 있는 능력을 항상 비축하고 있어야 하기 때문에 외국 이론의 수입과 적용을 수준 향상의 문제로 처리해야 한다는 점이다. 또한 외국 이론이 적용되지 않는 분야는 처음부터 해당이 되지 않는 사항이다. 가령 국어학

중 어원론과 한자차용표기 분야는 특별히 서양 이론에 기댈 필요가 없는 것들이다. 특히 1970년대 중반부터 새로이 발굴되어 구결학회라는 학회까지 만들게 된 구결 자료는 외국의 이론과는 인연을 맺지 않고 상당한 연구의 진척을 보이고 있다. 이러한 자료가 발견되어 전세기 중세국어 내지 고대국어 연구에 새로운 빛을 던지리라는 기대는 1970년대까지 꿈도 꾸지 못했었다.

둘째, 북한의 연구 성과에 깜깜하다는 한탄과 자괴自愧의 목소리는 1980년대 이후 어느 정도 해소가 되었지만 이것은 학문 외적 요소이기 때문에 논의해 본들 소용이 없는 것인지도 모른다. 그렇지만 지금 이 순간에도 우리들의 가슴속 한쪽에 북한의 연구 성과는 무시해도 별것 아니지 않겠느냐는 잘못된 인식이 있는지 깊이 반성해 보아야 할 것이다. 이러한 숨겨진 생각이 건재 하는 한 학문의 발전도 민족의 통일도 모두 기대하기 어려울 것이기 때문이다.

셋째, 전근대의 단절된 우리나라 학문이 아직도 상당 부분 재조명을 기다리고 있다. 그것을 무시한 채, 20세기에 들어와 일본과 서양의 학문에 눌려 지내왔음을 반성하는 일은 조금 때가 늦기는 했지만 새롭게 정비해야 할 것이다. 근대적 학문의 개념은 없었으나 그 연구 결과가 오늘의 시점에서도 유효한 것이 있을 수 있기 때문이다. 그것이 때로는 자료의 수준인 경우도 있고, 또 때로는 형안炯眼이 번뜩이는 해석일 수도 있다.

V

그러면 이제 위와 같은 학문적 성과를 토대로 하여 21세기의 국어국문학을 예견해 보기로 하자. 이 글의 첫머리에서도 이미 밝힌 바와 같이 우리의 예측은 앞으로의 100년 전체를 꿰뚫어볼 수는 없을 것이다. 아마도 21세기의 초반 일이십 년 정도를 내다본다면 그나마 다행일지 모르겠다.

1960년대에 아직도 카드 상자에 필사 형태의 자료를 모으던 분들은 일이십 년도 지나지 않은 1980년대에 복사의 보급이 그렇게 일반화되리라는 것은 상상도 하지 못했다. 또 1980년대에 조금씩 보급되던 컴퓨터가 10여 년이 지난 지금 어느 정도에 이르렀는가를 돌이켜 보면 학문의 풍토가 앞으로 어떻게 바뀔지 정말로 예측하기 어렵다.

그러나 분명한 것 두 가지가 있다. 그 하나는 새로운 자료가 계속 발굴되어 예전에는 생각지도 못했던 연구 분야가 탄생되리라는 것이요, 또 하나는 자료에 대한 정확한 해석은 연구 방법론 이전의 문제로 여전히 중요성을 가지리라는 것이다. 이상과 같은 전제하에 21세기 초반에 우리 국어국문학계에 밀어닥칠 변화의 물결은 무엇인가? 그것은 이미 예견되는 다음의 세 가지일 것이다.

첫째는 통합화요, 둘째는 정보화이며, 셋째는 세계화이다.

첫째, 통합화라는 말은 현재의 학문 영역이 새로운 체계로 헤쳐 모이는 것을 뜻한다. 지금 편의상 어학 문학으로 나누고 문학을 고전문학과 현대문학으로 나누며 다시 그것을 장르별, 시대별로 구분하는 연구 방법론은 아마도 지양될 것이다. 어문학뿐만 아니라 사회학, 역사학 등 관련 분야가 종횡으로 엮이는 새로운 형태의 학문 패러다임이 짜이지 않을까 생각된다. 이미 대학원 과정에서 많은 과목이 협동 과정으로 운영되어 있어서 그 초기 형태는 나타났다고 말할 수 있다. 가령 향가 연구 같은 것이 어문학의 경계를 초월하여 사회사·정치사 등과 어울리며 연구된다면 그리고 그것이 한 사람에 의해서가 아니라 몇 사람의 합동 연구로 수행된다면 그것은 새로운 형태의 연구 방식이 될 것이다. 여기서 덧붙여 문학 연구에서 원초적인 과제 하나를 짚고 넘어가야겠다. 연구 대상 작품의 정본正本, Text확립의 문제는 연구방법이 어떻게 변모하여도 그 연구 이전의 문제로 엄존한다는 사실이다. 또한 그 정본에 대한 정확한 해석은 역시 이론 적용 이전의 문제이다.

최근에 김소월의 "진달래꽃" '사뿐히 즈려 밟고 가시옵소서'에서 '즈려'와 이육사의 "절정" '겨울은 강철로 된 무지갠가 보다' '강철로 된 무지개'에 대한 새로운 해석은 정본 텍스트의 문제를 새삼스럽게 제시한 좋은 사례가 되었다.

둘째, 정보화라는 말은 요즈음 너무 자주 들어서 새로울 것도 없는 이야기일지 모른다. 그러나 앞으로는 상당 부분의 초보적인 연구는 컴퓨터의 사이버 공간 안에서 연구자들 사이의 대화로 진행될 수도 있다. 그 대화가 곧 논쟁이요 세미나일 수 있으며 그 과정에서 새로운 결론을 몇 사람이 공동으로 제출할 수도 있다. 그렇다면 학문의 프라이버시 즉 개인적 창의성 보장의 문제는 어떻게 될 것인가? 아마도 그러한 부분이 요구되는 학문에서는 정보 감추기가 큰 문젯거리가 될 것이다. 그만큼 연구대상이 되는 정보는 모두 사이버 공간 안에 축척되어 연구에 활용이 될 터인데 그때에는 학문의 프라이버시가 문제가 아니라 연구 성과의 공유에서 오는 쾌락이 더 큰 문제가 될지도 모른다. 이 정보화 분야만큼은 학문을 어디로 몰고 갈지 아무도 예견을 못하게 한다.

셋째, 세계화라는 말은 우선 국어국문학이란 명칭을 위협할 것이다. 국내용으로 쓰이는 이 명칭은 한국어한국문학이라는 국제용으로 바뀌지 않으면 안 될 것이기 때문이다. 명칭만 바뀌는 것이 아니라 학문의 성격도 그것이 한국 사람을 주체로 하는 한국어학·한국문학이 아니라 세계인 전체를 주체로 하는 한국어학·한국문학이 될 것이다. 물론 여기에 만고불변이라고 할 대전제가 있다. 그것은 우리 민족이 독자적인 통일국가를 건설하고 세계무대에 주도적 역할을 한다는 다분히 민족주의적 발상이 여전히 바닥에 깔려 있는 것이다.

아무리 그렇다 하더라도 한 지붕 한 식구로서의 세계인 통합화는 가속될 것이고 학문도 그러한 방향에서 이루어질 것이기 때문에 국어국문학은 한국어한국문학이어야 존립이 가능하게 되리라는 점이다. 따라서 그 연구 성과는 한국어와 적어도 또 하나의 다른 언어로 동시에 발표되지 않는다면 의미를 상실할 것이다. 이미 이 20세기에도 한국어 이외의 언어로 발표한 국어국문학 연구 업적들이 세계의 주목을 끄는 현상이 일어났었다. 그리고 외국 이론의 도입 적용도 크게 보면 외국어 구사 능력과 함수 관계가 있었으며 그러한 능력의 보유자가 학계를 이끌어 온 요소가 없지 않았다. 그런데 21세기에는 이러한 현상이 더욱 더 가속화할 것이다. 문학작품의 경우 1950년을 전후로 하여 이미륵의 『압록강은 흐른다』와 김은국의 『순교자』가 각각 독일어와 영어로 발표되었는데 아마도 앞으로는 이중언어 작가가 나와서 하나의 작품을 한국어와 다른 외국어로 동시에 발표하는 일도 일어날 것이요, 논문의 경우에는 더더욱 그러한 현상이 일반화하지 않을까 상상해 본다. 그러고 나서야 한국어문학의 세계화는 제자리를 잡을 것이기 때문이다.

이것으로 우리의 상상력을 접기로 하자. 21세기 중반쯤 접어든 때에 이 글이 어떤 평가를 받을까 한편으론 흥미롭고 다른 한편으론 가슴이 조인다.

21세기 국어학의 과제

I

　두 달 남짓이면 새롭게 전개될 새천년을 맞이하게 되었습니다. 사람이 인위적으로 구획 지은 시간이요, 세월이지만 과거의 인류 역사와 대비해 보면 새천년이 시작하는 21세에는 지금까지의 역사와는 다른, 경이驚異의 시대가 펼쳐질 것이라는 예감으로 가득 차 있습니다.

　우리는 오늘이 이 경이의 21세기에 우리의 국어학이 어떤 모습이어야 할 것인가를 생각해 보고자 하여 이 자리에 모였습니다. 그런데 새로운 시대의 전개라는 장밋빛 전망에도 불구하고 그것이 국어학 분야에 국한 될 때에는 장밋빛이 아니라 회색빛 암운이 드리울 것이라는 대단히 불길한 예감에 휩싸여 있습니다. 따라서 오늘의 이 모임은 어떻게 하면 그 잿빛 암운을 거둘 수 있을 것인가 하는 해결책을 생각해 보는 자리이기도 합니다.

　21세기를 앞두고 사람들은 B.C와 A.D.를 아주 흥미롭게 묘사합니다. 21세기가 A.D에 해당하고 그 이전이 B.C인데 그 B.C는 Before computer

이고 A.D는 Anno Digital이라는 것입니다. 기발한 묘사라 하여 한번 웃어 넘겨 버릴 재담이라기엔 그 속에 매우 깊은 암시와 풍자가 깃들여 있습니다. 우리는 이렇게 변혁의 분수령을 넘어가고 있습니다.

이러한 시점에서 우리는 국어학 분야에 국한하여 과거와 현재와 미래를 간략하게 살펴 볼 필요가 있습니다. 논의의 편의를 위하여 과거를 19세기 말까지로 하고 현재를 20세기로 한정해 보기로 하겠습니다. 그러면 미래는 자연히 우리가 집중적으로 조망하고자 하는 21세기가 될 것입니다. 편한 대로 19세기, 20세기, 21세기를 과거, 현재, 미래로 나누었다고 생각하면 좋겠습니다. 이렇게 나누었을 때 우리는 즉시 우리나라 문화사가 대체로 이 세 시기별로 구분되는 특징이 있음을 발견하게 됩니다.

19세기는 한마디로 전통문화의 시기였습니다. 그때까지의 우리나라는 동북아시아라는 지역 문화권 안에서 중국 문화의 동반자 노릇을 하였습니다. 그렇다고 하여 민족적 주체 의식을 약화시켰다거나 상실한 적이 있었던 것은 아니었으나 중국문화, 좀 더 포괄적으로 말하여 동양 문화권 안에서 때로는 동양 문화의 일체감으로 또 때로는 동양 문화 속의 특수 문화라는 분리 의식을 가지며 살아왔습니다. 민족적 위기가 닥쳤을 때에는 동이東夷 문화의 특수성을 강조하였지만 전체적인 맥락은 동양 문화조금 정확하게 말하면 중국문화와 구분 짓지 않은 문화적 동질성을 유지하였습니다. 가령 18세기 이래 강렬한 발언권을 행사했던 실학사상만 해도 그것이 우리의 목소리가 아니라 이미 중국 대륙에서 외쳤던 함성에 대한 회답의 성격이었음을 숨길 수가 없습니다. 거듭 말하거니와 19세기는 중국에 대한 사대事大, 모화慕華중심축으로로 하는 동양 단독 문화의 시기였습니다. 물론 19세기 말엽에 20세기의 징조 곧 서양 문화의 입김이 일본을 통해 전달되었음을 간과할 수는 없습니다. 그리고 20세기로 넘어왔습니다.

20세기는 크게 두 시기로 갈라집니다. 전반 50년과 후반 50년이 그것입니다. 전반 50년은 일본 문화의 영향력 아래 있었던 시기이고 후반 50년은 미국의 영향력 아래 놓여 있었던 시기입니다. 그러나 일본 문화를 통한 것이었건, 미국 문화와 직접 대치되었던 시기였건 이 일백년 동안은 서양 문화를 어떻게 수용할 것인가를 놓고 대립과 갈등을 겪은 시기였습니다. 전반기에는 서양 문화에 대한 비판적 안목이 투철했다고는 보기 어렵습니다. 오히려 전통적인 것에 대한 맹목적 반감이 더 많이 작용했다고 말할 수 있습니다. 왜냐하면 서양 문물에 대한 지식의 결여가 식민지 시대를 초래한 것이 아닌가 하는 반성 때문에 일본을 미워하면서도 서양을 일찍 배운 일본 문화를 선호하는 기현상이 나타난 것입니다. 그리고 후반기에는 일본의 후속 타자로서의 미국 문화를 통하여 서양문화를 거의 무비판적으로 받아들입니다. 간간히 동도서기東道西器니 동체서용東體西用이니 하는 말을 쓰면서 서양 문화와 적당히 거리를 두는 시각이 없지도 않았지만 전반적으로는 서양 문화를 흡수하여 적용하고 재해석하는 동서 문화 양립의 시기였습니다.

Ⅱ

이제 이러한 20세기의 고비를 넘기고 바야흐로 21세기에 들어가고 있습니다. 이 새로운 세기에는 동서양뿐만 아니라 제삼 세계까지를 폭넓게 아우르는 전 세계적인 융합과 조화의 문화 곧 세계 종합 문화가 펼쳐질 것입니다. 크게 보면 19세기에서 20세기를 거쳐 21세기에 오는 동안 우리나라는 동북아라고 하는 동양의 지역 문화에서 동서 대립 문화의 20세기를 거쳐 지구촌 한 가족이라는 세계 문화 시대에 들어가고 있습니다.

그러면 이와 같은 세 시대의 국어학은 어떤 모습이었으며 또 어떠한 모습이 되어야 할 것인가를 생각해 보아야 하겠습니다.

먼저 19세기 국어학의 양상은 어떠하였습니까? 쉽게 기억되는 것으로 정약용의『아언각비雅言覺非』,『이담속찬耳談續纂』, 유희의『언문지諺文志』,『물명류고物名類考』, 조재삼의『송남잡지松南雜識』, 박경가의『동언고東言考』같은 책이 19세기 전반에 선을 보이고 후반에서는 서양 선교사들에 의한 문법서와 사전류가 간행됩니다.

전반의 연구 업적은 그것이 국어학이라는 뚜렷한 개별언어학적 인식을 지니고 있었던 것은 아닙니다. 전근대前近代 학문의 특성인 문사철文史哲 종합 학문의 성격이었고 그 속에서 우리말 어원, 관용 표현, 음운, 어휘 등에 대한 소견들의 집적이 이루어졌던 것입니다. 이러한 연구 성과는 어쩌다가 안목을 넓힌 분의 특별 관심의 범위를 넘어서는 것이 아니었습니다.

후반의 연구 업적을 구체적으로 밝히면 다음과 같습니다. 리델의『한어문전』과『한불자전』, 언더우드의『한영문법』과,『한영·영한사전』, 다불뤼의『나한사전』, 게일의『사과지남』등입니다.

이런 것은 엄격한 의미에서 국어학의 연구물이 아닙니다. 굳이 이 시기에 주목할 것이 있다면 주시경의 등장이라고 할 수 있습니다. 물론 그의 업적은 20세기에 들어와서 일입니다만 1896년에 독립신문이

창간되고 그해에 주시경이 국문동식회國文同式會를 만들어 비로소 국어학의 싹이 텄다는 사실은 거듭 주목해야 할 일입니다.

20세기 초반은 주시경과 그의 뒤를 이은 일군의 민족주의 성향의 국어학자흔히 '한글학자' 라고 불러왔음.들이 주도합니다. 국어학당대에는 조선어학이라 불렀음.이란 학문 명칭도 1910년을 전후한 시기에 민족 자존 의식의 열매로 쓰이기 시작합니다. 그러나 불행하게도 만 35년 동안 국권을 상실하게 됩니다.

이러한 정치적 암흑기에 국어학은 문법의 정비와 정서법의 정비라는 두 개의 축이 지탱합니다. 문법 연구에 불을 지핀 것은 물론 서양 선교사와 일인학자日人學者들의 문법서가 있었기 때문이고, 정서법의 정비는 주시경의 국문동식國文同式에 대한 열망과 조선총독부의 보통 학교용 언문철자법 공포가 자극이 되었습니다. 이보다 앞서 구한말에 국문연구소의 연구 성과가 이미 맞춤법 정비의 움직임을 보이기 시작 했으나 그것이 결실을 본 것은 일제 식민지 통치의 문화정책을 배경으로 하고 있습니다. 이것은 참으로 역사의 아이러니가 아닐 수 없습니다. 민족 문화 말살과 민족 언어 말살을 획책하였던 일제 통치하에서 국문법 연구가 자리를 잡아가고 맞춤법의 정비가 이루어 졌다는 사실은 고유한 민족과 그 민족의 언어·문화가 정치·사회적 여건과는 무관하게 존속하고 발전할 수 있다는 선례를 남겼다는 점에서 세계 문화사에 특기할 일이라 하겠습니다. 이 시기에 언어학의 한 분과로서 국어학이 존재한다는 것도 알게 되고 역사언어학의 관점에서 중세국어, 고대국어에 대한 관심이 증대하여 이 분야에 대한 괄목할 업적이 나타 납니다.

최현배, 김윤경, 이숭녕, 이희승, 방종현, 양주동 등의 일련의 연구 성과는 20세기 전반기에 국어학이 얼마만큼의 소득이 있었는가를 알려줍니다. 그러나 이 분들의 성과물은 한편으로는 일본학자들의 앞선 연구물에 신세지고 있고 또 한편으로는 서양 언어학에 대한 지식의 갈증나는 흡수의 결과라는 한계를 지니고 있습니다. 국어학자들의 독자적인 행보. 국어학이 다른 나라 어학과 구별되는 독자적 학풍을 형성하며 쌓아놓은 연구물이라 하기에는 아직 수입가공의 흔적을 버리지 못하고 있습니다.

이러한 상태에서 20세기 후반기에 넘어옵니다. 다행히 식민의 굴레는 벗었으나 민족분단의 설움을 견디며 서양 학문의 수입과 적용이 극에 달하는 세월을 보냅니다. 20세기 후반기 50년을 휩쓸었던 국어학의 행보는 유럽의 일반언어학, 미국의 구조주의 언어학 그리고 미국의 생성문법 이론을 기점으로 하는 다양한 실험적 수정 이론들은 숨 가쁘게 따라가는 세월이었습니다. 지금 이 순간에도 숨가쁜 따라잡기는 계속되고 있습니다. 물론 다른 한편으로는 외래 언어학 이론과는 인연을 맺지 않고 중세국어 또는 고대국어 자료를 면밀히 검토하면서 국어학 특유의 연구 방법론을 개발하고 연구 성과를 쌓아가는 분야가 없지도 않습니다. 전자가 종래 문법론 분야에 포괄되었던 음운론·통사론 분야에 집중되었다면 후자는 이른바 차자표기 영역에 속하는 이두, 구결 연구와 어휘 연구 분야라고 할 수 있습니다. 한마디로 묶어서 표현한다면 20세기 후반기 50년은 한편으로는 외래 학문을 부지런히 수입하여 적용하는가 하면 다른 한편으로는 새로운 자료를 부지런히 찾아내어 전인미답前人未踏, 전대미문前代未聞의 국어의 역사적 사실과 국어 문화의 특성을 밝혀왔다고 할 수 있습니다. 외래 이론의 통용이건 새로 발굴된 자료에 의한 새로운 국어 사실의 규명紏明이건 국어학은 바야흐로 독자적인 인문학으로서의 심화과정을 순조롭게 추진해 나아간다고 보아야 합니다.

Ⅲ

국어학의 학문적 성과가 얼마만큼 심화 확대되어 가는가를 최근 수 3년간의 통계로 제시해 보이면 다음과 같습니다. 국립국어연구원 간행 국어학연감 참조

1997년 단행본	137권	학위논문	133편	학술지 논문	1,002편
1998년 "	154권	"	232편	"	1,143편
1999년 "	194권	"	345편	"	1,161편

이 통계로 2000년을 추정한다면 2000년 단행본 200권, 학위논문 360편, 학술지 논문 1,200편 이상이 될 것입니다. 아마도 이것은 1960년대나 1970년대의 10년분을 훨씬 능가하는 양적 성장일 것입니다.

그러나 바로 이러한 시점, 이 2000년을 마감하는 차제此際에 국어학은 매우 심각한 도전에 직면해 있습니다. 그 중요한 이유는 다음 두 가지입니다.

첫째는 인문학의 전반적인 퇴조 현상입니다.
둘째는 세계화의 거센 바람입니다.

돌이켜 보면 인문학의 퇴조는 어제 오늘의 일이 아니요, 어찌 보면 인문학 자체의 속성인지도 모르겠습니다. 이른바 어·문·사·철학은 사회 과학과 자연과학의 즉각적이고 다양한 효용 가치에 비한다면 급변하는 일상생활에 도움을 주는 바가 없다는 가시적 실용주의에 밀려 점점 설 땅을 잃어가고 있습니다. 가시적 실용주의를 대표하는 문화적 산물은 아마도 텔레비전이 아닌가 싶습니다. 다시 말하여 시각적 효과를 극대화시키는 텔레비전으로 인하여 '보는 것'이 빠진 듣기나 생각하기는 문화 활동의 영역을 잃어 가는 듯합니다. 활자만 찍힌 책은 그림이 들어 있는 책에 밀리고 있는 것이 출판문화의 현실입니다. 사람의 사람됨을 깊이 있게 생각하고 살펴보기를 거부하는 풍조가 얼마니 위험한 것인가는 생각하기만 해도 두렵습니다만 아무튼 오늘날은 말이니, 글이니, 역사니, 생각하기니 하는 것을 일단 취급하기 귀찮은 대상으로 밀어놓고 있습니다. 이러한 인문학의 퇴조는 대학의 학과 설치에도 영향을 주고 있습니다.

한편 세계가 하나의 동네로 묶이는 세계화 현상은 개별 문화의 가치를 평가 절하하는 풍조를 낳고 있습니다. 그 대표적인 사례가 우리나라에서는 영어 공용화론으로 나타났습니다. 이것은 자연스럽게 국학 분야 전반에 걸친 평가 절하 현상을 가져왔고 국학 관련 학과의 장래를 어둡게 하고 있습니다. 영어만 잘하면 세상 사는 것은 모두 해결이 될 터인데 국사학 이니 국어학은 무엇 때문에 해야 하느냐고 말하는 사람들이 의외로 많아지고 있습니다. 현재 한국어의 크기는 세계에서 13위 정도를 유지하고 있고 사용하는 인구는 약 7,500만 명 정도입니다. 숫자로만 본다면 무시할 수 없는 큰 언어임에 틀림없습니다만 새

천년 기간에 세계의 언어는 십여 개의 큰 언어로 이합집산離合集散이
이루어지리라는 예측을 받아들일 경우, 한국어의 장래가 밝을 것이라
고는 말할 수 없습니다. 물론 우리는 오천 년 우리 민족의 역사를 돌이
켜 보면서 우리 민족과 언어가 쉽사리 제자리를 잃으리라고 생각하지
는 않습니다. 그러나 작은 언어의 소멸이 급격하게 진행되고 있는 오
늘날의 세계화 추세는 결코 안이한 자세를 허락지 않습니다.

Ⅳ

지금까지의 논의를 토대로 하여 21세기 국어학이 설 자리를 찾아보
기로 합니다. 무엇보다도 기본적인 자세는 언제 어떤 경우에나 적용되
는 두 가지 원칙 곧 전통의 계승과 시대의 흐름에 영합한다고 하는
두 축을 어떻게 슬기롭게 공존시키고 조화에 이르느냐 하는 것입니다.
19세기까지 국어학이란 학문은 그 명칭도 존재하지 않았습니다. 국어
학이 하나의 독립된 학문으로 성립된 것은 근대화 과정에서 민족 주체
의식이 성립되면서 언어학의 분과로 자리매김이 가능했기 때문이었습
니다. 그리고 100년의 세월이 흐르는 동안 국어학은 이제 다시 전체
학문의 패러다임 안에서 새로운 자리매김이 요구되는 시대로 바뀌고
있습니다.

한마디로 말하여 이 세상은 국어학의 존립과 발전을 위하여 움직이
는 것은 아닙니다. 그러므로 국어학이 세상에 적응해야 합니다, 그렇
다면 21세기의 학문의 재편再編은 어떤 양상이 될 것인가. 그 속에서
슬기롭게 국어학이 차지할 자리가 확보되도록 하는 것이 국어학도와
국어 학계의 일일 것입니다. 그 방향을 찾기 위한 두 개의 지침이 이미

우리 앞에 놓여 있습니다. 그 하나는 학문의 통합화 현상이요, 다른 하나는 정보화 현상입니다.

첫째, 학문의 통합 현상은 '학제간inter—disciplinary연구'라는 용어가 쓰인 1980년대에 이미 그 조짐을 보이기 시작하였습니다.

저간這間에 전문화·세분화로 치닫던 학문 간의 담쌓기가 한계에 부딪치자 그 반동으로 인접 학문과의 연계가 필요하게 되었고 그것은 전공 영역이라는 종래의 틀을 벗어나게 하였습니다. 이러한 종합화의 길은 학문 분야에만 나타났던 것은 아니었습니다. 문학·미술·음악 등 문화계에도 이른바 탈장르화라는 현상으로 광범위하게 나타났습니다. 수필 속에 시와 소설이 융합되고 회화 속에 공예와 조각이 섞입니다. 이것은 학문의 세계에서는 '학제간 연구'라는 형식으로 나타난 것입니다. 그렇다면 국어학의 활로도 이러한 탈장르 내지는 복합 장르 방식으로 연구 방법을 다극화하여 종래의 국어학의 접근방법에서 자유로울 수 있어야 할 것입니다. 이러한 현상도 이미 국어학 분야에 나타나고 있습니다. 이른바 응용국어학이란 이름으로 묶이는 여러 방면의 관심이 그것입니다. 국어문화론, 법률언어학, 언어병리학 등 이름도 생소한 국어학의 하위 분야가 음운론, 형태론 같은 고전적(?) 정통 언어 연구의 영역을 잠식하고 있습니다. 이것은 자연스럽고 당연한 현상입니다. 이렇게 폭을 넓히고 연구 방법을 다극화하여야 국어 연구가 활력을 얻을 것이기 때문입니다. 또한 이것은 대학에서 실시하는 복수 전공제와도 어울리는 일이 될 것입니다.

둘째, 정보화 시대에 부응하는 연구 방법론의 개발은 국어학이 넘어야 할 새로운 산입니다. 앞으로의 세상은 인터넷 웹사이트를 이용하지 않고는 연구를 할 수 없는 형편이 될 수도 있습니다. 설사 그러한 상태에 이르지 않는다고 하더라도 연구 자료가 웹사이트에 들어 있고 대부분의 학자들은 그 공유 정보를 어떻게 개별화, 사유화하느냐 하는 문제를 고민하게 될 것입니다. 말하자면 모든 기본연구 자료는 사이버 공간 내에 축적되어 있게 될 것입니다. 그리고 개인의 연구 성과도 동시에 저장됩니다. 그러한 공유 정보는 누구에게나 공개되어 있고 해결해야 할 논항論項들은 언제나 인터넷상에 세미나나 심포지엄의 형태로 떠 있습니다.

이렇게 진행되는 연구 성과는 개인적 프라이버시나 오리지널리티를 얼마나 유지하게 되는 것일지, 지금으로서는 예측할 길이 없습니다. 그러나 그러한 미래 학문의 성향을 모색할 때에 국어학의 미래도 보장되는 것 아닌지 모르겠습니다. 그렇지만 이 모든 것에 선행하여 지금까지 논의한 불확정적인 국어학의 미래를 확실하게 해 주는 일은 무엇보다도 국어 자체의 건전한 생존입니다. 따라서 어떤 세부 분야의 국어학을 연구 대상으로 삼건, 또 어떤 형태의 국어학과 관련된 학제간 연구를 수행하건 21세기의 국어학도가 유념해야 할 것은 아름다운 국어, 올바른 국어가 민족 구성원 안에 깊이 뿌리 내리도록 국어를 지키고 보호 육성하는 방안을 강구하여야 한다는 사실입니다. 만일에 세계화의 회오리 속에서 한국어가 우리나라 안에서 다른 언어와 나란히 이중 언어의 하나로 쓰인다거나 더 비참하게 되어 방언적 지위로 전락한다면 이미 국어학은 생명을 잃은 기호품 학문이 될 것이기 때문입니다. 물론 우리 한국어가 가까운 일이백 년, 아니 일이천 년 사이에 그런 사태가 오리라고 생각하는 사람은 아무도 없을 것입니다. 일제의 언어 말살 정책 하에서도 우리 선조는 사전을 만들고 맞춤법을 정리한 아름다운 전통을 수립하였기 때문입니다.

그러나 우리가 조금만 방심하면 한국어는 질풍노도疾風怒濤의 모습으로 달려오는 영어의 위세에 추풍낙엽이 될 수도 있다는 사실을 거듭거듭 유념하여야 할 것입니다. 이것이 국어학이 21세기에 건재할 수 있는 열쇠입니다.

하나된 언어, 하나된 민족

반세기를 넘기는 민족 분단의 아픔을 견디면서 우리 민족은 언젠가는 통일이 될 것이라는 굳은 희망을 잃은 적이 없다. 민족적 의지가 반영되지 않은 38선이 국경선처럼 굳어갈 때에도 우리 민족은 원래 단일 민족이요, 단일 국가였다는 사실을 그리워하였다. 전 세계가 자유 진영과 공산진영으로 양분되어 민족이 분열의 와중에 빠지면서 정치적 혼란이 극심했을 때에도 단일 민족, 단일 언어에 대한 믿음은 흔들리지 않았다. 더구나 뜻하지 않은 6·25 전쟁이 터져서 형제 사이에 총부리를 겨누는 불행한 사건이 일어났을 때에도 이것은 언젠가는 종식될 이념적 갈등이요, 약소 민족의 비애임을 가슴에 새길지언정 언제까지나 같은 민족이 반목과 대결을 계속해야 할 것이라고 생각하는 사람은 아마 없었을 것이다 민족의 뿌리가 워낙 깊고 오랜 것이었기 때문이리라.

이제 그러한 믿음 — 곧 우리 민족이 하나의 울타리, 하나의 마당

안에서 평화롭게 살아갈 것이라는 기대감 -이 그 어느 때보다도 드높아 가는 시기를 맞이하였다. 지난 6월 15일 남북정상회담을 시작으로 하여 민족의 슬기와 정성이 통일을 향한 힘찬 발걸음을 내디뎠기 때문이다.

그러면 이러한 시점에서 남북한의 언어는 실제로 얼마만한 거리에 놓여 있으며 그것은 어느 정도의 노력을 기울여야 해소될 수 있는 것인가를 검토해 보아야 한다. 성급한 태도이기는 하지만 결론부터 말한다면 우리들의 의지 여하에 따라 매우 쉽게 풀린다고 할 수 있다.

이제 그 이유를 차분히 살펴보기로 한다.

50년이 넘는 남북한의 교류 없는 사회 체제는 필연적으로 언어의 이질화 현상을 초래하였다. 한마디로 말하여, 남북한의 언어는 매우 다른 모습을 띠게 되었다. 언어 규범도 차이가 생겼고, 문자 생활도 달랐다고 말할 수 있다. 물론 일상의 언어에서도 서로 다른 표현이 나타나게 되었다.

그러면 이렇듯 '다르다'고 하는 것이 얼마나 다른 것일까? 그 '다름'의 질과 양이 어느 정도인가를 알아야 거기에 기울일 노력이 얼마나 될 것인가를 가늠할 수 있을 것이다.

우리는 텔레비전의 '남북의 창'이라는 프로그램을 통하여 북한의 방송을 들어왔다. 그리고 북한의 만화, 때로는 북한의 영화를 감상하기도 하였다. 그때에 우리는 거의 못 알아듣는 말이 없었다. 북한 아나운서의 매우 격한 어조와 선동적인 말투에도 불구하고 그 내용을 알아듣지 못한다고는 할 수 없었다. 어딘가 거부감이 느껴진다는 막연한 이질감異質感! 이것이 북한 방송을 들을 때의 극복할 사항일 뿐이다.

만일에 남북한의 언어 차이가 이런 정도의 느낌의 차이에 머무는 것이라면 우리는 무엇 때문에 그 이질화를 극복하기 위해서 노력을 기울여야 한다고 호들갑(?)을 떨어야 하는 것인가?

사실, 표면적인 언어 현상만을 문제로 삼는다면 그것은 분명히 '호들갑'의 차원에서 논의할 수도 있다. 따라서 우리는 낙관적인 자세로 원래 하나였던 언어, 하나였던 민족이니, 그 언어를 하나로 정리하는 일, 그 민족을 하나로 묶는 일이 어려울 것이 없지 않겠느냐는 참으로 편한 생각을 할 수도 있다.

왜 그런가? '언어는 생각과 느낌을 전달하는 음성 체계'라는 매우 고전적인 정의에서 접근방법을 찾으려 하기 때문이다.

"북한 사람들의 일상의 언어활동에서 못 알아듣는 것이 거의 없다."

"설사 한두 마디 못 알아듣는 어휘가 끼어 있다고 하여도 즉시 알아들을 수 있는 다른 낱말을 찾아낼 수 있기 때문에 그것은 그리 큰 문제가 되지 않는다."

대부분의 사람들이 이렇게 주장하고 있고, 또 그것은 일면의 진실을 나타내는 것이기도 하다. 그러나 여기에는 지나친 사실 하나가 있다. 그것은 50여 년에 걸친 사회주의 체제하에서 은연중에 형성된 이념적 요소가 낱말의 내포內包된 의미 속에 들어 있는데, 그것을 섬세하게 감지感知하지 못 할 때에는 표면적 의미를 이해하였다하여 의사소통이 완벽하게 이루어졌다고는 볼 수 없기 때문이다.

이제 우리는 북한 사람들과 문서를 교환하고, 공동으로 국제회의에도 참석할 것이며, 또 올림픽에도 공동으로 출전할 터인데, 그 어느 경우에도 일상으로 표출된 표면 의미만을 생각하고 그것으로 의사소통이 이루어졌다고 하여 그 의사소통이 만족할 만한 단계에서 진행된 것이라고 믿어버려서는 안 된다는 점을 힘주어 강조하고 싶다. 혹시나 사회주의 체제하에서 별도로 참고해야 할 사항은 없었는가를 검토한 후에 그 대화, 그 문서, 그 의사소통이 원만한 것이었음을 확인하여야 한다.

지난 6·15공동 성명에서 이 문제와 관련하여 떠오른 낱말이 '자주自主'라고 하는 것이었다. 사전적 의미의 '자주'는 남과 북에서 그렇게 큰 차이가 없다. 그러나 이 낱말이 정치적 용어로 쓰일 경우 북한에서 통용되는 개념과 남한에서 통용되는 개념 사이에는 상당한 거리가 있는 것으로 밝혀졌었다.

1990년대 전반기는 아쉬운 대로 남북한의 언어학자와 국어학자들이 몇 번 자리를 같이한 적이 있었다. 그때마다 확인한 상항은 다음과 같은 것이었다.

첫째, 우리들 남북한 사람들은 서로를 잘 알지 못했다. 서로 깊이 이해하도록 노력하자.

둘째, 표준어와 문화어 사이에는 이질성보다는 동질성이 더 많다.

셋째, 상대방을 의식한 언어 정책을 쓰도록 노력하자.

넷째, 자주 만날 수 있도록 힘쓰자.

이러한 결의를 다지고도 1990년대 후반기는 이상스럽게도 교류가 끊긴 채 세월을 보내 왔다. 그렇지만 그러는 동안에도 남북의 언어 격차가 세상에 흔히 알려진 것만큼 심각한 것이 아니며 남북이 독자적으로 진행한 국어순화 운동과 말 다듬기 운동이 결과적으로 비슷한 결론에 이르렀다는 사실에 주목하면서 우리는 통일된 언어에 대한 희망을 잃지 않았었다.

그러면 지속적으로 희망을 지닐 수밖에 없었던 몇 가지 사항을 좀 더 자세히 언급해 보기로 하자.

먼저 북한의 문화어가 남한의 표준어와 실질적으로 다르지 않다는 사실이다. 문화어는 근로 인민 대중또는 노동계급의 현대 평양말을 가리키는데 이것은 교양 있는 사람들이 쓰는 현대 서울말을 토대로 설정한 남한의 표준말과 그렇게 다른 말이 아님이 판명되었다. 물론 평양말의 특성인 ㄷ구개음 유지 현상'정거장'을 '덩거당'으로 말하는 것을 배제함으로써 평양말의 특징적인 사투리 색채를 없앴기 때문이다. 또한 근로 인민 대중이라는 문화어의 중심세력은 사회주의 국가 건설에 중추적인 역할을 하는 계층을 지칭하는 것으로 흔히 노동자 농민을 가리키는 것으로 생각하기 쉬우나 사회주의를 이끌어 나가는 지식인 계층을 배제한 것이 아니어서 결과적으로 교양 있는 인민 대중이라는 말의 사회주의적 표현이었다는 생각을 하게 한다.

둘째로 남한의 국어순화 운동과 북한의 말 다듬기 운동이 각각 독자적으로 전개 되었음에도 불구하고 그 결과가 신기하게도 비슷하게 되었다.

다음에 몇 개 예를 살펴보자.

가) 남북이 똑같은 형태로 바꾸고 다듬은 말

甘味 － 단맛	揭示板－알림판	括弧 －묶음표
奇數 － 홀수	內皮 － 속껍질	賣買 －팔고사기
反芻 － 새김질	排水 － 물빼기	負債 －빚

挿木 － 꺾꽂이　　常綠樹 － 늘푸른나무　　受信人－ 받는사람
脱脂綿 －약솜　　汗腺 －땀샘　　　　血統 －피줄(핏줄)

나) 남북이 비슷한 형태로 바꾸고 다듬은 말
開化期 － 꽃피는 때, 꽃필 때　　結氷 － 얼음얼이, 얼어붙음
掛圖 － 걸그림, 거는 도표　　　　歸還 － 되돌이. 돌아옴
待合室－ 기다리는 곳, 기다림칸 路肩 － 길섶, 갓길
防濕 － 수기막기, 습기방지　　　　石築－ 돌쌓기, 돌축대

위에서 확인할 수 있는 바와 같이 서로 다른 조건, 다른 환경에서 한자말이나 외래어를 순수한 우리말로 바꾸려고 할 때 완전히 같은 형태로 바꾸거나 아주 비슷한 형태를 찾게 되는 이유가 무엇일까? 그것은 두말할 필요도 없이 남북한의 문화 전통이 같기 때문이다. 한 둥지에서 날아간 형제 새들이 제 둥지를 찾아 돌아올 때에는 같은 자리를 찾아 날아올 것이 아닌가?

이것을 미루어 보면 본질적으로 50여 년의 분단과 딴 살림살이는 5천 년의 역사 전통에 비하면 하룻밤의 악몽과 같은 것일 수가 있다.

그러나 정말로 분명히 해 두어야 할 것이 있다. 우리가 그동안의 분단을 가슴 아파하고 서로가 서로의 상처를 감싸 안으면서 하나의 통일된 민족, 하나의 통일된 언어로 살아가고자 하는 조심스럽고 열의에 찬 정성이 없다면 정말로 우리가 바라는 민족통일, 언어의 통일은 쉽게 찾아오지 않는다는 사실이다.

우리는 먼저 겸손한 마음으로 하늘에 빌어야 한다. 통일된 민족 국

가를 지니게 해 달라고, 그리고 세계를 향하여 호소하여야 한다, 우리
가 통일된 민족 국가를 갖는 것이 세계평화의 지름길이라고. 그리고
다시 우리는 서로서로 과거를 용서하며 아픈 상처를 감싸주되 다시는
그 상처가 도지지 않게 조심하여야 한다.

그러면 어느 선승의 말씀처럼 우리는 이렇게 말할 수 있을 것이다.

"우리 한반도의 산은 옛 산이 아니요 우리 한반도의 물은 옛 물이
아닙니다. 그러나 다시 보니 한반도의 산은 또 옛 산이요 한반도의
물은 옛 물입니다."

한자 병기併記의 문자 생활

I

금년1999년 2월에 문화관광부에서 정부의 사무관리규정1991년6월19
일 대통령령 제13390호제 10조를 수정하겠다는 발표를 하자, 온 세상이
갑자기 난리가 난 것처럼 시끄러웠었다. 우선 그 내용과 사건의 경위
를 간략하게 살펴보기로 하자.

그 사무관리규정 제10조의 내용은 다음과 같다. 〈문서는 쉽고 간명
하게 한글로 작성하되, 특별한 사유가 있는 경우를 제외하고는 한글맞
춤법에 따라 가로로 쓴다.〉

이 규정의 골자는 정부 안에서 통용되는 문서를 오직 한글로만 적는
다는 것이다. 즉 한글 적용을 하도록 규정한 것이다. 그러나 실제로
정부 안에서 통용되는 공문서는 한자 혼용의 모습을 보이는 것도 있고
사람 이름이나 땅 이름, 또는 특수한 전문용어에는 혼란이나 오해의
요인을 없애기 위하여 괄호를 써서 한자 병기併記를 하여 왔었다. 말하
자면 실제의 공문서 통용의 모습과 사무 관리 규정과는 차이가 있었는

데 이것을 명실상부名實相符한 상태로 돌리는 것이 이번 문화관광부의 발표 내용이었다. 새로이 확정된 사무 관리규정이 아직 발표되지 않았으나 아마도 수정된 규정은 다음과 같은 내용으로 바뀔 것이 예상된다.

〈문서는 쉽고 간명하게 한글 맞춤법에 맞게 작성하되, 인명·지명·역사적 명칭 등 의미를 분명히 표현해야 할 경우에는 괄호 안에 한자를 병기한다.〉

그렇다면, 이렇게 바뀐다고 해서 종전과 달라진 것은 무엇인가? 일상의 문자 생활에서 달라지는 것은 아무것도 없다. 굳이 달라진 것이 있다면 정부안에서 공문서 작성이 실제 모습과 같게 법사무관리규정을 합리화했다는 것이 있을 뿐이다. 조금 덧붙여 말한다면 1948년 한글날에 제정 공포된 법률 제6호한글 전용에 관한 법률의 입법 정신을 더욱 충실히 살렸다는 점을 지적할 수 있을 것이다. 오늘날 '한글전용법'이라는 명칭으로 이해되고 있는 법률 조문은 다음과 같이 간결하다.

〈대한민국의 공용문서는 한글로 쓴다. 다만 얼마 동안 필요한 때에는 한자를 병용할 수 있다.〉

이 법조문의 입법 정신에 따르면 공용문서 곧 공문公文에 한하여 한글로 쓸 것을 권장하면서 '얼마 동안 필요한 때'에는 한자 병용을 허용함으로써 입법의 기본 정신과 현실 사정과의 조화를 모색하고 있다. 따라서 수정되는 사무관리규정은 한글 전용법의 입법 취지에 맞게 고쳐진 것으로 실제의 문자 생활에 아무런 변화도 불러오는 것이 없는 사건이었다.

그런데 어째서 이와 같은 정부의 사무 절차에 관한 현실화 계획이 세상을 떠들썩하게 만든 것일까? 그 이유는 너무도 단순하고 명백하다. 우리나라 문자 생활에 대한 국민의 의식과 태도가 양극화兩極化되어 있기 때문이다. 어떤 사람은 한글만으로도 우리나라의 문자 생활이 완벽하고도 충분하게 이루어질 수 있다는 것이요, 또 일부의 사람들은 한글전용으로는 문자생활을 제대로 할 수가 없으니 한자를 병용하거나 혼용하여야 한다고 주장한다.

그래서 사무관리규정 제10조를 수정하겠다는 발표를 했을 때, 한글 전용을 주장하는 분들이 이것은 한자 혼용으로 가기 위한 음모요, 역사를 거꾸로 돌리는 일이라고 흥분하였고, 한자 혼용을 줄기차게 주장해 온 분들은 정부의 시책을 환영한다고 찬성의 성명서를 내기까지 하였다. 그 발표로 부터 약 한 달 동안 나라 안의 모든 언론 매체들은 한글 전용이냐, 한자 병용이냐 하는 문제를 놓고 불꽃 튀기는 논쟁을 부추겼다. 일부 신문은 아예 어느 한쪽 편에 적극 찬동하면서 상대방의 부당함을 지적하는 데 열을 올렸다.

이제 우리는 이러한 현상을 냉정하고도 엄밀하게 분석하여 해결 방안을 찾아내도록 하여야 하겠다. 그러면 우리는 이 문제를 어디에서 부터 풀어 나가야 하는가? 그 해답은 너무도 쉽게 풀린다.

첫째 단계로 한글 전용론과 한자 혼용론으로 맞서 있는 두 주장을 옳고 그름이라는 흑백논리로 갈라버릴 수 있는가를 검토해야 한다.

둘째 단계로 만일에 한글 전용론이나 한자 혼용론의 어느 주장도 완전히 옳은 것일 수 없다면, 우리는 부득이 둘 다 옳은 것이라는 양시론兩是論을 세울 수밖에 없을 것이다.

셋째 단계로 둘 다 옳은 것이라는 양시론은 상대방의 부족한 점, 불완전한 점을 보완하는 방안으로 가닥을 잡아야 할 것이다.

그러면 이제 이 세 단계 작업의 검증에 들어가 보기로 하자.

II

우리의 논리를 다시 원점으로 돌려보자.

정부가 발표한 사무관리규정 제10조의 수정은 어째서 나오게 된 것일까? 대국민對國民발표없이, 조용히 처리할 수도 있었던 것 아닌가? 일단 이렇게 생각할 수 있다. 물론 투명한 행정을 표방하는 정부로서는 대국민 발표를 생략한 수정작업은 있을 수 없는 것이다. 그러므로 그 발표는 올바른 처사였다. 그리고 그 수정의 의지를 밝힌 것은 현실적으로 존재하는 문자 생활의 불합리성不合理性을 고백하고 그것을 국민에게 홍보하고 이해시키고자 하는 의도가 있었던 것이라고 보아야 할 것이다. 다시 말하여 한글 전용만으로는 우리의 문자 생활이 완전하게 이루어지지 않는다는 것을 알리면서 그 보완책이 무엇인가를 제시한 것이라 할 수 있다.

우리는 지난 50년 간 매우 진지하게 한글 전용의 길을 모색해 왔다. 짐짓 한자 가르치기를 게을리(?)하면서 한글 전용을 고집해 보았다. 그리하여 한글 전용을 지키는 한겨레신문도 생겨났고, 상당수 서적은 한글전용으로 간행되기에 이르렀다. 겉보기에 한글 전용은 정착 단계에 이른듯한 양상을 보이고 있다. 만일에 이러한 한글 전용의 양상이 진정으로 만족할 만한 수준의 문자 생활이라면 한자 병용이나 한자 혼용의 문제 제기는 발생하지 않았어야 한다. 그러나 한글 전용이 확대되는 것에 비례하여 한자 병용또는 혼용논의가 끈질기게 대두되었다. 그렇다면 한글 전용이란 것은 겉보기와는 달리 무엇인가 문제점이 있다는 것을 나타내고 있는 것이다. 사실 한국 사람이라면 누구나 자랑스런 한글만으로 문자 생활을 하고 싶어 하며 또한 그렇게 하는 것이 편하고도 행복한 일인 줄 알고 있다. 그런데 한글만 쓴 글을 읽을 때 우리는 언제나 편하고 행복하였는가? 한글 전용을 주장하는 분들은 철저하게 한글 전용의 글쓰기를 지키면서 그러한 글자살이가 편하고도 행복한 일이라고 주장한다. 그러나 그렇게 주장하는 분들의 글 속에서도 어쩔 수 없이 사용된 한자어들이 있는데 이러한 한자어는 궁극적으로는 한자를 알아야 그 뜻이 이해되는 낱말들이다. 다음에 한두 개만 예를 보인다.

"정부의 한자 병용 정책을 성토 한다"
"국민정부의 독선적 언어 정책"

위의 예에서 성토聲討와 독선적獨善的이라는 두 개의 낱말을 한글로 적고 문맥에 따라 그 뜻을 알면 된다고 했을 때에 과연 그 낱말 뜻을 얼마나 정확하게 파악할 수 있는 것일까? 한글 전용을 주장하는 분들은 한 걸음 더 나아가 국어 시간에는 절대로 한자를 가르쳐서는 안 되고 특히 초등학교에서는 더더구나 안 된다고 주장한다. 다음 글을 주의 깊게 읽어보자.

"초등학교의 어린이들은 활기 있게 자유로이 자라야 한다. 그래야 활발한 창의력을 발휘할 수 있다. 한자는 일방적으로 많은 기억을 강요하는 글자이다. 한창 자라는 우리 어린이들에게 이러한 원시적인 글자의 기억을 강요했다가는 어린이의 창의력을 발휘하지 못하도록 하는 걸림돌이 된다. 국어시간에 국어를 가르치는 시간이 아니라 한자나 가르치는 시간으로 타락하게 된다. 이것은 나라 망치는 교육이다. 한글 새소식 319호"

우리는 지금 이러한 논조에 일일이 옳고 그름을 가려서 논의할 시간이 없다. 다만 이러한 생각을 지니게 된 원천源泉이 어디에 있는가를 짚어보기로 한다.

한글 전용의 모태였던 한글 운동은 금세기 전반기 일제 식민지 시대에 민족·구국救國운동의 일환으로 시작된 방어적防禦的 저항적 민족 문화 의식에 뿌리를 두고 있다. 나라 잃은 설움을 달래고 민족적 긍지를 유지하기 위해서는 우리 민족이 우수한 민족이며 우리말과 우리글 한글이 더없이 자랑스러운 것임을 소리 높여 외쳐야 했었다. 그래야만 굴욕의 고난을 이겨낼 수 있었고 우월한 지배자의 간교한 동화 정책에 저항하면서 생존의 이유를 찾을 수 있었다. 분명히 그 시절에는 민족적 자존심만이 목숨을 유지하는 부끄러움을 합리화하는 근거가 되었다. 그 자존심의 중심부에서 한글이 있었던 것이다. 이처럼 민족적 우수성의 근거가 되었던 한글 사랑의 전통은 해방이 되고 독립이 되고 세계화의 물결 속에 선진국을 꿈꾸는 21세기의 문턱에 와서도 멈추지 않고 지속되고 있다.

새로운 환경에 적응하기 위한 유연한 자세와 철저한 자기 반성에 토대를 둔 의연한 자신감이 적극적 민족 의식이요. 적극적인 문화 의식이라고 한다면 한글만 쓰기를 고집함으로써 민족적 우월성과 자존심을 유지하려고 애쓰며 그것이 곧 민족문화 창달에 기여하는 것이라고 생각하는 것은 그야말로 피해 의식에 사로잡힌 방어적 민족 의식이요, 저항적 문화 의식이라고 할 수 있다.

어느 민족이건, 자기 것만을 고집하고 몸을 옴츠릴 때에는 발전을 기약할 수 없다. 유연하고 열린 자세로 외부의 문물을 수용할 수 있을 때에 그 민족의 발전은 보장되는 것이다.

물론 우리의 과거 역사는 한자를 배우고 익히느라고 필요 이상의 정력을 소모했던 적이 없지 않았다. 그리고 남이 모르는 궁벽한 한자를 섞어 씀으로써 자신의 지식을 과시하며 자랑으로 삼았던 소비적인 문화 풍토가 꽤 널리 퍼져 있었던 적도 있었다. 그것은 새로운 유럽 문물을 배워야 하는 근대화 작업에 분명한 걸림돌이었다. 그러나 이와 같은 한자 쓰기의 폐단은 급격히 사라졌고 한자 지식은 한자어를 이해하고 새로운 어휘를 만들 때에 활용되는 언어 창고로서의 기능으로 축소되었다. 적어도 현재의 시점, 즉 한글 전용이 이처럼 널리 퍼져 있는 시점에서는 국어 어휘 자산에 들어 있는 한자어를 이해하고 활용하기 위하여 한자 지식이 필요한 정도에 머물러 있는 것이다.

그렇다면 한자 병용이란 결국 국어 어휘 자산인 한자어를 이해하고 활용하기 위한 필연적인 조치라는 생각을 하게 된다. 새삼스러운 말이거니와 '한국어'라고 하는 우리의 언어 자산은 약 50만 어휘에 이른다. 그중에 70% 정도가 한자어이다. 물론 이들 한자어 가운데에는 없어도 별로 아쉬울 것이 없는 낱말이 없지 않을 것이다. 그러나 어휘의 수가 많은 것은 한 개인이나 나라에 돈이 많아야 좋은 것처럼 좋은 현상이다. 영어가 오늘날 세계를 휩쓰는 국제어로 행세하는 까닭은 영어가 왕성한 흡수력과 포용력으로 세계 각국의 언어를 영어 속에 받아들여, 어휘 수에 있어서 이 세상에서 가장 으뜸의 자리를 차지하는 언어가 되었기 때문이다. 어휘 수가 많고 그것을 활용할 수 있는 능력을 갖추면 그것이 곧 다양한 표현력을 갖게 되고 그 표현력은 곧 바로 사고력과 창조력으로 이어진다는 사실은 세상 사람 누구나 인정하는 보편적 진리이다.

그런데 한글 전용을 주장하는 분들 가운데에는 가능한 한, 한자어 쓰기를 줄이고 고유어로만 표현하는 것이 바람직한 언어생활이요, 문자 생활이라고 생각하는 분이 있다. 다음 글을 읽어보자.

"우리말과 글은 옛날 중국의 말·글인 한문·한자 때문에 심한 상처를 입어 왔습니다. 우리말 속에 한자말이 스며들면서 순수한 우리 토박이말의 발전을 가로막아 온 것입니다. 옛날 우리말이었던 '가람'이나 '뫼'라는 말이 중국에서 들어온 '강'이나 '산'이란 말 때문에 자취를 감추고 말았습니다. 지금도 '여기에 새가 살고 있다'라면 될 것을 '조류가 서식하고 있다'라는 말을 즐겨 쓰는 사람이 있고 '시간이 걸린다'라면 될 것을 굳이 '시간이 소요된다'란 어려운 표현을 하는 사람이 있습니다.우리 말글 문화 독립 선언. 1999년 3월 1일 한글학회"

한글 전용이 추구하는 궁극적인 목표는 국어에서 모든 외래 요소를 몰아내고 토박이말로만 언어 생활 및 문자 생활을 하자는 것임을 위의 글은 명백하게 밝히고 있다. 여기에는 '문화'에 대한 중대한 오해가 도사리고 있다. 문화는 끊임없이 외래 요소를 받아들이면서 그것을 내 것, 우리 것으로 만드는 과정을 통하여 발전하는 삶의 형태다. 전통 문화니 외래문화니 하는 말로 문화의 순수성과 비순수성을 나누기도 하지만 순수성을 지닌 전통문화도 시대를 거슬러 올라가 보면 문자 그대로 고유한 것만을 지켜 내려온 것이 아니고 밖으로부터 받아들여 내 것, 우리 것으로 만든 것임을 발견하게 된다. 엄격하게 말하자면 어느 나라 어느 민족의 문화도 고유 전통만을 지켜온 것은 존재하지 않는다. 인간의 삶이 원래 어울림과 섞임으로 이루어지는 것이기 때문 이다. 우리가 단일민족임을 자랑하지만 그것은 민족 구성원의 비율의 문제지 문자 그대로 배달민족으로 우리나라 백성이 구성되어 있는 것은 아니지 않은가? 언어에 이르면 더 말할 필요가 없다. 우리는 주변 다른 나라, 다른 민족과 어울려 살면서 그들로부터 필요한 말을 빌려다 가 우리말로 살려 쓰면서 국어 어휘를 풍부하게 만들어 왔다. 그 가운 데에는 앞에서도 언급한 바와 같이 한자어가 고유어의 수를 능가할 정도로 많게 되었다. 물론 한자어가 늘어나는 과정에서 고유어가 위축 되는 현상도 발생 하였고, 필요 이상으로 한자어를 즐겨 쓰는 폐단이 없었던 것도 아니다. 그러나 그런 것을 용납하고, 또 그렇게 될 수밖에 없었던 시대 환경을 감안하면서 가능한 범위 내에서 한자어 사용을 줄이는 방법은 있을 수 있으나 한자어 사용이 무슨 죄를 짓는 것인 양 매도罵倒하여서는 아니 된다.

최근에 민족 언어의 저력을 보여주었다하여 세상의 이목을 끌고 있는, 최명희 씨의 소설『혼불』에는 아름다운 토박이말을 살려 썼을 뿐만 아니라, 일상의 생활에서는 거의 쓰이지 않는 한자어가 많이 등장 한다. 예컨대 '지견知見이 풍연豐衍하다'든가, '비백非白의 능선稜線이 삭

연然하다'는 표현이 나오는데, 이 소설을 읽은 사람이라면 누구나 다, 그러한 한자어의 감칠맛과 적절함에 감탄을 아끼지 못한다, 물론 이 소설에 나오는 낯선 한자어에는 예외 없이 괄호 안에 한자를 병기하였다. 소설『혼불』의 문학적 가치는 이 글에서 언급을 유보하거니와 적어도 소설『혼불』에서 보여준 한자어의 활용과 한자 병기의 표기 노출은 그 자체가 현대 한국어의 실상과 문자 생활의 바람직한 모습이 무엇인가를 보여주었다는 점에서 주목되어야 할 것이다.

한글 전용을 주장하는 또 다른 분들은 한자어 사용은 어쩔 수 없는 것이므로 그 낱말들을 쓰지 말자는 것은 아니라고 말한다. 그러나 그 낱말의 뜻을 확연하게 알 수 있는 한자는 필요가 없다고 강변한다. 그러면서 모든 국민이 모든 낱말에 대한 어원語原을 아는 어원학자가 될 필요는 없다고 주장한다. 이것이야 말로 답답한 생각이다. 영어를 쓰는 사람들이 알파벳을 쓴다고 하여 그리스어나 라틴어를 기원으로 하는 낱말을 어원 의식 없이 사용하는 것은 아니다. 영어로 '물'은 '워터 water'라고 하지만 'aqua－naut해저탐험가, aqua－plane수상스키, aquarium 수족관, aqua · duct수로, aqua－marine바닷물 빛깔' 등의 낱말에서는 'aqua －'가 물이란 뜻을 나타내며, 'Hydro－cabon탄화수소, Hydro－pathy물리 치료법, Hydro－ponice수경재배법, Hydro－plane쾌속정' 등의 낱말에서 'Hydro－'가 물이란 뜻을 나타내고 있다. 이러한 경우에 영어를 말하는 사람들은 'aqua－'나 'Hydro－'가 모두 '물'을 뜻하는 것으로 그 말의 뿌리는 라틴어나 그리스어에 두고 있음을 배우지 않을 수 없다.

한자어의 경우도 마찬가지라고 할 수 있다. 그런데 한자어의 경우는 오히려 사정이 더 복잡하다. 단음절로 읽히는 한자 하나하나는 그 자체가 독립된 의미를 지닐 뿐 아니라 같은 음으로 읽히는 한자가 많기 때문이다. 가령 다음과 같은 낱말의 무리를 생각해 보자.

인가(人家, 姻家, 認可, 隣家)
인간(人間, 印刊)
인견(人絹, 引見)
인내(忍耐)
인의예지(仁義禮智)
인과응보(因果應報)
인후염(咽喉炎)

위에 쓰인 낱말들은 우리가 일상으로 쓰는 것들인데 '인'이라는 단음절이 나타내는 뜻은 한자의 숫자만큼 다른 뜻을 갖고 있다. 즉 적어도 열 개의 뜻(人, 認, 隣, 印, 引, 忍, 仁, 因, 咽)을 지니고 있다. 이것은 이러한 낱말을 사용하는 한, 그 글자도 알고, 그 뜻도 함께 알아야 할 것을 요구한다.

같은 소리를 내면서 다른 뜻을 나타낸다고 하는 것을 분명히 하나의 약점이다. 그러나 인간이 발음할 수 있는 소리는 어차피 제한되어 있고, 그 제한된 소리로 나타내고자하는 많은 수의 의미를 표출하여야 한다면, 그때에는 소리를 보충할 수 있는 시각적 기호, 곧 문자의 변별력에 호소하는 수밖에 없는 것이다. 그것이 다름 아닌 문자의 중요한 효용 가치의 하나인 것이다.

우리는 모두 입을 맞추어, 한글의 우수성을 찬양한다, 그것이 우리의 말소리를 거의 완벽하게 표출해 낼 수 있는 소리글자이기 때문이다.

한글이 소리글자로서 세계의 으뜸이라는 것은 아마도 만고의 진리일 것이다. 그러나 그것은 말소리를 소리 자체로 드러내는 경우에 해당되는 것이지, 그 소리가 나타내고자 하는 뜻을 밝히어 다른 사람에게 전달하는 언어 의미의 총체적인 기능을 드러내는 것을 뜻하는 것은 아니다. 또한 우리의 문자 생활은 입으로 말하는 구두언어口頭言語,입말의 불완전성을 보완하는 수단으로 개발된 것임을 감안할 때 문자가 의사전달의 기호적記號的 특성을 좀 더 많이 발휘할 수 있는 방편으로 활용될 수 있다면 그러한 문자가 문자 생활에 더 유용한 것이 될 것이다.

우리가 맞춤법을 만들어 지키기를 애쓰는 것도 소리대로만 적었을 때에 발생할 수 있는 오해를 줄이려는 노력의 한 가닥이다. 그래서 '가름/갈음', '거름/걸음', '거치다/걷히다', '다치다/닫히다/닫치다', '바치다/받치다/받히다/밭치다', '부치다/붙이다' 등을 구별하여 적자고 맞춤법 규정을 마련하였다. 특별히 풀이말의 어간語幹을 고정시킨 결과 '늙-, 닮-, 밟-, 굶-'과 같은 표기는 그 글자만 보아도 한자의 '노老, 사似, 답踏, 기饑가 연상되는 효과를 누리게 되었다. 사실 '늙-, 닮-, 밟-, 굶-'이라고 쓰기는 하지만 실제의 말소리 현실에서 그 글자의 구성과 일치하는 발음이 나타나는 경우는 그리 많지 않다. 이처럼 아무리 소리글자라고 하는 한글도 소리대로만 적는 데에는 문제점이 있음을 인식하고 맞춤법을 제정하여 읽기에 편하도록 하는 장치를 갖추고 있다. 우리 언어 문자 생활에서 한자를 써야 하는 이유는 이러한 맞춤법 제정의 연장선상에서 생각할 필요가 있다. 문자라고 하는 것은 원칙적으로 음성으로 존재하는 말의 부족함을 채워주기 위한 수단으로 개발된 것이므로 읽기의 효용 가치를 넓혀야 함은 두말할 필요가 없는 것이다. 읽을 때에 쉽게 읽히는 것만이 아니라 뜻을 분명하게 알면서 읽도록 하는 것이 고려되어야 한다면 하나의 음성으로 혼란이 발생하는 한자어는 당연히 번거롭더라고 한자로 써야 할 것 아닌가? 그런데 그동안 한자 교육이 제대로 안되어 한자를 모르는 사람이 많이 생겼으므로 한자 병기를 통하여 한자에 대한 인식을 높이고 그 글자를 익히도록 하기 위해서도 한자 병기는 필요불가결의 조치가 아닐 수 없다.

III

지금까지의 논의를 통하여 우리는 한글 전용과 한자 병용이 상극相剋관계가 아니라 상생相生관계임을 알게 되었다. 그러나 참으로 불행하게도 근자에 일어난 한글 전용론과 한자 혼용론의 대립 논쟁은 수화불상용水火不相容의 극한 투쟁의 모습을 보였다. 참으로 유감스러운 일일뿐더러 하루 빨리 극복해야 할 폐단이다.

다음은 어느 한글 전용을 주장하는 분의 글이다.

"1984년 한글 전용법에, '모든 공용문서는 한글로 적는다. 다만 당분간 필요한 경우에는 한자를 병용할 수 있다'고 되어 있다. (중략) '남편만을 섬겨라. 다만 필요한 때는 바람을 피울 수 있다'라는 법을 만들어 시행하다가, 난데없이 바람을 더욱 많이 피우라는 지시를 내리는 형국이 아닌가!"한글새소식 319호 17쪽

비유적인 표현이 얼마나 조심스러운가를 깨닫게 하는 구절이다. 이 글을 쓴 분은 분명히 한글 전용을 절대선絶對善으로 보았고, 한자 병용을 용서할 수 없는 절대악絶對惡으로 비유하였다. 다시금 돌이켜 생각해 보자. 한글 전용만이 선善이요, 한자 혼용은 정말로 악惡인가?

우리나라 문화 풍토에 아직도 이러한 극한적인 대립의식이 있다는 것은 참으로 슬픈 일이다. 나에게 한글전용에 관한 법률을 비유로 표현하라면, 꼭 들어맞는다고는 생각지 않지만 다음과 같은 표현을 해보고 싶다.

"대한민국 국민은 공적인 자리에서 표준어를 써야 한다. 다만, 얼마 동안 필요한 때에는 사투리를 함께 쓸 수 있다."

우리는 모두 이상理想을 꿈꾸며 살고 있다. 그리고 인류의 역사는 인류의 이상을 실현하려는 끝없는 대장정大長征의 길이었다. 그런데 이상의 특성은 결코 그것이 현실로 찾아오지 않는다는 점이다. 우리가 한글만으로 문자 생활을 하고 싶다는 것은 우리의 이상이다. 그러므로 우리는 그 이상을 향하여 끊임없는 노력을 기울여야 한다. 그러나 절대로 조급해서는 아니 된다. 그리고 이상이 쉽사리 현실로 다가오지 않는다고 하여 비관하거나 좌절하여서도 아닌 된다. 오히려 이상과 어긋나는 현실을 직시하면서 현실과 타협하는 차선책次善策을 찾는 슬기를 발휘하여야한다. 어쩌면 현실성 있는 차선책이 진정한 의미에서 '이상'이 라고 말하여야 할 것인지도 모르겠다.

문자 생활에 관한 한, 우리나라에서는 한자를 배우고 사용하는 것이 이상理想에 견줄 수 있는 차선책次善策이다. 이제 우리나라에서 시행하고자 하는 한자 병용 정책은 그러한 차선책이라고 할 수 있다. 차선책이라는 것은 결코 누구에게도 만족을 주지 않는다. 그러나 현명한 사람은 차선책에서 만족을 느낄 줄 아는 사람이다. 현재의 한자 병용 정책은 한글 전용과 한자 병용의 두 가지 길을 모두 보장하고 있다는 점에서도 정책적 배려가 돋보인다. 그 이유는 다음과 같다.

첫째. 한글 전용의 문자 생활을 보장하고 있다. 한글 전용이 절대선이라고 믿는 분들에게 그리고 한글 전용을 했을 때에 실제로 아무런 불편이 없는 경우에는 여전히 한글 전용을 하도록 되어 있다. 문제는 한글 전용이 절대선이라고 믿을 경우, 그런 분들이 마음속 깊은 곳에서 정말로 한자 없이 우리말이 온전한 우리말 구실을 할 수 있다고 믿는지의 여부에 대하여는 굳이 알려고 할 필요가 없을 것이다. 또 할 수만 있다면 한글 전용이 실행되는 분야가 확대되면 좋을 것이다. 그것은 전문적인 지식이 일반 대중에게 한자의 매개 없이 전달되어 대중문화가 질적으로 높아지는 결과를 초래하기 때문이다.

둘째, 한자 병용을 통하여 그 동안 한자 지식을 가지고 있어야만 접근할 수 있는 전문 분야에 등을 돌리고 살던 많은 사람에게 그러한 전문 분야에 좀 더 쉽게 접근하도록 마음의 부담을 덜어 주게 되었다. 요즈음 한자를 모르는 젊은 세대들은 한자에 대한 두 가지 성향을 보이고 있다. 하나는 덮어놓고 싫어하는 성향이다. 그리고 또 하나는 알고는 싶은데 어떻게 가까이 갈지 두려워서 머뭇거리는 성향이다. 덮어놓고 싫어하는 부류의 젊은이들은 쉽고 편한 것만 추구하는 안이한 성격의 사람들일 것이고 한자를 알고는 싶은데 머뭇거리는 부류의 젊은이들은 누군가 이끌어 주기만 하면 달려들 터인데, 그런 용기와 계기가 없어서 고민하는 성격의 사람들일 것이다. 나는 이러한 젊은이들을 생각할 때마다, 그러한 젊은이들을 만들어 낸 것은 그동안 혼선을 거듭한 어문 정책과 그 정책에 놀아난 교육 현장의 기성세대들의 잘못이라는 생각을 떨쳐 버릴 수가 없다. 부분적인 한글 전용인 나쁜 것이 아니요, 그것이 확대되어 나쁠 것이 없다고 하여 한자 교육까지 포기함으로써 애매한 젊은이들만 한자 문맹을 만들어 하루아침에 바뀌지도 않고, 바뀔 수도 없는 언어, 문자 생활을 고통스럽게 한다는 것은 있을 수 없는 일이었음을 지적하고 싶기 때문이다. 이러한 잘못은 하루빨리 시정되어야 한다. 이름뿐인 한문 교육은 실제의 국어생활에서 불편이 없는 한자 실력을 쌓는 방향으로 궤도 수정을 해야 할 것이고 한자 교육은 국어 시간과는 구분되어야 한다는 이상스런 학과목 이기주의도 허물어야 할 것이다. 국어 자산 속에 고유어와 한자어와 외래어가 모두 포함되어 있는 터에 한글로 쓴 교과서만으로 어떻게 한자어와 외래어의 참 모습을 가르칠 수 있다는 말인가? 국어사랑은 한글 사랑이라는 등식等式이 깨져야 한다. 국어사랑은 국어 속에 들어 있는 모든 어휘 자산을 골고루 사랑하고 가꾸어서 두루 활용하여 민족 문화의 발전에 디딤돌로 삼아야 하는 것이기 때문이다.

여기서 나는 한자 지식을 갖춤으로써 얻게 되는 이익을 새삼스럽게 논의하고 싶지는 않다. 다만 단절 위기에 놓인 전통문화 분야가 학술적으로나 전승傳承의 차원에서 다시금 소생할 수 있는 길이 열리리라는 희망을 할 수 있게 되었다는 점과, 우리나라가 21세기 세계화의 길에서 동아시아 한자 문화권의 다른 나라들과 어깨를 나란히 하여 발전할 수 있으리라는 점을 힘주어 언급하고 싶다. 한자가 우리나라 글자의 범주 안에 드느냐 아니 드느냐 하는 논의를 깊이 있게 할 수는 없으나 비록 빌려 쓴 것이라도 2천 년 동안 사용해 온 것이면 내 것이라 흉될 것이 없는 터이요, 또 백보를 양보하여 남의 나라 글자라 한들, 그것을 알아서 그들의 언어와 문화를 이해하고 함께 살아가는 데 유용하게 쓸 수 있다면 그것을 어찌하여 마다하며 담을 쳐서 스스로 외톨이로 떨어져 앉을 것인가? 중국의 한자가 간자簡字를 쓰므로 우리 한자와 다르고, 일본의 한자와 한자어가 우리나라 한자 및 한자어와는 쓰임과 뜻에 다른 것이 있다하여 한자 공부의 무용론無用論을 내세우는 사람이 있다. 그런 분들은 백100을 취하려 하다가 하나1가 다름을 보고 아흔아홉99을 버리는 어리석은 분들이다.

이제 우리는 바야흐로 새천년을 맞이하여 세계로 웅비하려는 커다란 목표를 실현하고자 마음을 다지고 있다. 이러한 시대에는 모든 것을 포용하는 열린 자세로 세상을 바라보아야 한다. 한글 사랑이 너무 지나쳐서 그것만으로 세상을 살아가겠다고 하는 옹고집은 하루빨리 벗어던지고 자유로운 마음, 편안한 자세로 어울림의 아량을 보여야 할 것이다. 그 옹고집은 1930년대에서 끝냈어야 했었다. 우리는 지금 그 옹고집에 아직도 엉켜있는 마음의 상처를 씻어주기 위하여 그 사랑스런 고집쟁이들이 웃으며 다가오는 장면을 기다리고 있다. 나는 이와 같은 심정을 이 글에 담고자 애를 썼으나, 글이 무뎌서 그 뜻이 제대로 전달되었는지 알 수 없다.

<참고부록> 한글 전용측 · 국한 혼용측의 주장요지

구분		한글 전용측	國漢 混用側
요구	나라 글자	한글	한글 · 漢字
	어문 정책	· 한글 전용	· 국어(한 · 漢) 혼용 ※상용한자 2000자 제정
	교육	· 국어시간에 한자교육 불가	· 한자교육 필수화

	교과서	·한글전용	·初校 1년부터 한자노출 혼용
이유	이념적 측면	·민족의 이상 실현 ·자주 정신과 긍지를 함양함. - 문화·도덕의 실질내용은 표기 형식에 좌우되지 않음.	·民族 文化 傳統 繼承 ·道德 敎育의 方便이됨. - 漢文 典籍·訓話 등
	학문적 측면	·한글은 우리말에 맞는 글자임. ·문자 해독이 용이함. - 우리나라 문자 해독률은 세계정상급. ·국어발전과 순화가 촉진됨. - 순우리말 재생·개발 가능 - 한글만으로도 조어·축약 가능 동음이의어는 문맥에서 파악됨. ·기계화·능률화가 월등함.	·우리 語錄의 70%가 漢字語임. ·直觀的 意味 把握 可能함. - 學校·學生·學問 ·造語力·縮約力이 强함. - 敎委, 全經聯 ·同音異語 識別이 容易함. - 家口, 家具 - 公席, 空席
	현실적 측면	·언어문화의 대중화에 기여함. ·언어사용 기능 교육을 충실히 할 수 있음. ·한·중·일에서 사용하는 한자는 음도 다르고 뜻과 글자 모양도 상당 부분 상이하여 통용에 한계가 있음.	·文字 生活의 多樣化가 可能함. ·早基敎育으로 現實 文字 生活에 의適應 效果가 큼. ·韓·中·日 交流에 容易함.
관련 단체		한글학회 국어순화추진회 세종대왕기념사업회 한글문화단체 모두 모임 외솔회 한국바른말연구원 한글재단	社會法人韓國語文會 국어국문학회 한국국어교육연구회 국어학회 한국국어교육학회 漢字敎育振興會 韓國漢字漢文敎育學會

왜 '국어문장상담소'를 만들려 하는가?

Ⅰ

일찍이 동양의 고전 『춘추좌전春秋左傳』에는 '삼불후三不朽'라는 말이 전해 온다. 이 세상에 썩지 않는 것 세 가지가 있으니 그것은 입덕入德, 입공立功, 입언立言이라는 것이다. 덕德을 세우는 일, 공功을 세우는 일, 말다운 말·글다운 글을 남기는 일이 곧 그것이다. 이 가운데 가장 차원이 높은 것은 두말할 것도 없이 입덕立德으로서 그것은 실천적 학문의 고결한 경지를 일컫는다.

그러나 좋은 글을 지어 후세에 길이 남기는 입언立言이 없는 입공入功이나 입덕立德은 또한 후세 사람들에게 끼치는 바가 약하다고 아니할 수 없다. 가령 제갈공명의 충절은 만고에 빛나는 행적이지만 그가 "출사표出師表"와 같은 명문을 남김으로 해서 그의 충절은 더욱 충절다운 것이 되었고, 구한말의 충의절사 매천梅泉 황현黃玹은 그가 남긴 절명시絕命詩가 있음으로써 그의 순절이 더욱 뜻 깊은 일이 되었다.

흔히 건전한 육체에 건전한 정신이 깃든다 하여 건강한 몸 지니기를 강조하거니와 바른 문장·좋은 문장을 추구하는 우리들의 간절한 바람은 그 바른 문장·좋은 문장이 곧바로 바른 사상·좋은 내용의 글이 된다고 하는 믿음에 뿌리를 두고 있다. 형식과 내용의 상관관계에 대하여는 더 이상의 논의를 할애하기로 하자. '겉볼안'이라고 겉모습을 제대로 갖춘 글에 비로소 알맹이가 무엇인가에 관심을 쏟을 수 있기 때문이다.

Ⅱ

그러면 어째서 21세기의 첫머리인 이 시기에 새삼스럽게 바른 문장 쓰기 운동이 논의되는가? 우리 민족 누천년累千年의 역사, 한글 창제 이후 반천년半千年의 역사를 살아오면서 그동안 우리는 글다운 글을 지어보지 않았단 말인가? 한문을 문장 생활의 중심으로 삼았던 과거에는 그렇지 않으나 한글이 문장 생활의 중심으로 자리잡은 20세기의 경우를 말하라면, 유감스럽게도 글다운 글이 많지 않았다고 말할 수밖에 없다.

여기에는 크게 두 가지 이유가 있다고 생각된다.

첫째는 개화 이후 20세기 전반의 일제의 영향이다. 일제는 일한동조론日韓同祖論이란 미명과 내선일체內鮮一體라는 기치 아래 문장에 있어서도 한국과 일본이 크게 다르지 않다는 것을 내세우며 한국의 국한혼용문이 일본의 일한혼용문과 동질적임을 강조하였다. 이것은 일견하여 그럴듯해 보이는 것이었다. 그러나 일본어의 통사 구조가 한국어와 큰 차이가 없어서 의사소통에 장애를 주지 않는다는 것과 정당한 한국어 문장의 생성이라는 것과는 거리가 있는 것이다. 한마디로 말하여 일본문 직역체가 우리나라 문화 사회 전반에 깊이 뿌리를 내리게 됨으로써 올바른 근대 한국어 문장의 발달에 걸림돌이 되었다. 이것은 특히 법조계에 엄청난 악영향을 끼쳤다. 법원의 판결문, 감사원의 판정문 같은 것은 그러한 일본 문장의 영향을 받아, 거기에서 헤어나지 못하고 있는 대표적인 사례에 해당된다.

둘째는 20세기 후반에 일어난 문필 생활의 대중화와 영어의 간섭이다. 20세기 후반이 되면서 정치적으로는 민주주의가 자리를 잡아갔고 그 과정에서 사회적 문화적으로 특정한 사람만이 글을 쓰는 시대는 사라지게 되었다. 전문 문필인 예컨대 전업 작가, 시인, 소설가가 직업군을 이루고 있는 것은 사실이지만 그들만이 글짓기를 전담하고 있다고 생각하는 사람은 없게 되었고 누구나 글짓기에 임할 수 있다는 의식이 확산되었다. 그런데 때마침 우리나라가 6·25라는 미증유未曾有의 역사적 비극을 경험하면서, 우리 사회 전반이 서양 문화 특히 영어를 중심으로 하는 미국 문화에 노출되었다. 다시 말하여 미국식 영어가 국어 문장을 간섭하기에 이른 것이다.

이것을 요약해보면 20세기에 들어와 대체로 50년의 간격을 두고 밀어닥친 일본어와 영어의 영향은 전통적인 한국어 문장의 순조로운 발달을 가로 막았다고 말할 수 있겠다. 역사적 변화 과정에서 한 나라의 문화가 다른 나라의 문화와 접촉하고 영향을 주고받는 것은 언제, 어디서나 있을 수 있는 현상이건만 20세기에 우리나라가 일본과 미국의 언어문화에 노출되고 접촉된 것이 어째서 부정적 요소로만 논의되는가? 이것이야말로 우리나라 문화사의 일대 비극이다. 만일에 19세기 말에 우리나라가 자주적으로 일본과 서구 열강에 개국 개방정책을 펴면서 우리의 전통 문화, 전통 국어 문장을 수립하는 데 적극적일 수 있었다면, 우리는 지나간 20세기를 우리 민족사에서 빼어버렸으면 좋았을 것이라는 극단적인 가정을 하지 않을 것이다. 우리는 지난 20세기 일백 년 동안 불행하게도 주체적 문화 활동을 누리지 못했다. 언문일치의 근대 문장이 확립되기도 전에 일제와 미국의 언어와 문장이 싹트는 우리 문장을 덮쳐버렸던 것이다. 일본 문장과 영어 문장이 우리 문장에 들어왔다고 해서 물론 전적으로 나쁜 일만 있었다고는 하기 어렵다. 그러나 든든한 줄기가 곧게 선 연후에 멋스러운 곁가지가 아름다움을 보태는 것이지 줄기가 약한 나무에 모양만 좋은 곁가지가 얹히면 그 나무는 휘청거리다가 꺾이어 부러지고 말 것이 아닌가? 국어 문장의 현황은 이러한 형편이라고 말하여 지나치다고 할 수는 없을 것이다.

Ⅲ

그러나 이와 같은 외부적인 요인만이 문제가 되었던 것은 아니다. 여기에 덧붙여 생각하여야 할 두 가지 사항이 더 있다.

그 하나는 글짓기 교육의 잘못된 관행이다. 글짓기는 말하듯 하면 된다는 안이한 생각을 국민 전체에 만연시켰다. 글짓기에 접근하는 태도를 편하게 하려는 방편이었으나 이것은 결과적으로 글짓기가 작곡이나 그림 그리기, 조각하기처럼 계획된 예술 활동이라는 인식을 심어주지 못했다. 글짓기가 어째서 말하듯이 쓰기만 하면 되는 것이겠는가? 글은 그것이 짧은 것이건 긴 것이건 수미쌍관首尾雙關하며 기승전결起承轉結의 아귀가 맞아야 하는 하나하나의 예술품이라는 인식을 제대로 심어 주지 못했다.

그리고 또 하나는 대학에서 석·박사 학위논문의 양산이다. 논문이 많이 쏟아져 나온다는 것이 어째서 문제가 되는가? 글짓기가 활발하게 되는 것이요, 많은 글은 동시에 좋은 글로 발전할 수 있는 것 아닌가? 그런데 실상은 그렇지 않다. 글짓기 수련을 제대로 쌓은 연후에 조심스럽게 논문을 집필하는 것이 아니라, 일정한(?) 형식에 맞추어 논문의 체계를 갖추느라 성급하게 논문을 작성함으로써 국어 문장답지 않은 비문과 논리적 전개조차도 미흡한 악문惡文이 버젓이 석사 논문, 박사 논문으로 발표되는 사례가 많아지게 되었다. 한마디로 말하여 기초 문장 수련도 받지 못한 학위논문이 전국의 각 대학에서 마구잡이로 양산되고 있는 실정이다.

Ⅳ

우리는 이와 같은 국어 문장의 현재 실태를 냉엄하게 직시하고, 그 잘못으로부터 벗어나기 위한 방안을 모색하여야 할 때가 되었다. 지금도 이미 늦었으나 이제는 더 이상 늦출 수 없는 절박한 상황이 되었다. 우리는 지금 21세기의 문턱에 서서 새로운 각오와 우리 문화의 새 장을 열어가려고 한다. 20세기의 불행했던 문화사를 뛰어넘어 당당한 한국 문화를 만들려는 것이다.

그래서 우리는 문장상담소의 제도화에 눈을 돌리게 된 것이다. 올바른 문화 사회를 만드는 전제요 기초 작업이다. 우리는 편의상 '문격文格'이라는 용어를 사용하여 우리의 논의를 좀 더 보완하고자 한다. 사람이 사람다우려면 '인격人格'이 있어야 한다. 인격을 갖추지 않은 사람은 외형은 사람일지 모르나, 그런 분을 참다운 사람으로 대우하지는 않는다. 이와 마찬가지로 글에도 글다움을 보장하는 문격이 필요하다. 그러므로 문장다운 문장은 문격을 갖춘 문장이다. 우리가 문장상담소를 제대로 운영하고 활성화한다면 우리나라에서 생산되는 모든 학위 논문, 모든 공용 문서는 문격을 갖춘 문장으로 차고 넘칠 것이다.

문격에는 보이는 문격과 보이지 않는 문격이 있다. 보이는 문격에는 맞춤법, 띄어쓰기 등 정서법에 관련된 일체의 서법書法이 포함된다. 보이지 않는 문격에는 알맞은 어휘 선택에서부터 글의 정서와 논리성이 두루 포함된다. 우리는 보이는 문격에 대해서는 그동안 많은 논의를 하여 왔다. 그러나 보이지 않은 문격에 대하여는, 그것이 보이지 않음으로 하여 논의할 기회가 상대적으로 적었다. 문장상담소가 제대로 운영된다면, 아니 문장상담소의 이상을 올바로 이해하는 사람들이 늘어나서 문격을 갖춘 우리글이 이 나라에 퍼져 나간다면 21세기의 우리 문화는 저절로 세계 속의 자랑스런 한국 문화로 자리매김을 할 것이다. 그렇게 될 때에 이 글의 첫머리에서 언급했듯이 입언立言을 통한 입공立功과 입덕立德의 문화 풍토가 이루어질 것이다.

V

요즈음 영어를 우리나라의 공용어로 삼자는 얘기가 심심찮게 들린다.

기초 발상부터가 치졸하고 황당하여 언급할 필요조차 없는 얘기이지만 그 영어 공용어론이 나오게 된 원인 가운데에는 문격文格을 갖춘 국어 문장을 지을 수 있는 사람이 적다는 사실도 포함되어야 할 것이다. 좋은 국어 문장을 짓는 데 자신감을 갖지 않은 사람들이 아예 국어를 버리고 영어로 도망치자고 하는 심리가 작용할 수도 있기 때문이다. 국어에 대한 자신감과 애정이 모자랄 때, 차라리 남의 글이면 잘못을 저질러도 괜찮지 않겠느냐는 도피 심리가 작용할 수도 있다. 영어 공용어론에 열을 올리는 이 가운데 작가가 한 분 있다면, 그러면 그 분은 문격을 갖춘 국어 문장을 짓는 데 자신이 없거나, 능력이 부족하다고 말할 수 있는가? 이런 반문이 가능하다. 우리는 이 질문에 대하여 단호하게 대답할 수 있다. 그렇다. 그 작가는 국어 문장을 지음에 있어 문격이 무엇인가를 생각해 본 적이 없는 분일 것이다. 그 분의 글에 의도적이건 의도적이 아니건 문격을 갖춘 한두 마디의 아름다운 국어 문장이 발견될 수는 있겠지만, 그 분은 글을 쓰면서 인격과 문격이 어우러진 아름다운 국어 문장을 지으면서 내심으로부터 국어의 아름다움에 황홀해 하고 감사해 보지 않은 분이라고, 우리는 이 자리에서 단호하게 결론지을 수 있다.

우리가 국어문장상담소를 제도화하려는 것은, 그것은 문격이 없는, 또는 문격을 갖추지 않은 글들이 횡행, 난무하는 오늘날의 국어 문장 실태를 종식시킴으로써 우리 문화를 바람직한 순정醇正 문화, 바람직한 문화 사회로 바꾸려는 것이요, 세계 속의 한국을 고유한 문화 한국으로 만들려는 것이다. 이것이 민족정기를 바로잡는 길이요, 진정한 한국의 세계화이기 때문이다.

아름다운 국어 문장, 제대로 된 국어 문장이 이 땅에 자리 잡을 때에 우리는 비로소 우리가 문화 민족임을 말할 수 있을 것이고, 세계 속의 문화 한국을 자처할 수 있을 것이다. 문장 입국立國의 꿈이 바야흐로 전개 되는 순간이다.

북한의 언어 이질화에 대하여

남북한의 화해 분위기는 우리의 가슴을 설레게 한다. 당장에라도 통일이 되었으면 좋겠다는 우리의 오랜 열망을 부채질하기 때문이다. 이러한 감정의 한편 구석에는 통일이 되었을 때의 불편과 혼란을 어떻게 최대한 줄일 수 있겠는가 하는 근심이 자리잡고 있다. 그 근심 속에는 남북한 언어의 이질화 문제가 들어 있다. 반세기가 넘는 세월, 서로 교류가 없는 언어 생활은 양쪽의 말을 상당 부문 서로 다르게 변화시켰을 것이라고 생각하기 때문이다. 우리는 이 문제를 좀 더 깊이 있게 검토해 보아야 한다. 정말로 양쪽의 언어는 의사소통에 지장을 줄 정도로 변화하였는가? 많은 사람들이 그렇게 생각하고 그것을 극복하기 위하여 우리가 이제부터 그 문제를 풀기 위해 노력하여야 한다고 생각한다.

다시 한번 차분히 정리해 보자. 남북한의 언어는 얼마나 이질화하였는가? 지난 6월, 남북의 정상이 평양에서 만난 후로 남북한 이산가족이 평양과 서울에서 한 차례 상봉의 기쁨을 나누었다. 그때에 서로 헤어져 살던 가족이 눈물을 앞세우며 정담情談을 나누었다. 그런데 그 만남의 전체 행사에서 서로 못 알아듣는 낱말이 나와서 고생했다는 이야기는 나오지 않았다. 이것은 무엇을 말하는가? 50여 년의 세월로는 일상생활의 언어상 변화가 없었으며 대화상의 장애는 발생하지 않는다는 것을 말하는 것이 아닌가? 물론 우리는 몇 개의 생소한 낱말에 대한 새로운 지식을 얻었다. '식반찬'이라든가, '일정이 긴장하다'든가 하는 색다른 낱말과 표현을 알게 되었다. 그것이 새롭기는 했으나, 이질화의 범위에 드는 것은 아니었다. 그 정도라면 경상도와 전라도 사이의 사투리에도 얼마든지 발견할 수 있는 것들이기 때문이다.

그럼에도 불구하고 우리는 여전히 이질화 문제가 걸림돌이라고 생각한다. 그것은 아마도 조금만 깊이 있는 대화를 나누려 할 경우에 어딘가 서로 간에 편안한 마음으로 이야기가 되지 않을 것이라는 가슴 속 깊은 우려의 심정 때문이 아닌가 싶다. 깊이 있는 대화라는 것은 속마음을 확 터놓은 감정적인 일체감일 수도 있고, 특수한 분야의 전문적인 내용의 지성적·논리적 일체감일 수도 있다. 여기에 이르러 우리는 진정으로 남북 사이에 언어의 이질화 문제가 실제로 존재한다는 사실에 접한다. 그것은 아직까지 실현되지 않은 대화에 대한 우려요 고민이다. 이것은 생각과 느낌이 다른 두 사람이 똑같은 말을 하면서도 서로 다른 생각을 하는 경우와 같은 현상이다. 그것은 어쩌면 똑같은 정치·사회·문화 환경에서 정서적으로나 이성적으로 일치된 분위기를 만들기 전까지는 어쩔 수 없는 언어적 어긋남 현상으로 보아야 할 것이다. 이러한 어긋남은 통일이 된 뒤에도 한참 동안의 조정 기간을 거쳐야 해소될 성질의 것이다.

그 다음으로 문제 삼아야 할 것은 이질화를 생각하는 관점의 문제다. 50여 년 동안 북한은 북한대로 남한은 남한대로 독자적인 언어 변화를 겪었다. 그런데 북한은 상대적으로 외부 세계와의 접촉이 적어 그 변화의 질량이 적었으며 남한은 개방 사회로 살아왔다는 특성 때문에 외래어 증가를 비롯하여 상당량의 신조어가 생겼다. 따라서 북한 사람들이 남한 언어를 볼 때에는 이질화 현상이 두드러지지만 남한 사람들이 북한 언어를 볼 때에는 변화의 폭을 별로 느끼지 않을 수 있다. 그러면서도 남한 사람들의 처지에서 못 알아듣는 북한말이 얼마나 있느냐를 가지고 이질화를 말하여 왔었다. 이것은 아주 잘못된 생각이었다. 많이 변한 것은 남한 쪽이므로 이질화의 문제를 북한 사람의 처지에서 남한 언어의 변화상을 이해하고 파악해야 한다는 관점에서 논의해야 마땅하다. 그러한 의미에서 최근 국어연구원에서 간행한 『북한 주민이 모르는 남한 어휘』는 남북한 언어 이질화의 본질을 바로 파악한 저술이라고 하겠다. 그 책의 책임연구자는 필자에게 '싸가지가 없다'가 무슨 뜻이냐고 물었다. '싸가지'는 사전에 보면 '싹수'의 방언으로 되어 있다. 흔히 사람됨이 모자랄 경우에 '장래성'이 보이지 않는다는 표현으로 '싸가지가 없다'가 쓰이는데 이러한 표현이 북한에서는 쓰이지 않는 듯하였다. 이것은 한 개인의 특별한 어휘 능력에 관계되는 것인지 모르겠으나 남한 사람으로서는 상상할 수 없는 일이다. 이런 정도의 표현을 북한 사람들이 못 알아듣는다면 정말로 남한 언어는 엄청난 이질화가 발생한 셈이다.

『북한 주민이 모르는 남한 어휘』에 따르면 남한 사회에서 발생한 비유적인 표현들이 이해 할 수 없는 남한 말로 되어 있다. 예를 들면 다음과 같은 것들이다. '축구 꿈나무'의 '꿈나무', '거품 빠진 부동산 경기'의 '거품', '가방 끈이 짧다', '물 건너가다', '(경기가)바닥을 치다', '발이 넓다', '(정치인들이)줄을 서다', '총대를 메다'

남한 사회의 정치·경제·문화가 북한과는 얼마나 이질적으로 변모하였는가를 실감할 수 있는 표현들이다. 가령 '물밑 대화'같은 말도 북한 사회에서는 성립할 수 없는 것이니까 잠수부들이 물속에서 나누는 대화쯤으로 파악할지도 모른다. 물론 '물밑 대화'라는 말이 사용되는 문맥 상황은 그것이 표면 거래가 아닌 뒷거래의 성격을 지니는 것으로 알겠지만 그것을 이해하는 것은 곧 그런 상황의 사회를 이해하는 것이다.

다음과 같은 한자어 낱말도 북한 주민은 이해하기 힘든 것들이다. '경로 우대증', '공공요금', '내연 관계', '민초', '비자금', '사생활', '비과세 저축예금', '병살타', '동거녀', '생보자', '청문회', '파출부', '판공비', '해결사', '종토세' 등.

이러한 낱말들은 분명히 지난 50여 년 간 남한 사회의 변화상을 반영하는 것들이다. 이러한 낱말을 통하여 남한이 그동안 어떻게 변화하여 왔는가를 헤아려 봄직하다. 그러므로 이 낱말들을 북한 주민이 모르는 것은 너무도 당연하다. 그렇다면 북한 주민이 모르는 것이 이러한 언어상의 문제인가? 낱말을 이해하지 못하는 것이 아니라 남한의 사회 구조, 생활 풍습, 의식 세계를 모르는 것이라고 보는 것이 더 적절한 표현이 아닐까 싶다. 더 나아가 영어를 바탕으로 한 외래어는 당연히 북한 주민들에게는 생소한 낱말일 수밖에 없다.

'개그맨', '고스톱', '그린벨트', '나스닥', '시장 네티즌', '데이트', '디스크', '딜레마', '레프팅', '레저', '로비', '포럼', '마인드', '매니저', '모니터링', '벤처', '붐', '뷔페', '빌라', '사이버', '세미나', '알리바이', '앵커', '윈윈 전략', '인턴', '징크스', '체크', '칼럼', '콘도미디엄', '터프하다', '텔레파시', '프라이버시', '패러다임', '프리미엄', '핫라인', '홈쇼핑', '힙합바지'

이런 낱말들은 우리 남한 사람들이 매일같이 외래어라는 의식도 별로 갖지 않고 흔하게 쓰는 것들이다. 그런데 이것을 북한 주민들은 알아듣지 못한다. 그렇다면 다시 한번 생각해 보자. 말을 못 알아듣는다는 것은 그 '말'을 모르는 것이다.

그러면 우리는 어째서 지금까지 남북한의 언어 이질화를 '낱말의 몰이해' 쪽으로만 생각하여 왔는가? 그리고 남한 사람들이 북한 언어에 생소한 것만을 문제 삼았는가? 너무도 자기 중심적인 좁은 소견으로 생각해 왔음을 우리는 이제 겸허하게 반성하여야 한다. 남북한 언어의 이질화는 어디까지나 상대적인 것이며 서로가 서로의 사회 구조와 생활 관습과 의식 구조를 이해하려고 노력할 때에만 극복될 수 있다는 사실을 깨달아야 할 것이다. 남한 사람들은 북한에서 쓰이는 몇 개의 생소한 낱말에 대하여 신경을 쓸 것이 아니라 그들이 무슨 생각을 하며 왜 주체사상을 부르짖으며 폐쇄 사회를 고집했는지, 그리고 한동안 대남 적화 통일을 위한 일련의 군사적·외교적 활동을 펼쳐 왔는가를 깊이 이해하려고 노력해야 할 것이다. 또 북한 사람들은 남한 사람들이 어째서 그토록 외래어를 많이 사용하면서도 북한 사람들 못지않게 민족적 주체성이 강하며, 민족 문화를 지키기 위하여 얼마나 노력하며 사는가도 알아야 할 것이다. 그러면서 인류가 궁극적으로 서로 도우며 서로 어울리어 사는 것이므로 개혁과 개방은 필연적인 삶의 방식임을 깨닫고 열린 마음으로 미래를 설계하고자 애써야 할 것이다.

이제 우리는 아주 편한 마음으로 말할 수 있다. 남북한 언어의 이질화는 남북한 삶의 이질화에 있으며 그 극복은 단일한 생활권 안에서-그러니까 하루빨리 통일이 되어-생각과 말과 행동을 부담 없이 함께 나누는 것임을.

우리민족의 철학 용어를 정리,
통일하는 원칙과 방법

I

우리 민족은 반세기에 이르는 긴 세월을 서로 다른 두 개의 정치 체제에서 별도의 생활을 누려왔다. 그 별도의 생활은 자연스럽게 언어의 이질화를 불러왔고 그것은 통일을 열망하는 현재의 시점에서 우리 민족이 건너야 할 가장 시급한 과제로 떠올랐다. 언제가 될지는 모르겠으나 가까운 장래에 어떠한 형태로든 통일의 절차가 진행될 것이고, 더 나아가 21세기에는 우리 민족이 여러 분야에서 세계를 이끌어 가는 선도적 역할을 할 것이라는 기대를 지니고 있는 터에 분단 상황하의 언어의 이질화라는 것은 민족적 자존심에 견디기 어려운 흠집이라 아니할 수 없다. 이 글은 이러한 흠집을 어떻게 해소할 것인가 하는 고민을 깊이 있게 검토해 보고자 하는 것이다.

그러나 우리의 물음과 고민은 제자리 돌아보기부터 시작하여야 하겠다. 우선 우리가 논의해야 할 제목 "우리 민족의 철학 용어를 정리,

통일하는 원칙과 방법"이 과연 합당한 제목인가를 따져보아야 할 것이다. 우리는 이 글의 첫머리에서 우리 민족이 반세기의 정치적 남북 분단으로 말미암아 언어의 이질화가 발생했다고 언급하였다. 또 우리의 논제도 민족적 철학 용어를 정리, 통일할 필요성을 제시하였다.

그러면 다시 한 번 냉철하게 생각하여 보자. 우리 민족은 남북 분단의 정치적 분할 상태로 말미암아 정말로 언어의 이질화를 심각하게 경험하였는가? 아니면 그동안의 반목과 대립이 언어의 이질화라는 환상을 관념적으로 굳혀온 것은 아닌가? 우리는 이 물음에 정직하게 대답하지 않는 한, 우리의 논제에 접근할 수 없을 것이므로, 이 '언어의 이질화'라는 용어의 실체를 끈질기게 물고 늘어져야 할 것이다.

한편 우리가 다루는 큰 주제가 철학 용어의 우리말 정리와 철학 교육이므로 철학용어의 우리말 정리라는 것이 구체적으로 무엇을 뜻하는 것인지를 따져 보아야 한다. 그것은 지금까지 우리의 철학이 우리말 곧 한국어로 이루어지지 않았다는 것인가? 아니면 '우리말'이 뜻하는 핵심 의미가 혹시나 고유어라고 일컬어지는 토박이 한국말을 뜻하는 것은 아닌가? 만일에 '우리말'이 순수한 우리나라 토박이말을 뜻하는 것이라고 한다면 소박한 의미에서 매우 편협한 민족주의를 표방하는 것이라고 하겠는데 우리의 '철학함'은 그렇게 민족주의적 바탕위에서 토박이말로 해야만 우리다운 '철학함'에 도달하는 것이라고 할 수 있다는 말인가? 우리는 이 질문에 정직하게 대답하지 않으면 우리의 논의를 진행할 수 없을 것이다. 논지를 분명히 하기 위하여 몇 마디를 덧붙여 보기로 하자.

'철학함의 민족어'라는 주제를 설명하는 글은 다음과 같다.

"우리 민족의 철학적 사유는 우리말에 의거하므로 철학적 사유가 담긴 우리말을 발굴하고 철학의 전문 용어를 우리말로 다듬음으로써 우리 철학의 세계성을 지닐 수 있도록 한다."

이 문장을 순박하게 있는 그대로 풀이 하자면 다음과 같이 정리할 수 있겠다.

1. 우리 민족은 우리말로 철학을 해야 한다.
2. 따라서 철학을 할 수 있는 우리말을 더 많이 찾아내고 철학하는 데 쓰이는 전문용어를 우리말로 정리해야 한다.
3. 우리말로 정리된 철학은 곧 '우리 고유의 철학'으로서 세계성을 확보해야 한다.

위의 세 가지 당위론적인 명재(?)에 공통된 요소는 다름 아닌 '우리말'이다. 그러면 이 '우리말'의 정체는 무엇인가? 지금까지 우리는 우리말로 철학을 해 본 적도 없고 하지도 않았단 말인가? 그렇지는 않을 것이다. 여기에서 언급한 '우리말'은 아마도 '한자어'가 아닌 '토박이 고유어'를 뜻하는 것으로 풀이해야 할 것이다. 그래야만 주위에 있는 다른 어떤 언어와도 구별되는 우리 민족의 고유성을 보장할 수 있을 것이기 때문이다.

지금까지 검토한 바를 정리하면 다음의 두 가지로 요약된다.

첫째, 우리민족은 남북 분단으로 언어의 이질화가 발생하였다. 그러므로 우리는 그 이질화를 극복할 방안을 모색해야 한다.

둘째, 우리 민족은 고유어를 토대로 한 철학을 해야 한다. 그 철학으로 세계성을 확보해야 한다.

Ⅱ

우리는 이제 위의 두 번째 항목의 문제점부터 짚어 보기로 하자. 우리가 고유어를 토대로 한 철학을 해야 한다고 하는 생각은 일단 당연한 주장이라 할 수 있다. 그러나 여기에는 앞에서도 지적한 것처럼 중대한 오해가 있을 수 있다. 지금까지의 우리의 철학은 우리다운 철학이 아니었는가? 또 고유어가 아닌 한자어로는 우리다운 철학이 불가능했다는 것인가 하는 점이다. 이 문제를 풀기 위하여 잠시 우리 민족의 철학 사상사를 훑어보기로 하자.

신라 불교사의 명산 준봉인 원효, 원측, 의상의 철학적 업적은 문자 그대로 세계 불교사에 큰 획을 긋는 고전이 되었으며 그것은 우리 민족의 철학적 역량을 증거하는 데 조금도 부족함이 없는 것이다. 고려에 와서 의천이나 지눌 같은 고승대덕이 역시 우리나라 불교 사상의 고유성과 세계성을 동시에 입증하였다. 조선조에 와서 퇴계, 율곡 등 성리학의 큰 별들은 그들이 사용한 언어가 당대의 국제적 문자 언어인 한문이었으나 그들의 업적은 더할 나위 없이 우리다운 것, 한국적인 철학함의 증거들이었다. 여기에 이르러 중세기 서양에서 철학을 비롯한 학문 일반이 그리스-라틴어를 토대로 하여 전개되었다는 사실을 회고하게 된다.

그리고 특별히 근세에 이르러, 독일에서 이른바 민족적 자각과 함께 열화와 같이 퍼져 나간 언어 순화 운동에 힘입어 개념어의 상당 부분을 게르만 계통의 어휘로 바꾸는 데 성공한 사례까지 회상하게 된다. 그렇다면 고유어를 토대로 한 철학의 모색은 결국 근세에 독일이 성취한 언어 순화 운동을 의중에 두고 있는 것은 아닌가 일단 의심해 볼 수 있다. 독일의 경우 철학 용어의 일부가 게르만 계통의 어휘로 대체된 것은 사실이나 그래도 또 기본적인 개념어들은 여전히 그리스ー라틴어 계통의 어휘가 감당하고 있고 기초어휘 부분을 게르만·어휘가 감당한다는 이중 구조의 틀이 유지되고 있는 실정이다.

우리가 만일에 근세 이래 독일의 언어 순화 운동을 염두에 두고 고유어 개념어 만들기를 꿈꾸는 것이라면 우선 그 타당성과 가능성, 그 성공률을 면밀히 따져 보아야 한다. 우리는 일부의 철학자들이 '행위'를 '함', '지식'을 '앎'으로 바꾸어 보라는 의견을 낸 적이 있음을 알고 있다. 그러나 이것은 정교하고 변별성이 강한 추상 개념을 표현하는 데 있어서 한자어와 고유어 중 어느 것이 우수한가를 알면서도 짐짓 고유어에 대한 정서적 유혹에 끌려 그렇게 시도해 본 것에 지나지 않았다는 것도 알고 있다. 또 설사 몇몇 개 고유어 어휘가 특정한 철학적 개념을 나타내는 데 성공하였다 하더라도 곧 그것이 한국적 철학의 확립을 보장하는 것은 아니라는 것도 우리는 알 수 있다.

Ⅲ

독일의 경우를 조금 자세히 들여다 보기 위해 고종석의 글을 인용한다.

"1617년 루드비히 폰 안할트는 라틴어나 프랑스어 같은 문화어들Kultursprachen에 맞서서 독일어를 선양하고 순화하기 위한 단체를 만들었다. '결실의 모임Fruchtbringende Gesellschaft' 또는 '종려나무 교단Palmenorden'이라고 불렸던 이 협회는 쾨텐. 바이마르 할레 등지에 사무실을 두고 '애국적 인사들'을 규합했다. 마르틴 오피츠, 요한 미하엘

모셔로슈, 프리드리히 폰 로가우, 유스투스 게오르크 쇼텔, 안드레아스 그리피우스 등 당대 일급 지식인들이 회원으로 참가한 이 '결실의 모임'은 뒤이어 독일 전역에서 우후죽순처럼 결성될 수많은 순수주의 운동 단체들독일에서는 이 단체들을 언어 협회들 Sprachgesellschaften이라고 불렀다의 효시였다. '성실한 잣나무 협회', '독일 애호 협회', '페그네시아 꽃 모임', '엘바강 백조 교단' 등의 '향토적 이름들을 지닌 이 언어 협회들이 수행한 언어 운동 Sprachbewegung의 핵심은 '독일화Verdeutschung'였다. 즉 라틴어, 그리스어 같은 고전어와 특히 프랑스어에 깊이 침윤된 독일어 어휘를 순수하게 독일화하는 것이었다. 그들은 이런저런 글들을 통해 이른바 '알라모더라이Alamoderei: 프랑스풍 생활 양식이나 예절의 모방, 또는 독일어와 프랑스어를 섞어 쓰기, 특히 30년 전쟁 기간과 그 이후 독일어에는 프랑스어 단어가 물밀듯이 파고들었을 뿐만 아니라, 지식층을 비롯한 일부 사회 계층에서는 완전한 프랑스어/독일어 이중언어 상태나 프랑스어만을 쓰는 관습이 존재했다.'를 풍자하며, 차용어들을 대체하기 위한 순수한 독일어 어휘를 새로 만드는 데 열중했다.

예컨대 쇼텔은 Grammatik문법에 대하여 Sprachlehre라는 말을, Verbum동사에 대하여 Zeitwort라는 말을, Semicolon세미콜론에 대하여 Stichpunkt라는 말을 만들어 냈다. 하르스되르퍼도 Correspondance서신 교환에 해당하는 Briefwechsel이라는 말과 Labyrinth미로이 해당하는 Irrgarten이라는 말을 만들어 냈다. 이들 동시대인들 가운데서 이런 독일어화에 가장 열심이었던 사람은 필립폰 체젠이었다. 그는 차용된 지 오래돼 토착어나 다름이 없이 돼버린 단어들 까지도 축출하고 새 말을 만드는 열의를 보여 언중의 외면을 받기도 했지만, 그가 만든

말들 가운데 상당수는 몇 백 년 세월을 견뎌내고 아직까지 쓰이고 있는 것도 사실이다. 예컨대 Dialekt방언에 해당하는 Mundart, Libertéde Conscience양심의 자유에 해당하는 Gewissensfreiheit, Autor저자에 해당하는 Verfasser, Horizont지평선, 수평선에 해당하는 Gesichtkreis, Epigramm풍자시, 격언시에 해당하는 Sinngedicht 따위의 말들은 체젠이 만든 것이다. 때는 바로크의 세기였고 독일화의 열정은 자주 지나침이 있었다. 어떤 신조어들은 동시대인들에게 혐오감을 주어 받아들여지지 않았고, 또 다른 어휘들은 일단 받아들여졌더라도 이내 사라졌다. 오늘날 Nase코를 Gesichtvorsprung얼굴의 튀어 나온 부분이라고 말하는 독일 사람은 없고, Natur자연를 Zeugemutter증거가 되시는 어머니라고 말하는 사람도 없으며 Fieber열병 Zitterweh도떨리는 아픔이라고 말하는 사람도 없다. 더구나 Nase는 게르만계의 고유어인데도 외래어로 잘못 파악하고 우스꽝스러운 말을 만들어낸 것이다.

이런 언어 운동가들이 한 일은 신어의 창조만이 아니라, 정서법의 통일과 문장 규범의 확립 등 여러 면에 걸쳐 있었다. 이들 순수주의자들은 거의 전부가 프로테스탄트들이었으므로 그들이 전범으로 삼아 퍼뜨린 독일어는 루터 성경의 독일어였다. 그들은 루터 성경의 독일어를 기초로 삼아서 여러 방언들과 싸우며 표준적인 신고지독일어新高地獨逸語를 확립했다. 그들은 특히 정서법 확립에 힘을 기울였다. 쇼텔 이래로 독일어의 역사에 대한 관심이 확산된 것도 철자법 확립에 기여했다. 독일어 문법학자들은 독일어의 철자를 확립하는 데 단순히 그 발음만이 아니라 독일어사 연구에 따른 동원同源 여부를 고려하게 되었다. 그들은 많은 쌍자음을 없앴고, 그때까지 문장을 구분하던 횡선

대신에 쉼표와 마침표를 도입했으며, 문장의 문법적 마디를 명료하게 하기 위해서 명사의 첫글자를 대문자로 쓰도록 규정했다.

순수파 문법학자들은 독일어 어휘부에 들어온 외래 요소들을 몰아내고 형태부를 통일하며 철자법을 합리화하는 데에 만족하지 않았다. 그들의 야심은 독일어를 세련화시켜서 문화어로 만들고 프랑스어와 같은 수준으로 이끌어 올리는 것이었다. 그래서 문체와 시에 대한 연구는 언어 운동가들의 주요한 관심이 되었다. 이들의 이런 노력이 뒷날 괴테와 실러에 의해 완성되는 '고전 문화어로서의 독일어'의 확립에 커다란 기여를 한 것은 분명하다.

그러나 이 순수주의자들의 첫 번째 관심이 독일어 어휘부의 '독일화'에 있었던 것 역시 분명하다. 독일어가 더 이상 다른 문화어들의 위협을 걱정하지 않아도 되게 된 19세기 초까지 이 언어 순화의 노력은 꾸준히 계속되었다. '외래어 사냥Fremdwortjagd'이라는 비아냥을 받으면서도 지속적으로 힘을 확장해 온 이 순수주의는 19세기 초 요아힘 하인리히 캄페가 펴낸 두 종의 사전 속에 집대성됐다. 『독일어 사전』 1807년과 『외래 표현이 침투한 우리말의 설명과 독일화를 위한 사전』 1813년을 통해 캄페는 대부분의 차용어들이 순수한 독일어로 표현될 수 있다고 주장하며 일일이 그 예를 들어놓았다. 그가 직접 만들거나 지지한 신조어들의 상당수는 프랑스/라틴계 단어들을 대치하는 데에 성공했거나, 그러지 못했을지라도 오늘날까지 사용되고 있다. 예컨대 캄페는 Zirkulation순환, 유통에 대응하는 Umlauf, Republik공화국에 대응하는 Freistaat, Supplikant청원자에 대응하는 Bittsteller, Rendezvous회합, 데이트에 해당하는 Stelldichein, karikatur풍자화에 해당하는 Zerrbild, Appetit식욕에 해당하는 Esslust, Revue열병 閱兵에 해당하는 Herrschau 같은 낱말을 새로 만들어 독일어 어휘 속에 포함시키는 데 성공했다. 캄페의 동료이자 체조 교사로 유명한 얀은 Nationalität민족성의 의미로 Volkstum이라는 말을 만들었고, Rezension서평이라는 의미로 Besprechung이라는 말을 사용해 독일어의 '독일화'에 기여했다. 그러나 이런 성공적인 예들 뒤에는 사람들에 의해 받아들여지지 않아 이내 잊혀버리고만 무수한 하루살이 '독일어 단어'들이 있었다.

17세기 이래의 독일어 순화 운동은 꽤 많은 '순수 독일계' 어휘를 독일어 어휘 속에 포함시키는 데 성공했고, 또 그만큼은 아닐지라도 상당한 수의 프랑스/라틴계 어휘, 그리스어계 어휘를 독일어에서 몰아내는 데 성공했다. 그러나 '독일어의 완전한 독일화'라는 순수주의자들의 목표는 그들이 처음 의도했던 것에는 훨씬 못 미쳤다. 지금의 어떤 독일어 사전을 펼쳐도 프랑스/라틴계, 그리스어계 단어들은 수두룩하다. 그것은 이 순수주의자들이 어떤 '문체적 의도들'을 무시한 채 오로지 언어의 피를 순화하는 데만 정신을 쏟았기 때문이다.

문제는 '독일어의 완전한 독일화'라는 이들의 궁극적 목표가 실패했다는 데 있는 것이 아니라, 독일의 역사에서 민족주의의 기운이 위험스러울 정도로 높아질 때마다 이 순수주의가 기승을 부렸다는 데에 있다. 19세기 초 이래 얼마간 잠잠했던 순수주의는 프로이센-프랑스 전쟁의 승리로 1871년에 제2제국이 성립하면서 다시 역사의 전면에 나타났다. 17세기 초처럼 다시 언어 협회들이 생겼고, 이 세기 말부터 20세기 초에 걸쳐 열 권으로 된 『독일화에 관한 책Verdeutschungsbücher』이 발간 됐다. 헤르만 리겔이 이끈 대표적인 언어 협회는 3만 명이 넘는

회원을 거느리고 있었고, 여기에는 공무원들도 상당수 포함됐다. 체신 국장 하인리히 슈테판은 체신 관련 외래어 7백 60개를 '순수 독일어'로 바꾼 공로로 1887년에 이 언어 협회의 명예 회원이 되었다. Telefon전화기을 Fernsprecher로, recommandieren등기로 부치다을 einschreiben으로 바꾼 것이 바로 슈테판이다.

그러나 예컨대 Fernsprecher가 Telefon을 독일어에서 구축할 수는 없었다. 시민들은 오히려 일상적인 Telefon이라는 외래어를 더 선호했다. 관습의 힘도 관습의 힘이지만, 이 단어가 독립적으로 존재하는 것이 아니라 독일어의 어휘장 속에서 이미 많은 파생어들을 생산해낸 상태였기 때문이다. 예컨대 Telefon이라는 단어는 독일어 속에서 telefonieren전화 걸다, telefonisch전화의, Telefonist전화 교환수, Telefongespärch전화통화, Telefonhörer수화기, Telefonbuch전화 번호부 같은 단어들과 단단히 연결돼 있는데, Telefon이라는 단어를 포기하게 되면 다른 단어들도 포기해야 하므로, 그것이 일반인들에게는 불편한 일이었던 것이다.

그러나 빌헬름 왕조 시기에 독일을 풍미한 민족주의 열풍에 힘입어 순수주의자들은 많은 외래어를 독일화하는 데 성공했다. 그 독일화는 이 시기에 독일에서와 같은 정도의 순수주의 운동이 없었던 오스트리아나 스위스의 독일어와 독일의 독일어 사이에 일정한 균열을 만들어내기도 했다. 예컨대 교통 분야에서 오스트리아 독일어나 스위스 독일어에는 Perron플래폼이나 Coupé칸막이 객석처럼 오래 전부터 써오던, 그리고 외국인들에게 쉽게 이해되는 외래어들이 지금도 남아 있지만, 독일에서는 이미 빌헬름 시절에 이 단어들이 Bahnsteig와 Abteil이라는 '순수 독일어'로 대치됐다.

이 언어 순수주의자들은 두 차례의 세계대전 기간 동안에는 아마추어 언어학자로 남는데 만족하지 않고, 정치적 운동을 조직하기도 했다. 제1차 세계대전 기간 동안 '순수한 독일어'를 쓰지 않는 사람들은 이들에 의해 '정신적인 반역자'로 매도됐고, '독일어를 사용하는 하나의 독일 민족만이 최고의 민족'이라는 구호가 횡행했다. 히틀러 치하에서 독일 민족주의가 극성을 부리며 최고의 시절을 맞게 된 언어 협회는 제2차 세계대전이 발발하자 '모국어의 돌격부대'로 자처하며, '마르크스주의적·민주주의적 의회주의의 탈독일화하고 외국화된 언어'와의 투쟁을 선포했다. 그들이 생각하기에 당대의 독일어는 '유태인과 서유럽의 영향으로 붕괴돼 버린 독일어'였다.

독일에서의 이런 언어 순화론은 Radio라디오를 Rundfunk로 바꾸고, Television텔레비전을 Fernsehen으로 바꾸고, Journal잡지을 Zeitschritft로 바꾸는 '개가'를 이루어냈지만, 그 대가로 독일 역사의 한켠에 '순수한 독일어'라는 우상을 섬기는 언어 물신주의가 자리잡게 되었다."

IV

앞에서 장황하다 싶을 만큼 길게 독일의 사정을 소개하였다. 그 글을 읽는 동안 짐작하였겠지만 우리는 '우리 민족 고유의 철학'이라는 것을 상정하고 그러한 학문적 세계를 꿈꾸고 있는 오늘의 논의가 전적으로 잘못되었다고 말하고 싶지는 않지만 그러한 방향이 학문 일반에 기서는 한국인의 '철학함'에만 국한시켜도 좋다에 보편적으로 적용되어서는 곤란하다는 주장을 펴고 싶었기 때문이다.

학문은 궁극적으로 보편성을 띠어야 한다. 중세기 이래 서양의 사정이 어떠하였건 라틴어가 학술어로서 서양을 지배하였다는 것, 그리고 최근세에 이르기까지 중국을 중심으로 한 동북아시아에서 한문이 학술어로 군림하였다는 것은 인류 문화의 발전을 위해 대단히 다행스러운 일이었다. 한두 가지 예를 생각해 보자.

가령 린네가 학명學名들을 라틴어로 짓지 않았더라면 식물 분류의 국제적인 체계가 오늘날처럼 안정된 자리를 차지하지 못했을 것이다. 또 동양의 경우, 일본에서 난학蘭學: 네덜란드 문헌을 통한 서양 학문 연구. 애도江戶 시대 이후 일본 근대화의 기초가 되었음.이 발흥하고 메이지 시대 이후에 서양의 학술용어를 미친듯이 한자어로 번역해 낸 사건이다. 이러한 일본인들의 서양 학문의 한자어 번역 작업이 없었다면 한·중·일 동양 3국은 학문적으로 서양과 겨루고자 하는 오늘날과 같은 문명적 대립 의식 같은 것은 꿈도 꾸지 못했을 것이다.

에도 시대 난학자蘭學者들이 만들어 낸 번역어와 메이지 시대 이래 일본에서 번역된 유럽의 학술용어들이 거의 대부분 한자어라는 형태로 아무런 거부감 없이 한국어 어휘 자산으로 흡수되었다. 만일에 우리말에 일본어의 찌꺼기를 뿌리 뽑는다 하여 일본에서 수입한 한자어를 배척한다면 우리는 이 순간 철학하기를 포기하여야 한다. '철학哲學, 추상抽象, 주체主體. 객체客體, 관념觀念, 명제命題, 원리原理, 원칙原則, 귀납歸納, 비평批評, 대칭對稱, 종교宗敎, 현실現實, 진화進化, 전통傳統' 등이 모두 일본인들이 찾아내어 동양 세 나라에 통용시킨 것이기 때문이다.

그러면 이제 우리의 결론을 서둘러 보자. 어째서 과거에 큰 언어였던 독일어나 스페인어는 국제적으로 몰락하여 그것을 모국어로 쓰는 지역 안에 갇히게 되었는가? 그 이유 중 두드러진 것은 그 언어들이 정치적으로 타락한 국가와 문화의 언어라는 점이다. 하나의 언어가 민족주의나 인종주의, 또는 전체주의 같은 이데올로기의 전달자 노릇을 하게 될 때, 세상 사람들은 그 언어를 통하여 이데올로기의 냄새를 맡는다. 또 하나의 언어가 인종적 순수성을 강조하는 도구로 쓰일 때, 그 언어는 보편성을 내세울 수 있는 자격을 상실한다. 독일어와 스페인어가 1930년대와 1940년대에 걸쳐 그러한 일을 했고, 드디어 그 언어가 그 민족의 영역 안으로 움츠리게 되었다.

우리는 한국어를 그러한 전철을 밟는 언어로 만들고 싶지 않다. 만일에 우리가 한국어의 철학적 세계화를 위해서 해야 할 일이 있다면 한국적 고유성을 지닌 특수 개념들을 세계 언어 속에 등록시키는 일이다. 예컨대 한국인의 정서를 표출하는 '한'이나 '정'이라는 낱말을 한자에 근원을 두었다 하여 '한恨'이니 '정情'이니 하는 방법으로 적을 것이 아니라 그것은 '恨'에서 나왔으나 恨이 아니라 '한'이요, 그것은 '情'에서 나왔으나 情이 아니라 '정'이라고 풀이하면서 그 철학적 정의를 보편적인 용어로 정리하는 일 같은 것이다.

V

우리의 두 번째 과제는 다음과 같다.

〈반세기 동안 분단된 우리 민족이 서로 다른 체제에 살면서도 철학적 사유의 동질성을 유지하고 2000년대에 문화 민족으로서의 기량을 온세계에 발휘하기 위해서는 철학의 기본 용어들로부터 우리말로 통일하여 남북한이 공동으로 교육해야 할 것이다.〉

우리는 이미 앞에서 누누이 강조하고 지적하였으므로 '철학의 기본

용어들을 우리말로 통일한다'는 표현의 부적절함을 이해하였을 것이다. 만일에 그 '우리말'의 핵심 의미가 이미 동양 3국 한자 문화권 안에서 보편성을 띠고 통용되는 한자어를 고유어인 토박이말로 바꾸는 것을 뜻한다면 그것은 어처구니없는 환상이다. 그러나 만일에 남북한이 반세기의 분단 격리 현상으로 말미암아 서로 다른 용어를 사용하게 되었으므로 그것을 조정하자는 것이라면 우리는 논의를 조금 더 진전시켜야 한다.

우선 북한의 철학 분야 논문에서 우리는 얼마만큼의 이질화를 발견하는가를 살펴보기로 하자. 다음은 1988년 8월 24~28일 북경에서 열린 제2차 조선학 국제학술토론회에서 발표된 오직 한 편의 철학 논문 첫 부분이다.

> 우리나라에서 철학은 자유와 독립, 새 사회 건설을 위한 투쟁 과정에서 철학적 세계관과 사회력사관을 비롯한 론리학, 륜리학과 같은 철학과학의 분과에 이르기까지 다방면적으로 발전하여 왔습니다. 저는 그 가운데서 사람의 본질적 속성에 관한 문제에 국한하여 토론하겠습니다.

조선 사회과학원 철학연구소의 리성준이라는 분의 이 논문은 "위대한 수령 김일성 동지는 다음과 같이 교시하였다. ≪사람은 자주성과 창조성, 의식성을 가진 사회적 존재입니다.≫"라는 인용문을 서두에 배치하여 놓고 그 말의 타당성을 논리적 맥락도 별로 고려하지 않고 비슷한 말을 중언부언 반복하는 것으로 논의를 진행하고 있다. 이 논문의 제목이 "사람은 자주성과 창조성, 의식성을 가진 사회적 존재"로

되어 있는데 이것은 김일성 교시를 그대로 따온 것이므로 이 논문의 창의성부터가 문제되는 것이지만, 우리는 이 글의 내용은 덮어두고 그 문장의 표현 형식에서 무엇이 문제가 되는가를 살펴보자.

첫째, 사용된 어휘에서는 모르는 것도 문제되는 것도 없었다.

둘째, 굳이 문제 삼는다면 다음과 같은 문장 구성이 과연 논리적으로 편하게 받아들일 수 있는가 하는 점이 남는다. 즉 "철학은 A에서 B, C를 비롯하여 C, D 등에 이르기까지 발전하였다."라는 표현이 과연 제대로 된 것인가? 이 문장은 '-에서'와 '비롯하여'가 똑같이 영어의 'from'에 대응하는 뜻으로 쓰이기 때문에 이해에 혼란을 준다. 물론 면밀히 따지면 'A에서'는 'B, C를 비롯하여'에 종속되는 표현이므로 이 문장은 "철학은 B, C를 비롯하여 C, D 등에까지 발전하였다."의 뜻으로 이해되기는 한다. 그러나 이해하기에는 그 표현이 우리에게 익숙한 것도 아니고, 세련됐다고 보기도 어렵다.

북한의 철학 논문 한 편만 더 읽어보자. 다음은 1993년 8월 28~31일에 북경에서 열렸던 "통일을 지향하는 언어와 철학"이라는 남북한 국어학자, 철학자 등의 모임에서 북한학자 박승덕이 발표한 글의 일부이다.

> 우리 민족의 통일은 북과 남에 있는 다양한 계급들, 그것도 적대되는 계급들을 단일한 민족공동체에 결합시키는 사업입니다. 서로 구별되고 대립되는 계급적 리해 관계를 가진 사회적 집단들을 하나의 공동체로 통일 시키는 과제를 풀어 나가려면 무엇보다도 계급과 민족의 관계에 대한 정확한 리해를 가져야 합니다. 민족과 계급에 대한 과학적 견해는 올바른 민족 통일 철학을 확립하기 위한 출발적 전제로 됩니다.

이 글은 "주체적 견지에서 본 민족 통일의 철학"이라는 제목으로 민족이 계급에 앞선다는 논지를 편 것인데 문장이 비교적 매끄럽게 진행될 뿐만 아니라 이해하기 어려운 부분도 눈에 띠지 않는다. 다만 '출발적 전제로 됩니다'가 남한식 표현이라면 '출발의 전제가 됩니다' 정도로 바뀌어야 한다는 점을 지적할 수 있을 뿐이다.

자, 그렇다면 통일해야 할 철학의 기본 용어가 존재하기나 하는 것인가? 우리가 일상으로 사용하는 모든 어휘가 철학의 기본용어가 되는 것이라면 그러한 의미에서 통일해야 할 용어가 없는 것은 아니다. 이러한 관점에서 그동안 북한이 어떻게, 왜, 말다듬기 운동이라는 국어 순화를 해 왔는가를 살펴본다.

VI

북한의 말다듬기는 우리말의 순수성을 살리고 부족한 점을 보충해 나간다는 명분으로 실시하는 일종의 언어 혁명이다. 이러한 작업은 한자 사용을 전면적으로 폐지하고 한글 전용을 실시한 1949년 초부터 이미 싹이 튼 것이라고 할 수 있다. 왜냐하면 모든 출판물이 한글로만 간행됨으로써 모든 사람들이 쉽게 어떠한 내용의 글도 읽을 수 있게 되기는 하였으나 그 내용을 바르게 이해할 수 있었다고는 말할 수 없기 때문이다. 즉 글자만 한글로 바뀌었을 뿐 전통적, 관습적으로 통용되던 한자어는 그대로 사용되었으므로 특정한 문맥 속에서라고 하더라도 알아듣기 어려운 낱말들이 있는가 하면 동음이의어에 의한 혼동 같은 것도 피할 수 없었기 때문이다. 따라서 한자어를 고유한 우리말로 쉽게 풀어 놓는 작업이 필연적으로 요구되었던 것이다. 말하자면 말다듬기는 겨우 한글을 뜯어 읽을 수 있는 수준의 사람들에게도 전문적인 내용이 들어 있는 기술용어 같은 것을 쉽게 알아듣게 하기 위하여 고유어로 풀어 말하도록 만드는 언어의 평준화 작업이라고 할 수 있다. 이러한 요구는 이른바 민족 주체성의 확립이라는 '주체사상'의 기치 아래 정치·사회 운동으로 추진됨으로써 더욱 박차를 가하게 되었다.

1964년 언어 정책에 관한 김일성의 첫 번째 담화문이 발표된 때로부터 8년이 지난 1972년에 이르러서는 이미 5만 개에 달하는 한자어 및 외래어를 우리말로 바꾸어 놓고 있다. 1964년에 말다듬기 사업을 착수하면서 그 실효성이 의심되자 1966년 김일성의 두 번째 담화문이 발표된 것이 아닌가 여겨진다. 아마도 그 후로는 이 작업이 그야말로 온 나라가 통틀어 들끓으며 힘을 쏟는 사업으로 추진되어 왔을 것이다. 1966년 6월 이래 내각 직속으로 국어사정위원회를 두고, 사회과학원 국어사정지도처國語查定指導處와 언어학연구소 산하에 18개 전문용어 분과위원회들은 각기 해당 부분의 용어들에 대한 말다듬기 연구 토론을 벌인다. 그 내용은 매주 2, 3회에 걸쳐 신문지상에 싣고 이에 대한 독자들의 의견과 지혜를 모으고 있다. 이처럼 고유어로 평준화하는 북한의 국어 정화 운동은 온 나라가 총력을 기울이는 정신 문화 활동이다. 언어에 혁명성을 부여하고 언어를 도구로 삼아 백성들을 정신적으로 묶음으로써 정치적·사상적으로 교화하고 조직적으로 동원하는 북한 위정자들의 의도가 짐작된다.

그러면 이러한 말다듬기는 실제로 어떻게 진행되고 있는지 그 내용을 구체적으로 살펴보기로 하자.

첫째, 말다듬기의 대상

어떤 어휘를 정리할 것인가가 정해져야만 그것을 어떻게 다듬을 것인가도 생각할 수 있다. 이것은 어휘를 크게 두 가지로 나눔으로써 시작된다. 첫째 부류는 반드시 정리해야 할 어휘이고, 둘째 부류는 눌러두고 쓸 어휘이다.

반드시 정리해야 할 어휘는 다시 세 가지로 나누어 검토된다.

1) 고유어와 동의 관계에 있는 한자어와 외래어
2) 지나치게 어려운 한자어
3) 생활에 부정적 영향을 미치는 어휘

우리말에는 고유어와 한자어가 동의 관계를 보이는 것들이 많다. 예컨대 '뽕밭'과 '상전桑田', '돌다리'와 '석교石橋', '송곳니'와 '견치犬齒', '남새'와 '채소菜蔬', '갈퀴'와 '레이크rake', '갈치'와 '도어刀魚', '타이르다' 와 '설유說諭하다', '하물며'와 '우황又況' 등을 생각할 수 있다. 이렇게 이중 구조로 존재하는 어휘에서 많은 사람들이 쉽게 알아들을 수 있는 고유어 쪽을 계속 사용하고 한자어나 외래어를 버리고자 하는 것은 말다듬기의 일차적인 추진 방향이다.

그리고 같은 뜻의 고유어가 없는 한자말임에도 불구하고 '복아複芽', '아접도芽接刀', '기비基肥', '작규기作畦機', '발사拔絲' '조사粗沙'같이 몹시 어렵고 까다로운 말은 쉬운 고유어로 만들어 쓸지언정 과감하게 버리 자는 것이 또한 말다듬기에서 추구하는 목적의 하나이다. 이런 부류에 드는 낱말을 더 들자면 '지고병枝枯病: 가지 마르는 병', '돈복頓服: 한 번에

먹음’, ‘**연구기**燕口期: 잎이 제비 주둥이처럼 벌리는 시기’, ‘**구사**舊射: 활쏘기를 오래 한 사람’, ‘**권매**權賣: 다시 무를 수 있도록 임시로 파는 일’ 등이다.

한편 지난날의 낡은 사회가 만들어낸 반동적이고 뒤떨어진 사상을 반영하는 낱말, 일제 식민지 치하에서 민족적 자부심을 손상시키는 낱말도 정리의 대상으로 삼고 있다. 여기에 속하는 낱말로는 ‘만세교萬歲橋’, ‘반룡산盤龍山’, ‘본정本町’ 같은 지명을 들고 있다. 조선 왕조 시대의 봉건성과 일제의 냄새를 씻어내자는 의도일 것이다.

그러나 다음에 속하는 어휘는 계속 사용할 것을 주장한다.

첫 번째는 토착화한 한자말이다. ‘천지’, ‘천상’, ‘십상’과 같은 어휘를 우선 손꼽는다. ‘천지’는 ‘하늘과 땅’이라는 뜻을 가지고 있으나 ‘무척 많은 상태, 가득 차 있는 상태’의 뜻으로 쓰이기 때문이며, ‘천상’은 원래 ‘천생天生’의 말소리가 변한 것으로 ‘타고나서부터 천연스럽게 가진 것’이라는 뜻으로 쓰이기 때문이고, ‘십상’은 ‘십성十成’이라는 낱말의 말소리가 변한 것으로 ‘마침맞게’의 뜻을 나타내기 때문이라고 그 이유를 밝히고 있다. 다음으로 한자말로서의 모양을 갖추고는 있으나 그것이 한자말로는 거의 의식할 수 없게 된 것들이다. ‘수염’, ‘비단’, ‘약’, ‘양말’, ‘별안간’, ‘여전하다’, ‘골몰하다’ 등과 같은 단어들이다.

두 번째로 계속 사용할 어휘는 세계가 공통으로 쓰는 어휘이다. 예컨대 ‘필림’, ‘텔레비젼’, ‘아그레망’, ‘로케트’, ‘프로그람’등과 같은 어휘이다. 또한 음악 용어 ‘피아니씨모’, ‘알레그로’, ‘메조포르테’, ‘메조피아노’ 같은 것은 악보에 기록되면서 세계가 공통으로 쓰는 것인 만큼 달리 다듬을 필요가 없다.

끝으로 말다듬기에서 보류되는 어휘도 있을 수 있음을 인정한다.

어휘의 외래적인 성격으로 보아 마땅히 다듬어져야 하지만 당장 좋은 대안이 없을 경우 잠정적으로 놓아두는 어휘를 말한다. 여기에는 '아이스크림'을 예로 들 수 있다. 처음에는 적당한 우리말이 없어서 그대로 두었다가 '얼음보숭이'로 다듬어졌다. '가축家畜'의 경우도 상당 기간 그대로 두었다가 '집짐승'으로 바꾸었다.

둘째, 말다듬기의 작업 원칙

어떤 낱말이 부적당하다고 인정하여 말다듬기의 대상으로 선정되면 새로운 말, 곧 다듬은 말로 바뀌게 된다. 이때에 다듬은 말이 지녀야 할 속성은 무엇인가? 여기에는 다음의 네 가지 항목을 손꼽는다.

1) 실머리가 잘 잡히는 것
2) 의미가 뚜렷하고 알기 쉬울 것
3) 고유어의 단어 만들기 규칙에 맞을 것
4) 말소리의 배합이 순탄할 것

낱말 만들기에서 실머리란 이름 지어 부르려는 사물 현상의 여러 특성 가운데서 그 이름을 짓는 계기가 되는 특성을 가리키는 말이다. '검어'라는 물고기는 주둥이가 칼 모양으로 생겼으므로 '칼고기'라 하였다. '석탄이 몰켜서 무데기로 묻혀 있는 곳'을 '탄포케트'라고 하였었는데 그것을 '탄주머니'로 바꾸었다. 결과적으로 보면 먼저 낱말의 번역이 되었으나 그 대상의 두드러진 특성을 낱말 만드는 실머리로 삼은 예이다. 물론 본래말과 일치시키지 않고 다른 실머리로 새 낱말을 만든 예도 얼마든지 있다. '포충망'을 '후리채', '도한盜汗'을 '식은땀', '락화생'을 '땅콩'이라 바꾸었으며 '픽숀'을 '꾸밈수', '핀트'를 '맞춤점'으로 바꾸었다. 의미가 뚜렷하고 알기 쉽게 하기 위해서는 본래말의 뜻과 일치시키는 경우도 있고 일치시키지 않는 경우도 있다. '계란'을 '닭알', '영아嬰兒'를 '간난애기'로 다듬은 것은 본래말과 뜻이 일치한 경우이고, 한자말 '음성, 어성, 언성, 어음'은 모두 '말소리'로, 한자말 '발로되다, 탄로되다, 로출되다'는 모두 '드러나다'로 바꾸었는데 이것은 본래말의 뜻 폭이 다르지만 다듬은 말이 그 뜻을 모두 포괄할 수 있기 때문에 그렇게 바꿀 수도 있었다고 한다. '에이치형주'는 '애(ㅐ)형태'로 바꾸어 민족적 특성을 반영시켰고, '탈색'은 '색날기'로 바꾸어 우리말의 맛을 살렸다고 한다. '점프슛'은 '뛰며넣기'로, '싸이드스텝'은 '옆으로 옮기기'로 바꾸었다. '분만'은 '몸풀이'로, '임신부복'을 '허리넓은옷'으로 바꾼 것은 우아한 표현을 살렸다는 점에서 문화성을 높인 것이라고 해설한다.

단어 만들기에 쓰이는 감은 고유어 어근을 기본으로 한다는 것을 원칙으로 하였다. 물론 우리말이나 다름없이 된 한자어나 외래어를 완전히 배제하지는 않았다. 그동안 말다듬기에 이용된 고유어 어근 재료에 '내內, 내부內部'를 '안, 아낙, 안쪽, 속', '전前'을 '앞, 앞쪽, 앞면', '체體'를 '몸, 몸통', '속速'을 '빨리, 빠른' 등을 예로 들 수 있다. 그리하여 '속독速讀'은 '빨리읽기', '속동速動'은 '빠른운동'이 되었고 '전면유도장치'는 '앞쪽길잡이장치', '전각'은 '앞다리'로 고쳐졌다. 우리말답게 고치려는 노력 때문에 본래말에서 같은 뜻의 한자말이 각기 다르게 다듬어진 경우도 있다. '방한防寒'은 '추위막이', '방한모防寒帽'는 '겨울모자', '방한화防寒靴'는 '털신'으로 바뀐 것이 그 좋은 예다. 또한 우리말답다는 것은 우리말이 지닌 문법적인 특성이 드러난다는 것도 뜻하는 것이므로 경우에 따라서는 격조사나 어미가 다듬은 말에 자연스럽게 활용되기도 하였다. 그래서 '선측도船側渡'는 '배턱에서 넘기기'로, '폐수廢水'는 '버릴물'로, '변화기호變化記號'는 '소리바꿈표'로, '별행別行잡기'는 '줄바꾸기'로, '수발受發하다'는 '받고보내다'로, '대기상하차작업待期上下車作業'은 '기다려싣고부리기'로, '세단細斷'은 '잘게썰기'로 바꾸었다.

말소리의 배합이 순탄해야 한다는 조건에는 다듬은 낱말이 간결하고 발음이 부드러우며 다른 낱말과 구별이 잘 되어야 한다는 세 가지 세부 사항을 손꼽는다. 다듬은 말이 그 전의 말보다 음절 수가 길어지는 것은 부득이한 일이다. 그리하여 의학용어 '슬개하피하낭膝蓋下皮下囊'은 '무릎뼈-아래살-가죽밑주머니' 등과 같이 세 토막으로 끊어 발음하도록 하였다. '로대露臺'를 '밖대'라 하지 않고 '바깥대'라 다듬고, '착공기鑿孔機'를 '구멍뚫개'라 하지 않고 '구멍뚜르개'라 다듬은 것은 발음을 부드럽게 하기 위한 조처이다. 그리고 '려과지濾過池'를 '거름못'이라 하면 달리 해석될 수도 있기 때문에 '거르는 못'으로 다듬어 다른 낱말과 쉽게 구별이 되도록 배려하였다.

Ⅶ

말다듬기 작업 가운데 가장 까다로운 분야가 학술 용어의 다듬기이다. 두말 할 것도 없이 학술 용어는 그 특수성, 전문성을 살려야 하기 때문이다.

따라서 학술 용어는 1)정밀성, 2)명확성, 3)체계성, 4)간결성을 갖출 것이 요구된다.

가령 '높은산지대'라는 용어의 경우 지리학에서는 '해발 2000미터 이상의 높이를 가진 산지대'를 뜻하는 것이고, 농학에서는 '해발 1000미터 이상의 높이를 가진 산지대'를 뜻하는데, 일반적인 용어로는 막연히 '지대가 높고 산이 많은 곳'을 가리킨다. '옮겨심기'라는 용어도 그것이 의학에서 쓰느냐, 생물학에서 쓰느냐에 따라 내용이 달라진다. 이러한 제한 의미를 전제로 하는 것이 학술 용어이기 때문에 그런 용어를 다듬을 때에는 실머리 잡기에서부터 세심한 주의를 필요로 한다. 그 모든 조건을 유의하여 다듬어 놓은 낱말에는 어떤 것이 있는가를 살펴 보기로 하자.

본래말	다듬은 말
제봉동(전기체신)	제동막대
제동지관(기계)	제동가지관
재생직(상품)	재생천
재생식열교환기(림학)	재생식열바꿈장치
련속상(기계)	련속모습
련속류(수리)	련속흐름

이들 예에서는 '제동, 재생, 련속' 같은 한자어는 그대로 두고 나머지를 고유어로 바꾸는 형식을 취하고 있다. 기본 원칙을 정밀성이니 명확성이니 하고 설정해 놓아도 결과에 있어서는 일부의 한자어를 고유어로 풀이해 놓는 정도에 머문 것이 많다. 다음 예는 조금 더 많은 부분이 다듬어지고 있다.

본래말	다듬은 말
재생모(농학)	되살이풀
재생아(농학)	되살이눈
수직순환(화학공업)	세로돌기
수직절단(금속)	세로자르기
련속충격(금속)	이어치기
련속바가지(기계)	줄바가지

그런가 하면 용어의 끝 부분이 '성成, 솔率, 부部, 도度, 형形'과 같은 한자 접미사일 경우에는 그것을 그대로 두고 그 앞부분을 알기 쉬운 고유어로 고치고 있다.

본래말	다듬은 말
내화성(건설)	불견딜성
연성(자연)	늘음성
지조률(림학)	가지률
굴절률(자연)	꺽임률
두부(경공업)	머리부
둔부(생물)	엉뎅이부
정백도(경공업)	쓸음도
탁도(건설)	흐름도
폐각형(사회)	닫긴형
개방형(전기체신)	열린형

체계를 맞추기 위해서는 다듬은 말의 음절 수를 일정하게 한다든지

낱말의 구조를 일정한 틀에 맞춘다든지 하는 작업을 하기도 한다. 가령 상품 용어 '상견'을 '좋은고치'로 고쳤다면 '중견'은 '보통고치', '하견'은 '나쁜고치'로 음절 수를 맞추며, '상회전'을 '우로돌기'로 고쳤다면 '하회전'은 '아래돌기', '축회전'은 '옆으로돌기'로 다듬어 {-로}라는 토가 일정하게 나타나도록 하는 따위이다.

그러나 경우에 따라서는 본래말에 들어 있는 일부의 내용을 과감하게 잘라내 버리고 간결하게 다듬는 수도 있다. 즉, '목삭밥木削-'을 그냥 '나무밥'으로 다듬고 '조립모래粗粒-'를 그냥 '굵은모래'로 다듬은 것들이다.

전체적으로 보아 학술 용어의 다듬기도 한자어를 부분적으로 고유어로 바꾸는 작업이라고 할 수 있다. 여기서 우리가 주목할 것은 이른바 학술용어라는 범주 안에서 다루는 용어들이 학술이라기보다는 기술技術분야라고 보아야 할 것들이 더 많다는 점이다. 기능공들에게 기술습득을 쉽게 시키기 위한 방편으로 그러한 용어의 말다듬기가 요구되었다고 생각된다.

참고로 18개 용어분과위원회의 명칭을 적으면 다음과 같다.

1. 의약학용어분과위원회(醫藥學用語分科委員會)

2. 금속용어분과위원회(金屬用語分科委員會)

3. 생물학용어분과위원회(生物學用語分科委員會)

4. 농학용어분과위원회(農學用語分科委員會)

5. 자연과학용어분과위원회(自然科學用語分科委員會)

6. 건설수리용어분과위원회(建設水利用語分科委員會)

7. 전기체신용어분과위원회(電氣遞信用語分科委員會)

8. 기계용어분과위원회(機械用語分科委員會)

9. 경공업용어분과위원회(輕工業用語分科委員會)

10. 상품이름용어분과위원회(商品이름用語分科委員會)

11. 문학예술용어분과위원회(文學藝術用語分科委員會)

12. 사회과학용어분과위원회(社會科學用語分科委員會)

13. 체육용어분과위원회(體育用語分科委員會)

14. 수산해양용어분과위원회(水産海洋用語分科委員會)

15. 운수용어분과위원회(運輸用語分科委員會)

16. 지질광업용어분과위원회(地質鑛業用語分科委員會)

17. 임학용어분과위원회(林學用語分科委員會)

18. 일반용어분과위원회(一般用語分科委員會)

거듭하여 밝혀두지만 일부의 문학 예술 용어가 없지는 않았으나 북한의 말다듬기에서 철학 용어를 대상으로 삼은 적은 없다는 점이다.

VIII

이상으로 1964년에 기본 방향이 제시되고 1966년부터 본격적으로 착수한 북한의 문화어와 말다듬기 운동이 그동안 어떻게 전개되어 왔는가를 살펴보았다. 문맹 퇴치, 한자 사용 폐지, 한글 전용으로 이어 지는 1949년 초의 언어 현실과 정책이 고유어에 기반을 둔 말다듬기를 필연적으로 요구하는 것이었고 그것은 1966년부터 거국적인 정치·사 회·문화 운동으로 추진한 문화어 수립 및 말다듬기 운동을 낳게 하였 다. 그러나 말다듬기 운동과 병행하여 한자 교육을 부활한 것으로 보 아서 그렇게 획일적으로 한자를 폐지한 후유증이 얼마나 심각한가도 짐작할 수 있었다.

물론 말다듬기 운동이 지닌 긍정적 측면이 없는 것은 아니다. 고유어 어휘에 활력을 주어 왕성한 조어 능력을 갖게 한다든가, 뜻을 이해하기 힘든 한자어보다는 알아듣기 쉽고 정확한 뜻 전달이 가능한 고유어로도 학술 용어를 삼을 수 있다는 인식의 변화를 일으킨 것은 분명히 말다듬기 운동이 거둔 훌륭한 성과라고 하겠다. 그러나 어떤 사회·문화 현상에나 모두 적용되는 것이거니와 이 운동이 체제 구축을 위한 방편으로 이용되면서 하루아침에 없어져 버릴 수도 있는 낱말이 만들어져 남북한 사이의 언어의 이질화를 부채질한다는 것은 이 말다듬기 운동이 민족적 차원에서 볼 때 분명 어두운 일면으로 지적되어야 할 것이다. 이때에 우리는 『맹자孟子』 '공손추公孫丑'에 나오는 송宋나라 사람의 알묘조장揠苗助長의 고사를 연상하지 않을 수 없다. 자연이고, 인간이고, 언어고 사람의 손이 지나치게 가해지면 내버려두느니만 못한 것이 만고의 진리이다.

한마디만 덧붙여 두자. 남북한 간의 언어의 차이는 본질적으로 방언간의 차이이다. 이념의 차이에서 발생한 특정용어의 개념상의 차이가 존재한다고 할지라도 그것도 크게 보면 이념적 방언이라 할 또 하나의 방언적 차이일 뿐이다. 지금 우리는 그러한 용어들을 몇 개 나열할 수 있다. 다음에서 첫 번째는 일반적인 용법의 차이이고 두 번째는 이른바 이념적 방언의 차이를 보이는 것들이다.

첫 번째 부류

· 탁구전법을 열심히 학습해 나가다.

· 모내기전투가 벌어졌다.

· 수술전투는 성공했다.

· 우리가 영농전투에서 승리를 했다.

· 예술선동격려의 북소리가 우렁차다.

· 약초생산기지재배지를 건설할데 대한

· 무대지령체계감독를 다지자.

· 원료기지식량공급터전를 꾸미는데 일떠나서자.

· 혁명가요를 창작하기 위한 투쟁을 벌림.

· 전사들의 생명을 지키는 초소임무를 맡다.

· 직접 강의에 출연출강하였다.

두 번째 부류

	남 한	북 한
동지	서로 뜻이 같은 사람	노동계급의 혁명위업을 이룩하기 위한 투쟁 대오에서 같은 뜻을 가지고 싸우는 혁명가
변절자	절개가 변한 사람	혁명적 지조를 저버리고 조국·인민을 배반하여 반혁명이나 반동으로 넘어간 자
승리	겨루어 이김	혁명 투쟁·건설사업에서 이기는 것
자질	타고난 성품과 바탕	가지고 있는 정치적·실무적 능력 수준

선동	여러 사람을 부추기어 일을 일으키게 함	혁명적 사업을 잘 수행하도록 대중에게 호소하여 그들의 혁명적 기세를 돋구어 주며 당정책 관찰에로 직접 불러일으키는 정치 사상 사업의 한 형태
세포	생물체를 조성하는 기본적 단위	당원들을 교양하고 당원들의 사상을 단련하며 그들의 일상생활을 지도하는 기본 조직
어버이	아버지와 어머니	'인민대중에게 가장 고귀한 정치적 생명을 안겨 주시고 친부모도 미치지 못할 뜨거운 사랑과 두터운 배려를 베풀어주시는 분'을 친근하게 높이어 부르는 말
독재	주권자가 마음대로 정무를 처단함	프로레타리아 독재는 소수 착취계급에 대한 독재인 동시에 광범한 인민대중에 대한 민주주의이며 부르죠아 독재는 광범한 피착취 근로 대중에 대한 독재인 동시에 극소수 착취계급에 대한 민주주의이다.
일군	삵을 받고 육체노동을 하는 사람	혁명·건설을 위하여 일정한 부문에서 사업하는 사람
풍자	무엇에 빗대어 재치 있게 경계하거나 비판함	미제국주의와 계급적 원쑤들의 반동적 본질과 죄행을 폭로·규탄하는 데 이용하는 비웃음을 통한 비판

결국 우리에게 남겨진 일은 남북한이 긴밀하게 접촉하고 왕래하는 수단을 강구하는 것, 그리고 평화롭고 자연스럽게 그 사소한 용법의 차이를 발견하고 확인하고 서로 이해를 높여서, 자연스럽게 단일한 용어를 쓰는 세상을 만들어 가는 일이다.

7장

어원산책

語源散策

'용하다'의 본적 찾기

불가佛家에서는 흔히 '하나이면서 둘이요, 둘이면서 하나'라는 표현을 즐긴다. 단일 공동체 안에서 의식을 분명히 하는 방법으로도 쓰이고 주체와 객체의 분별과 주객의 공통성 문제를 논의할 때에도 쓰인다. 또한 그것은 한 가정을 이룬 부부에게도 어울리는 표현이요, 접을 붙여 두 가지 열매를 맺는 나무를 묘사할 때에도 쓰일 법한 표현이다.

이제 우리는 이 표현을 우리 국어에 적용시키고자 한다. 우리 국어에는 '하나이면서 둘이요, 둘이면서 하나'라고 말해야 좋을 '둘'이 사이좋게 어울려 살고 있다. 한국어라고 하는 단일 언어를 구성한다는 점에서 하나요, 그 어휘가 한 무리는 고유어이고, 다른 한 무리는 한자이기 때문에 둘이다.

그러나 그 둘이 따로따로 노는 것이 아니라, 하나로 어울리기 때문에 고유어가 한자어로 둔갑하거나, 한자어로 오해되는 수가 있으며, 한자어가 고유어처럼 변장變裝을 한다는 것은 그 한자어를 한글로 썼을 때에 웬만한 유식층이 그것이 한자어라는 것을 까맣게 잊어버린 경우를 일컫는 말이다.

물론 개별 낱말들 하나하나를 검토할 때에, 어느 것이 변장이요, 어느 것이 자리바꿈이라고 명쾌하게 구분을 짓지 못하는 경우가 있을 수 있다. 그러나 대부분의 식자층識者層이 어떤 낱말을 사용하면서 그것이 한자어라는 생각을 전혀 하지 못한다면, 우리들 국어를 공부하는 사람들은 그 근원을 밝힐 책임이 있다. 이 책임을 완수하는 작업이 이른바 어원 탐구다.

우리 국어는 일찍이 부족한 표현을 보충하는 방법으로 '-하다' 앞에 한자를 붙여 새 낱말을 만들었다. '주춤-, 어스름-, 따르릉따르릉-'과 같은 의성擬聲·의태성擬態性 어근語根을 붙이기도 하고, '핸섬-, 섹시-, 캄푸라지-'와 같은 서양 외래어를 붙이기도 하지만, 가장 이른 시기부터 줄기차게 새로운 낱말을 만드는 방법은 '-하다' 앞에 한자를 붙이는 것이다. 이때에 동원되는 한자의 부류에는 어떤 것이 있을까? 물론 그것들은 상태나 동작을 뜻하는 서술敍述性 한자인데, 한 글자로 된 것도 있고 두 글자로 된 것, 그리고 그 이상의 구성도 있다.

우선 한자 하나와 '-하다'가 어울린 낱말 몇 개를 생각해 보자. '가可하다, 노怒하다, 대對하다, 논論하다, 명命하다, 범犯하다, 선善하다, 연軟하다, 초抄하다……' 이렇게 적어 나가다가 우리는 문득 한자로는 적을 수 없는데, '-하다'와 어울려 쓰이는 다음과 같은 낱말이 있음을 생각하게 된다.

착하다 형 마음이 곱고 어질다.

성하다 형 본디대로 온전하다.

용하다 형 재주가 뛰어나고 특이하다.

창하다 형 많이 먹어서 배가 빵빵하다.

환하다 형 광선이 비치어 맑고 밝다.

우리는 이러한 낱말을 보면서, 거기서 본적本籍을 찾아주고 싶은 강한 의욕을 느낀다. 혹시나 이것들이 본래는 특정한 한자를 가지고 있었던 것이 아닐까 하는 의심을 떨쳐버릴 수 없기 때문이다. 그래서 일단 국어사전을 펼친다.

용하다 형(여변)

① 재주가 뛰어나고 특이하다.

¶ 용한 의사에게 보이다. 용한 무당.

② 갸륵하고 장하다. 착하고 훌륭하다.

¶ 일들을 했다니 참 용하구나.

'용하다'와 비슷한 뜻을 가진 비슷한 소리의 다른 낱말이 없을까 하여 여기저기를 더 뒤지다가 다음 항목에 눈길이 머문다.

영하다 형(여변)

영검 〈영험靈驗〉하다의 준말

¶ 영한 의원

¶ 이 영한 미륵은 많은 사람의 별의별 소원을 다 들어 주었다.

영검하다 혱(여변)

신神이나 부처의 영묘靈妙한 감응感應이 있다.

이제는 '영하다'와 '용하다'의 두 항목을 번갈아 살피다가 '영한 의원醫員'과 '용한 의사' 또는 '용한 무당'이 모두 같은 표현이라는 심증을 갖게 된다. 그래서 우리는 '용하다'는 말은 결국 '신령神靈하다', '영험靈驗하다'를 줄여 말할 때 쓰이던 '영하다'와 다른 것이 아님을 깨닫게 된다. 그래도 미심쩍어 옥편을 펴 들고 '신령 령靈'자의 뜻풀이를 다시 한번 훑어본다.

1. 신령(八方神, 하늘神, 구름神)
2. 신령하다, 신묘하다.
3. 영혼
4. 정성
5. 산 것(生物, 人類)
6. 좋다, 아름답다
7. 효험, 징험
8. 존엄, 위엄
9. 행복, 은총
10. 마음, 생각
11. 빼어난 것, 걸출한 것

그리고 결론을 내린다. 〈'영하다'는 것은 하늘神의 신비를 드러내는 것처럼 신묘하고 특출함이 인간의 일, 특히 질병이나 액운에 효험을 보이는 것이로구나. 그리고 그 말은 때로는 '용하다'는 말로도 쓰이게 되었구나.〉

이와 같은 추론이 객관성을 얻은 것이라면 '용하다'의 어원이 '령靈하다'라고 당당히 말할 수 있다. 여기에서 용기를 얻어 '착하다'. '성하다', '창하다', '환하다'도 각기 거기에 합당한 한자 찾아주기 즉 본적 찾기가 가능하리라는 기대를 갖게 된다. '착할 착', '성할 성', '창할 창', '환할 환'이라고 읽히는 한자가 있기만 하다면 따져볼 여지도 없을 것이다. 그러나 그런 한자가 쉽게 떠오르지 않는다. 그러나 옥편을 뒤져서 '착', '성',. '창', '환' 자들 가운데에 쓸만한 글자가 있는지를 확인하는 일은 아니할 수 없다. '착하다'에 대응시킬 한자로 '조심할 착娖'자가 보인다. '조심하다, 신중하다'가 어떻게 의미상으로 '착하다'와 연결될 수 있는가? '착하다'의 뜻풀이는 '사람의 마음씨나 행동이 어른의 말이나 사회규범・도덕에 어긋남이 없이 옳고 바르다.'라고 되어 있다. 의미상의 연결이 가능할 듯도 싶고 조금 거리가 있는 것 같기도 하다.

'성하다'에 대응하는 한자로는 '이룰 성成' 자가 제일 마음에 끌린다. 완성한 것은 완전한 것이요, 온전한 것이며 그래서 성한 것이 되지 않을까? 그러나 그것 역시 자신만만한 대응이라고 주장하기는 어려울 것 같다. 그런데 이 어인 일인가? '창하다'와 '환하다'에 이르면 '배부를 창脹' 자와 '빛날 환煥' 자가 기다리고 있지 않은가? 이것들이야 말로 의심의 여지가 없는 것인데 너무도 자주 쓰다 보니 한자어라는 의식을 하지 않게 되었던 것이다. 따라서 사전을 편찬하시는 분들도 한자 어원을 밝힐 생각조차 하지 않았었다. 주의를 조금만 더 기울이면 '–하다' 앞에 쓰인 어근 가운데에는 뜻밖에도 한자에 어원을 두고 있는 것을 더 많이 찾아낼 수 있을 것 같다.

'추녀'와 '두레박'

한 덩어리인 줄 알았는데, 알고 보니 그 속에 두 개가 사이좋게 엉겨 있는 것을 발견했다면 그 두 개의 관계가 얼마나 다정한 것인가는 짐작하고도 남음이 있다. 우리 국어 낱말에는 그러한 낱말이 많이 있다. 어떤 것은 두 개라고 인식되지만 어떤 것은 두 개라고 느낄 수 없을 만큼, 하나의 덩어리로 보인다.

'돈금고金庫, 새신랑新郎, 외독자獨子, 역전驛前앞, 면도面刀칼, 처가妻家집……' 같은 것은 한자어의 앞 또는 뒤에 똑같은 뜻의 한자와 고유어가 붙어 있어서 누가 보아도 같은 뜻의 두 개의 형태가 결합한 것으로 이해된다.

그런데 다음과 같은 낱말은 우리말에 대한 지식이 깊지 않은 사람들에게 간혹 하나의 낱말로 이해되는 것들이다.

담장, 뼛골, 널판, 생강, 가락지, 몸체, 몸통, 속내, 애간장, 바람벽, 옻칠, 글자.

그렇지만 이러한 낱말도 '담, 뼈, 널, 몸, 속, 옻, 글……' 등이 한 음절 낱말로 쓰이는 경우도 있어서 '담장, 뼛골……'등은 두 개 형태의 결합이란 것을 대뜸 알아낼 수 있다. 그리하여 이것들은 결국 '담牆, 뼈骨, 널板, 생薑, 가락指, 몸體, 몸桶, 속內, 애肝臟, 바람壁, 옻漆, 글字'로 고유어와 한자가 나란히 결합하여 만들어 낸 낱말임을 확인하게 된다. 그러나 자세한 설명이 필요한 낱말이 없지 않다. '담牆'은 '담쟁이 넝쿨' 같은 낱말이 만들어져 쓰임으로써 '牆'이 독립 어휘로서의 기능은 사라져 버렸고, '생薑'은 현행 국어사전에서 '生薑생강'이라고 완전한 한자어인 양 잘못 처리되어 있어서 고유어와 한자漢字의 결합이라고 알기가 힘들다. 그런데 현대어 '생강'은 중세국어 시기와 근대국어 시기에 한결 같이 '〯양, 새앙' 등으로 사용되었다. 오늘날에도 나이 든 어른들은 '새앙'이라고 발음한다. '바람 벽壁'의 경우도 '바람 풍風'이라는 동음이의어 때문에 그것과 구별하기 위해 '바람벽壁'이라는 동의중복同議重複의 낱말이 만들어지게 되었다.

다음의 낱말은 어떤가 생각해 보자.

본밑, 기틀, 족발, 언덕, 형틀, 연못.

지금까지 논의로 보아 한자와 고유어가 나란히 결합한 것으로 짐작은 되지만 구체적으로 어떤 글자일지 궁금할 것이다. 한자를 찾아 적으면 다음과 같다.

本밑, 機틀, 足발, 堰덕, 型틀, 淵못.

이 낱말들은 한자를 공부할 때, 한자의 새김釋으로 쓰이는 고유어를 한자의 뒤에 붙인 꼴이 되었다. 즉, '본本'을 배울 때, 우리는 '밑 본'이라고 읽으며 배웠고, '기機'를 배울 때 '틀 기'라고 읽으며 배웠기 때문이다. 어쨌거나 같은 뜻의 한자와 고유어가 나란히 붙어서 하나의 낱말 구실을 하는데, '널판板', 생강薑'류는 한자가 뒤에 있는 경우이고, '본本밑, 기機틀'류는 한자가 앞에 있는 것이 서로 다르다.

'언덕(堰덕)'과 '연못(淵못)'에 대하여는 의심을 품는 사람이 있을 것이다. '언덕'을 그냥 하나의 낱말로 알고 있을 것이요, '연못'을 연꽃 연蓮자와 결합된 '연蓮못'으로 알고 있는 사람이 있을 것이기 때문이다. 그러나 '언(堰, 또는 郾)'자는 '방죽 언' 또는 '둑 언'으로 읽히는 글자로 '방죽'은 한자어 '防築방축'과 관련이 있는 것으로 그 뜻이 '둑'이라는 점에서 둘 다 같은 글자인데 '둑'이 '언'이라는 한자음의 'ㅓ'모음에 이끌리어 '덕'으로 바뀌면서 '언덕'이라는 낱말이 만들어진 것이라고 생각된다. 그리고 '蓮못'이 아니라 '淵못'이 옳다고 하는 것은 '蓮꽃이 핀 못'이어야 '蓮못'이라고 할 수 있고, 그냥 물만 고인 모든 형태의 '못'을 '연못'이라고 부르는 현상을 설명하려면 '淵못'이라고 하는 것이 합리적이라는 것을 누구나 이해할 수 있을 것이다.

이와 같이 우리말 낱말에는 같은 뜻을 나타내는 두 가지 형태의 결합으로 하나의 낱말 구실을 하는 것이 의외로 많이 있다. 그런 낱말을 찾아내는 일도 하나의 어원 탐구가 된다.

그러면 '추녀'와 '두레박'을 검토해 보자. 사전을 펼치면 각각 다음과 같이 풀이되어 있다.

추녀圈(건) 처마 네 귀에 걸리는 네모지고 길고 끝이 번쩍 들린 큰 서까래. 또는 그 부분의 처마.

충설衝舌. 충연衝椽

추녀 물은 항상 제 자리에 떨어진다.

두레박圈 줄을 길게 매어 우물물을 긷는 바가지

위의 두 낱말은 누가 보아도 의심할 여지가 없는 토박이 고유어라고 생각할 것이다. 물론 역사적으로 그 낱말들의 형성과정을 고려하지 않는다면 고유어로 분류해 놓아도 크게 잘못이랄 수 없다. '추녀'는 분명한 단일어單一語일 것이고, '두레박'은 '두레+박'으로 분석됨직하지만 그래도 그것이 고유어라는 생각을 바꿀 수는 없는 것처럼 보인다.

그런데 17세기 말에 중국어를 배우기 위한 중국어 어휘집『역어유해譯語類解』라 하는 책이 간행되었는데 거기에 '추녀'와 관련된 항목을 보면 다음과 같이 되어 있다.

椽　쳔/ 쭨 ○혀 (譯語 上 17a)

오늘날 우리가 '서까래 연'이라고 부르는 '椽'자는 근대 중국어 발음으로 '춘'과 비슷한 것이었음을 확인할 수 있다. 현대 중국어 발음으로도 [chuan]이어서 우리말 한자음 '연'과는 아주 다름을 알 수 있다. 그렇다면 얼마 전까지만 해도 일본 특유의 찹쌀떡[모찌モチ]에 대하여 '모찌떡'이라고 불렀던 것처럼 이 '서까래 연(椽)'을 중국음 '춘'으로 읽고, 거기에 우리 고유한 낱말 '혀'를 덧붙여 '춘 +혀'라고 부르지 않았을까?

'서까래'도 따지고 보면 '혀 + ㅅ +가래'가 변한 것이므로 '서까래'가 '혀'에 뿌리를 두고 있음은 쉽게 추론할 수 있다. 그러므로 이 낱말의 변천은 다음과 같다.

춘 + 혀 → 춘혀 → 추녀

'두레박'과 관계되는 항목을 『역어유해譯語類解』에서 찾으면 다음과 같다.

水斗쉬투/쉬둫 ○드레
瓦罐와권/와권 ○딜드레
柳罐루권/릥권 ○버들로 겨른 드레
鐵落텨로/텼랕 ○드레 ○元話

위의 네 낱말은 모두 '두레(박)'의 각기 다른 중국어의 존재를 알려 준다. 이것들은 각기 '쉬두, 와권, 류권, 텨로'라고 정리할 수 있겠는데 앞의 세 개는 중국어 낱말이지만 '텨로'는 후주後註에 원화元話라고 밝힌 것으로 보아 본래는 몽고말이었음을 알 수 있다. 그 '텨로'가 우리말로 들어와서는 '드레'가 되었고, 오늘날에는 맞춤법의 정리로 '두레'가 되었다. 원래 '두레'가 아니라 '드레'임은 『훈민정음해례본訓民正音解例本』용자례用字例에 '드레爲汲器'에 분명하게 밝혀져 있으니 달리 의심할 필요가 없다. 그러므로 오늘날의 두레박은 몽고말 '드레'와 우리말 '박(아지)'과의 결합에서 비롯하였다.

드레 + 박 → 드레박 → 두레박

‘추녀’는 중국말과 우리말이 결합한 것이요, ‘두레박’은 몽고말과 우리말이 결합한 것이며, ‘모찌떡’은 일본말과 우리말이 결합한 것이다.

낱말 속에는 이처럼 민족의 어울림, 문화의 어울림이 고스란히 화석化石처럼 녹아 있다.

'빡빡하다'와 '씩씩하다'의 어원

우리말은 의성·의태어가 다른 언어보다 특별히 발달한 언어로 알려져 있다. 소리와 형상을 그려내는 방법이 많다고 해서 우리말이 다른 언어보다 특별히 우수한 언어라고 말할 수는 없겠지만 의성·의태어가 적은 말보다는, 표현의 다양성을 보장한다는 점에서 다른 언어보다 좀 더 편한 언어라고는 말할 수 있을 것이다. 다시 말하여 의성·의태어가 풍부한 우리 한국어가 다른 언어보다 발달한(?) 언어라고 자랑할 것까지는 없으나 좀 더 편리한 언어라고 말할 수 있겠다. 그런데 그 다양한 의성·의태어 가운데는 한자에 기원을 둔 것이 많다고 하면 아마 세상 사람들은 고개를 갸우뚱할 것이다. 한자가 뜻글자로만 되어 있는 줄 아는 사람들은 소리를 표현하고 형상을 표현하는 방법에 한자가 동원되리라고는 생각할 수 없을 것이기 때문이다. 그러나 우리말의 의성·의태어 뿌리에는 엄연히 한자가 도사리고 있다.

이 문제를 풀기 위하여 우선 한자의 표음성表音性을 살펴보아야 하겠다. 한자는 분명히 뜻을 나타내는 것을 기본으로 하는 표의문자表意文字이다. 그러나 중국어라고 하는 하나의 언어를 표현해 내는 문자로 자리매김하는 과정에서 상당수의 글자가 소리를 나타내는 표음문자로 전용轉用될 수밖에 없었다. 이렇게 전용된 글자는 물론 뜻글자로서의 기능을 잃어버리는 것이 아니라, 표음문자로 쓰이는 경우에 한해서만 일시적으로 기능을 바꿀 뿐이다.

가령 '코카콜라'를 '가구가락可口可樂'으로 쓸 경우에 거기에 쓰인 세 개의 한자 可·口·樂은 일시적으로 표음문자의 구실을 하는 것이다. 그렇지만 '코카콜라'를 표음表音하기 위한 한자는 얼마든지 있는데, 특별히 可·口·樂을 골라 씀으로써 그 한자들이 나타내는 뜻을 반영하기 때문에 그 낱말이 한자어로서의 묘미妙味를 덧보태게 되는 것이다. 이러한 묘미는 그야말로 한자가 갖는 부수적인 이득인 셈이다.

그렇다면 순전히 소리만 나타내는 글자는 없을까? 물론 그런 글자들이 있다.

가령 '쟁錚'은 쇳소리 '쟁'자이고 '쟁琤'은 옥소리 '쟁'자이다. '쟁쟁錚錚하다'는 낱말은 금속성의 '쟁쟁하다'를 나타내는 것이요, '쟁쟁琤琤하다'는 옥구슬 굴릴 때 들리는 '쟁쟁하다'를 나타내는 것이다. 소리만을 나타내는 글자를 만들어 쓰면서도 그 소리의 성질을 구분하고 있는 점은 그 소리글자들이 단순한 소리글자가 아님을 드러내고 있는 셈이다.

또 어떤 소리글자는 처음에는 소리만을 나타내기 위하여 만들었을지라도 그 글자에 합당한 의미를 붙여 뜻글자로 활용하는 수도 있다. 가령 '가가대소呵呵大笑'라는 낱말은 '껄껄 웃는 큰 웃음'을 뜻하는 것으로 이때의 '가가呵呵'는 '껄껄'을 표현하는 의성어의 표기임이 분명하고 또 그런 표현을 나타내기 위해 '가叮'에 입 '구口'자를 붙였을 것으로 추정된다. 그러나 사전을 찾아보면 그 글자가 뜻글자로서의 '꾸짖을 가'라고 적혀 있고 그런 뜻의 낱말이 있음을 발견한다.

이와 같이 한자는 뜻글자로서의 기능을 기본 바탕으로 하면서도 필요에 따라 소리글자의 구실도 하는 문자이다.

그러면 이제 우리말 의성·의태어 어근 속에 어떤 한자가 숨어 있는지 살펴보기로 하자.

우리는 어떤 사물이 활기차게 살아 있는 모습을 묘사할 때, '생생하다'는 말을 쓴다. 역동적인 것, 활기찬 생명력이 느껴지는 것일 때 쓰이는 말이다.

"그 일은 어제 있었던 것처럼 나의 기억 속에 생생하게 살아있다." 이 문장에 나온 '생생하다'를 한자로 바꾸어 '생생生生하다'로 쓴다면 그것이 잘못된 것일까? 결코 잘못이라고 말할 수 없다. 그런데 이 낱말 '생생하다'는 한자에서 나왔다는 느낌을 버리는 순간, 우리말 특성에 맞게 자유로운 변형을 시도한다. 그래서 '쌩쌩하다, 싱싱하다, 씽씽하다'를 만들고 '신신하다'까지 만들어 그것이 또 신신新新하다'와 관련을 맺게 한다.

'시시하다'와 '미미하다'를 생각해 보자. '시시하다'는 보잘 것 없이 초라하고 작고 무가치한 것을 가리킬 때 쓰인다. 거기에 맞는 한자는 없는 것처럼 보인다. 실제로 '시'음을 가진 한자로 '시시하다'를 적을 수는 없다.

그러나 시시콜콜 잔망스럽게 작은 현상을 가리켜 '세세細細하다'는 말을 쓴다. 이것이 소리 바꿈과 뜻바꿈을 하여 '시시하다'가 된 것이다.

'미미하다'는 처음부터 보잘 것 없이 작다는 뜻을 나타내는 '미미微微하다'를 찾아낼 수 있다. 한글로만 썼을 때 '시시하다'나 '미미하다'가 무슨 뜻을 나타내는지 잘 알 수 없지만 만일에 그 낱말의 출발점이 되었던 한자를 안다면, 그 낱말의 의미는 분명하게 이해될 것이다.

우리는 어떤 사람을 애타게 그리워할 때 '연연하다'는 표현을 쓸 때가 있다. 그때에 그 '연연'이 한자 '그리워할 연戀'자를 연이어 발음함으로써 만든 말인지 아는 사람들은 많지 않을 것이다. 그러면서 막연하게 '연연하다'의 '연'이 그리움을 나타내는 심성과 관계가 있다는 느낌을 갖는다. 한자 '연(戀)'이 의태성 형용사 어근으로 바뀌면서도 그 뜻글자의 흔적을 남기는 현상이라고 볼 수 있다.

우리는 '우중충하다'는 말이 '충충하다'와 관계되고 그것을 '청청하다'의 변형이라는 것을 짐작한다. 여기까지 짐작한 사람이면 '청청하다'가 다름 아닌 '청청靑靑하다'임을 찾아낼 수 잇을 것이다.

'평평하다'는 말이 '평平'자를 바탕으로 하고 있는 것을 의식하는 사람은 많지 않다. '혁혁하다'도 '혁赫'자와 연결시키는 데에 어려움을 겪는다. 그러나 조금만 생각하면 즉시 그 글자를 찾아낼 수 있다.

'빡빡하다'는 어떤가? '빡'이라는 한자가 없으니까 그것은 한자와 관계가 없는 것일까? 그러면 여유가 없고 각박한 심성을 가리키는 '박薄하다'는 무엇인가? '박薄하다'의 '박薄'이 두 번 연이어 쓰이면서 '박박하다'는 '빡빡하다'로 변형된 것이라고 볼 수는 없을 것인가?

이와 같은 낱말은 몇 개 더 찾을 수 있다. '쓸쓸하다'의 원형原型은 '슬슬瑟瑟하다'로 볼 수 있는데 '슬瑟'은 '바람소리 슬瑟'자이기 때문이다.

하나만 더 찾아보자.

 '씩씩하다'의 원형이 '숙숙肅肅하다'라고 하면 조금은 의아할 것이다. 그러나 『유합類合』에 보면 '싁싁 숙肅', '싁싁 엄嚴'이 발견된다. 오늘날의 '엄숙하다'와 '씩씩하다'는 그 뜻이 조금 다르지만 본래는 같은 뜻이었음을 짐작할 수 있다.

 한자에 뿌리를 둔 의성·의태성 어근의 형용사가 이렇게 많은 것은 역시 우리말의 자랑이요 장점이다.

'말쑥하다'와 '얄팍하다'의 어원

'문화'라는 낱말을 사전에서 찾아보면 다음과 같은 세 가지 풀이가
있다.

① 인지人智가 깨고 세상이 열려 밝게 됨.

② 권력이나 형벌보다도 문덕文德으로 백성을 가르쳐 이끌어 감.

③ 인간이 자연 상태에서 벗어나 일정한 목적 또는 생활 이상理想을
   실현하는 활동 과정 및 그 과정에서 이룩해 낸 물질적, 정신적
   활동의 소산.

이 풀이에 공통되는 것은 문화가 자연이나 물질에 맞서는 것으로서
정신적 삶의 양상을 표현한다는 사실이다. 그런데 이러한 풀이에 빠져
있는 사항이 하나 있다. 그것은 '문(文)'이라는 글자가 학문을 가리키는
'글'이라는 뜻을 가졌을 뿐 아니라, '무늬[紋]'라는 뜻도 함께 나타내는

것이요, 그 무늬는 하나의 결理이나 빛깔色로 만들어지는 것이 아니라, 적어도 두 개 이상의 결理이나 빛깔色이 어울려 만들어지는 것이라는 사실을 반영시키지 않고 있는 점이다.

다시 말하여 '문화'는 서로 다른 두 사람, 또는 두 집단, 두 사회가 좀 더 높은 경지의 삶을 누려보자고 서로 좋은 점을 배워 나아가는 일을 가리킨다.

그러므로 외부의 영향을 받지 않고 독자적으로 발전하는 문화는 존재하지 않는다.

낱말의 생성에도 문화적 현상이 나타난다. 우리말에는 '－하다'의 앞에 한자를 기원으로 하는 어근語根을 붙여 동사나 형용사를 만드는 방법이 일찍부터 활용되었다.

'공부工夫하다, 출중出衆하다, 연구研究하다, 화려華麗하다' 등 우리말의 동사와 형용사는 이러한 '－하다'류 낱말이 없다면 자유로운 언어 활동을 할 수 없을 것이다.

그런데 이 '－하다'류 낱말 가운데에는 고유어와 한자가 그야말로 문화적 결합을 하여 겉보기에는 한자어 낱말이 아닌 것 같은 모습을 보이는 것들이 있다. 물론 엄격하게 말한다면 이런 낱말들은 고유어도 아니요, 한자어도 아니다. 다음 낱말들을 자세히 살펴보기로 하자.

'굳건하다, 튼실하다, 익숙하다, 말쑥하다'

우리는 이 낱말이 '굳다, 굳굳하다, 튼튼하다, 익(었)다, 맑다' 같은 낱말들과 같은 뜻을 나타낸다는 사실을 금방 깨닫는다. 그리고 '굳세다, 굳굳하다'와 함께 언제부터인가 '굳건하다'라는 낱말을 사용하여 왔다는 사실도 함께 깨닫게 된다. 그러면 '굳건하다'는 어디에서 생긴 낱말인가? 두말할 것도 없이 '굳 + 건健 + 하다'로 형성된 낱말이다. '굳세다'는 뜻을 강조하면서 한자말의 멋을 덧보탠 것이 다름 아닌 '굳건하다'라는 낱말이다. 이렇게 하여 '튼튼하다'와 '실實하다'의 결합형으로 '튼실하다'가 만들어졌고, '익다'와 '익을 숙熟' 자의 결합으로 '익숙하다'가 만들어졌다. 그리고 '맑다'와 '맑을 숙(淑)' 자의 결합으로 '말쑥하다'라는 낱말이 생겼다.

그러면 다음과 같이 이 낱말들을 늘어놓아 보자.

굳굳하다 - 굳健하다
튼튼하다 - 튼實하다
익(었)다 - 익熟하다
맑다 - 맑淑하다

이 대비對比에서 우리는 한자와 결합된 낱말이 고유어로만으로 된 낱말보다 의미의 폭과 깊이가 달라졌음을 발견하게 된다. '맑다'는 냇물이 맑은 것이요, 강물이 맑은 것이지만 '말쑥하다'는 얼굴 모습이 깨끗한 것이요, 차림새가 세련된 것이다. 이와 같이 낱말의 문화적 결합은 곧 의미의 문화적 발전과 변모를 가져온다.

위와 같은 낱말 만들기 현상에 대한 지식을 토대로 하여 다음과 같은 낱말은 그 근원根源, 곧 어원을 어디에서 찾을 수 있는지 궁리해 보기로 하자.

'말짱하다/멀쩡하다, 얄팍하다, 도독하다/두둑하다, 쌀랑하다/썰렁

하다, 스산하다'

　이미 우리는 앞에서 고유어의 용언 어간에 그것과 같은 뜻의 한자를 결합하여 새 낱말을 만든 예를 보았으므로 그것과 같은 방법으로 만들어진 낱말이 아니겠는가 추측하게 된다. 그러나 '짱/쩡, 팍, 독/둑, 랑/렁, 산'에 해당하는 한자가 금방 떠오르지 않는다.

　더구나 '짱/쩡, 팍, 독/둑, 랑/렁, 산'과 같이 양성모음과 음성모음으로 엇바뀌어 읽히는 한자어가 없다는 사실이 우리를 얼마간 당혹스럽게 한다. 이때 우리는 발상의 전환을 시도하여야 한다. 양성모음과 음성모음의 대립 양상을 보이는 것은 새로운 낱말로 정착한 후에 우리말 음운법칙에 따라 변형된 것이지 원래부터 그렇게 읽히는 한자가 아니었다는 생각을 하여야 한다. 그런 다음에 조심스럽게 다음과 같은 결합을 생각해 보면 어떨까?

맑 + 정淨 → 말짱/멀쩡

얇 + 박薄 → 얄팍

돋 + 독篤 → 도독/두둑

서늘 + 량凉 → 설렁/살랑, 썰렁/쌀랑

싀 + 산酸 → 스산

　아마도 이들 낱말이 처음 쓰이기 시작하였을 때는 '말짱하다, 얄팍하다, 돋독하다, 서늘량하다, 싀산하다'와 같은 한 가지 형태의 낱말만 사용되었을 것이다. 그러나 조만간 이런 낱말이 자주 쓰이면서 이것들이 한자에서 만들어졌다는 의식을 버리고 우리말의 음운 법칙에 따라 자유로운 변형을 거쳤다. 이때 동시에 의미의 변화도 발생하였다.

'말淨하다'가 처음 쓰일 때, 그것은 아주 깨끗하고 맑은 것을 나타냈을 것이다. 그러나 '말짱하다/멀쩡하다'는 맑고 깨끗한 것을 가리키지 않는다. 무언가 변질이 되었다가 원상태로 복귀함으로써 과거의 경력을 감춘 채 시치미 떼는 상태를 묘사하는 데 더 적절한 낱말이다. 아마도 '서늘凉하다'가 처음 사용되었을 때에는 날씨를 묘사하는 데 그쳤을 것이다. 그렇지만 요즈음 '썰렁하다'는 기온氣溫 상태를 묘사하기보다는 심리 상태의 허전함을 묘사하는 데에 더 잘 쓰이는 낱말이다.

'싀酸다'의 경우도 '맛이 시다'는 뜻의 미각味覺 표현이 원래의 뜻이었다. 그런데 오늘날 '스산하다'는 낱말은 분위기가 쓸쓸하고 황량한 것, 더 나아가 심정이 심란하고 서글픈 경우에 더 잘 쓰인다.

이와 같이 우리 조상들은 고유어와 그에 대응하는 한자를 결합하여 새로운 의미의 낱말을 만들어냈다. 이 세상에 새 낱말이 갑자기 생기는 것은 아니다. 이미 존재하는 것을 모아서 새롭게 갈고 닦는 방법으로 만드는 것이다. 그것이 곧 문화의 진면목이다. 문화란 서로 다른 두 개를 한데 모아 새로운 어울림으로 한 차원 높은 삶의 경지를 열어 가는 것이기 때문이다.

우리 조상들은 일찍이 한자를 소재로 하여 새로운 문화를 만들어 왔다. 지금 우리가 그 한자를 버린다면 우리는 문화적인 삶의 자세를 버리는 것이 된다.

'무궁화'의 내력

우리나라 글 가운데 무궁화에 대하여 언급한 가장 오래된 것은 고려 시대의 문호 이규보李奎報의 '次韻文長老朴還古차운문장노박환고'論根 花并序논근화병서'이다. 그 시는 다음과 같다.

"장노문공長老文公 동고자東皐子 박환고朴還古가 근화槿花의 이름에 대하여 논하는데 혹 이르기를 무궁無窮하다는 뜻이니 이 꽃이 피고 지는 것이 무궁한 것을 일컫는 것이라 하기도 하고 또 이르기를 무궁無宮의 뜻이니 이것은 군왕이 이 꽃을 사랑하여 궁宮이 무색함을 일컫는 것이라 하기도 하여 결정을 내리지 못하다가 백낙천白樂天의 시에서 운韻을 취하 여 부賦한 연聯을 지으며 나에게도 시 짓기를 권하므로 내가 다음과 같이 화답하였다.

근화의 이름 두 가지는　　　　　　　槿花之二名근화지이명
우리 두 친구에서 비롯하나　　　　　發自吾二友발자오이우

각기 고집을 버리지 못해	滯一各不移체일각불이
좌라 우라 우겨대네	若尙左尙右약상좌상우
내 새로운 용기를 내어	我將試新勇아장시신용
그대들을 한손으로 치리라	兩敵破一手양적파일수
일찍이 들었노라 옛 사람도	嘗聞古之人상문고지인
구韭를 구九라 희롱했거늘	戲韭以爲九희구이위구
궁宮이나 궁窮이나 모두 장난일세	宮窮亦似戲궁궁역사희
맨 처음 누가 말했나	初傳自誰口초전자수구
내 홀로 결정하리니	予獨立可斷여독립가단
약주다 막걸리다 하는 것 같다네	如辨醇醨酒여변순리주
이 꽃은 원래 잠깐 피는 것이라	此花片時榮차화편시영
단 하루도 가지 않음이	尙欠一日久상흠일일구
허무한 인생 같다고 생각되어	人嫌似浮生인혐사부생
차마하니 떨어진 꽃을 보지 못하고	不忍見落後불인견락후
오히려 무궁無窮이라 이름했으나	反以無窮名반이무궁명
그 어찌 무궁함이 있다 하리오	倘可無窮有당가무궁유
두 친구는 내 말에 놀라	二者聞之驚이자문지경
입 다물고 잠잠하리라	闔吻如閉牖합문여폐유
내 이론에 분명한 증거 있으니	我說誠有憑아설성유빙
그대들은 수긍하겠는가 않겠는가	問君肯之否문군긍지부
만일에 조정에다 내 주장 옮기면	如將移諸朝여장이제조
최후의 결론이라 일컬으리라	亦可言亥首역가언해수

이 시로 미루어 보면 '무궁화'란 낱말은 이규보의 생존 시기였던 12세기~13세기에 이미 우리나라 안에 퍼져 있었음을 알 수 있다. 그런데 8, 9백 년 전 그때에도 근화槿花라 하는 나무의 꽃을 '무궁화'라 하면서

왜 그렇게 부르게 되었는지에 대해 지식인들조차 의문을 품고 있었음을 보여주고 있다.

우리는 이 의문을 풀기 위하여 다시 한 번 2,500여 년 전에 쓰여진 것으로 전해지는 중국 고대의 문헌『산해경山海經』을 들여다보아야 하겠다.

> 군자의 나라에는 목근 나무의 꽃이 많다(군자지국다목근지화:君子之國多木槿之華).
> 군자의 나라는 북쪽에 있다(군자국재기북:君子國在其北)…그 나라 사람들은 서로 양보하기를 좋아하고 다투지 않는다(기인호양부쟁:其人好讓不爭).
> 또 훈화초가 있는데 아침에 피었다가 저녁이면 시든다(유훈화초조생석사:有薰華草朝生夕死).

이 글의 주注에는 '훈薰'은 곧 '근堇'이라 하였다. 그러므로 '훈薰=근堇=근槿=목근木槿'이라고 추정할 수 있다. 다시 말하여 근화槿花를 목근화木槿花라고도 하였을 것인데 이 '목근화'가 '무궁화'로 정착한 것이 아닌가 생각해 볼 수 있다.

목근木槿 나무가 우리나라에 일찍부터 널리 퍼져 있었다면 물론 고유의 나무 이름이 있었을 것이니 조만간 중국 문화에 깊이 물들면서 사물의 이름을 중국식으로 부르는 것이 유행하였을 수 있다. 그때 이 낱말은 '무낀'과 비슷한 발음으로 불리어졌을 것이요, 그것은 어느 틈엔가 '무궁'으로 발음되기에 이르렀을 것이다.

중국어에서 입성자入聲字에 속하는 '목木'이 음절말 끝소리 'ㄱ'을 상실하고 '무'로 발음된 것은 상당히 이른 시기까지 소급한다.

그리고 그 '무궁'에는 다시 한자를 붙이려는 노력이 따르게 되어 '무궁無窮'이란 표현이 나타나게 된 것이라고 볼 수는 없는 것일까?

무궁화에 대한 우리나라의 기록은 이규보의 글 다음으로는 한참을 뜸하다가 16세기의 문헌에 연이어 나타난다.

『사성통해四聲通解』1517 A.D에는 "槿櫬也今俗呼木槿花 無窮花"라고 적혔고, 『훈몽자회訓蒙字會』1527 A.D.에는 "槿 無窮花根俗呼 木槿花"라고 있으며 『운회옥편韻會玉篇』1536 A.D.에는 "槿 無窮花根"이라고 하여 한결 같이 한자로 '無窮花'라는 표기가 나타나 있다.

그러므로 그 이후의 문헌에 '무궁화'라는 표기가 나타나는 것은 두말할 필요가 없는 것이다.

그리하여 '무궁화'는 우리나라의 나라꽃으로 지정되어 사랑을 받으면서 일찍이 한자부회漢字附會로 얻은 영원 상징의 '無窮花'로 완벽하게 자리를 잡게 되었다.

이 '무궁화'라는 낱말이 전라도 완도莞島와 구례求禮에서는 '무우게'로 불리어지고 또 일부 지역에서는 '무게'라고도 불리어진다는 것을 덧붙인다. 아마도 이러한 낱말은 모두 '무궁화'로부터 또 다시 변화를 입은 이형태異形態일 것이다.

'짱꼴라'의 조자鳥子·팔자八子

1940년대 초반, 동네 꼬마들은 중국 사람이 경영하는 채마밭을 지나가면서 그 중국 사람의 집을 향하여 '짱꼴라, 짱꼴라'를 연호連呼하며 도망을 치곤 하였다. '짱꼴라' 또는 '짱꼴래'라고도 하였는데, 중국 사람을 얕잡아 보고 놀리는 말이었다. 아마도 청일전쟁淸日戰爭 이래 승승장구乘勝長驅하던 일본 사람들이 중국 사람을 업신여기는 투로 부르던 말이 우리나라 사람에게도 전해진 것이리라. 나는 어린 시절에 이 '짱꼴라'가 '중국인中國人'이라는 말의 중국 발음 '쭝꿔런'의 변음이라는 사실을 알 턱이 없었다. 그러나 동네 꼬마들과 어울려 '짱꼴라'를 외치며 중국 사람 채마밭을 통과하고 나면 어쩐지 마음이 개운치 않고 쓸쓸하였다. 이유 없이 남을 얕잡아 보고 놀린다는 것이 부당하다고 느껴졌던 모양이다.

세월이 흘러 동양 문화에 대한 이해가 조금씩 깊어지면서 우리가 중국문화로부터 진 빚이 너무나 크다는 사실을 알게 되었다. 그리고 어린 시절에 철없이 중국 사람들을 '짱꼴라'라고 놀렸다는 사실이 새로운 부끄러움으로 다가왔다. 그 짱꼴라로부터 우리가 얼마나 많은 것을 배웠던가? 또 그들의 말은 얼마나 많이 들여다 썼었던가?

오늘날, 한자어라고 하는 것이 모두 중국 사람들의 것은 아니지만 한자어 가운데 상당 부분이 중국 고전古典에서 유래한 것이고 또 더러는 중국말과 함께 들어와 우리말로 굳은 것들이다. 그 가운데는 길게 잡아야 300년 안팎으로 추정되는 근세 중국어에 기원起源을 둔 낱말들이 있다. 어떤 것은 한국 한자음으로 바뀐 한자어의 모습으로, 또 어떤 것은 중국말일 것이라고는 상상도 할 수 없는 형태의 낱말로 국어 어휘 속에 들어와 있다. 『역어유해譯語類解』라는 책에서 몇 예를 골라 보기로 하자. 『역어유해譯語類解』는 숙종肅宗 16년1690 A.D.에 사역원司譯院에서 간행한 중국어 학습서인데, 중국어와 우리말의 대역어휘집對譯語彙集이다.

早飯(조반 : 아침밥)
熟肉(수육 : 삶은 고기)
豆腐(두부 : 두부)
半熟(반숙 : 반만 익힌 것)
沙果(사과 : 사과)

요즈음은 아침밥을 '조반'이라고 하는 사람이 많지 않고 또 있다고 하여도 한자 '조반朝飯'으로 알고 있을 것이다. 현행 국어사전에 '조반早飯'과 '조반朝飯'이 구분되어 있으나 그것은 원래 같은 것으로 보아야 할 것이다. '수육熟肉'은 물론 중국어로 발음하면 '수우'가 될 것이나, 그 낱말이 정착하면서 '숙熟'은 중국음으로 읽고 '육肉'은 한국 한자음으로 읽은 결과가 되었다. '두부豆腐'를 중국음에 따르면 '투부/또우후'가 되었을 것이지만 한국 한자음을 따라 '두부'가 되었다. '두부'가 중국어에 근원을 두고 있다니 자존심이 상하는 분이 있을 것이다. 두부 제조법이 한국의 고유한 것인 양 잘못 배우고 가르쳤기 때문일 것이다. '반숙半熟'도 중국음으로 발음하면 '반수'가 되어야 할 것이지만 한국 한자음으로 굳었다. '사과'가 중국말이라니 이것도 놀라운 일이다. 그러나 사실이 그러한 걸 어찌하랴. 중국에서 '사과'를 가리키는 말이 두 개가 있었다. 하나는 '사과沙果'요, 또 하나는 '빈과蘋科'인데 중국 사람들은 '사과'를 한국 사람에게 양보하고 지금 자기네들은 '핀궈'라 발음하는 '빈과蘋科'를 사용하고 있다. '사과'가 우리나라에 처음 들어온 것은 효종孝宗대왕 시절이라고 한다. 1655년 인평燐坪대군이 연경燕京에 사신으로 갔다가, 사과나무를 수레에 싣고 돌아왔는데 효종대왕이 승하한 다음 해인 1660년에야 열매를 맺기 시작했다는 기록이 전하고 있다. 그러니 '사과'라는 말이 우리나라에 쓰인 것은 길게 잡아도 350년이 되지 않는다. 세종대왕은 말할 것도 없고 선조대왕·효종대왕도 사과를 잡수어 보지 못한 임금님이셨다.

饅頭(만두 : 만두/상화)

餅饍者(빙자 : 빈데떡)

蘿葍(라박 : 무/나박)

炙炙(지지 : 굽다/지지다)

'만두饅頭'는 일찍이 고려시대에 '상화'라고 불렀던 중국 전래의 소를 넣은 빵이다. "쌍화점雙花店"이라는 고려가요는 '상화'의 역사가 무척 오래되었음을 알려준다. 그런데 언제부터인가 '상화'라는 낱말은 사라지기 시작하였고 요즈음은 그것을 '만두'라 부르게 되었다. 그 '만두'가 『역어유해譯語類解』에 실려 있다. 그러면 오늘날 중국 사람들은 '만두'를 무엇이라 부르는가? 그들은 '만두'를 우리나라에 넘겨주고 자기네들은 '먼투' 대신에 '파오즈包子'를 쓰고 있다. '빙자餅食者'는 지금부터 50여 년 전에 방종현方鐘鉉 선생께서 오늘날 '빈대떡'의 본디말임을 밝힌 바 있다. 그때 '빈대떡'이 '빙자떡'의 변음變音이라는 사실을 우리나라 사람들은 처음으로 알게 되었었다. 언어의 교류交流와 문화의 교류를 그 무렵 우리나라 사람들은 어렴풋하나마 구체적으로 깨닫기 시작했었다. '나박蘿蔔'은 무大根를 가리키는 중국어로서 중국음으로는 '로부'라고 한다. '로부'라는 형태는 우리나라 낱말에 존재하지 않는다. 그러나 '나박김치'라는 낱말의 형태로 우리말 속에 '라박蘿蔔'이 살아있다. '나박김치'가 사전에 어떻게 풀이되어 있는가를 보자.

> 나박김치 : 명김치의 한 가지. 무를 얄팍하고 네모지게 썰어 절인 다음,
> 고추, 파, 마늘, 미나리 따위를 넣고 국물을 부어 담근 물김치.
> 나복저蘿蔔菹.

'지지炙炙'라는 낱말은 근세 중국어에서 '굽다'라는 뜻의 동사動詞이다. 그런데 그것이 그대로 우리말 '지지다'의 동사 어간으로 행세하게 되었다. '지지다, 볶다' 등 불에 음식을 익히는 방법의 하나로 쓰인다.

'지지다'와 '굽다'는 원래 같은 뜻의 말이었는데 '지지다'가 우리말로 정착하면서 의미 분화가 일어난 것이라고 할 수 있다.

人中(인중 : 코 아래)
鬚髯(수염 : 수염/쉠)
長指(장지 : 장지)
無名指(무명지 : 무명지)

'인중人中'은 얼굴 관상을 볼 때에 코 밑에서 윗입술까지의 골이 진 부분을 가리킨다. 인중이 길면 수명이 길다는 속설이 전해 오거니와 우리나라 저명인사로 인중이 긴 분은 김수환金壽煥 추기경일 듯싶다. '수염'을 모르는 사람은 없을 것이다. '수염'을 짧게 줄여서 '쉠'이라고도 한다. 그러면서 이 낱말이 순수한 고유어인 줄 아는 사람이 의외로 많이 있다. 그러나 이 낱말은 한자말이다. 조금 더 정확하게 말하면 중국말이다. '鬚슈'는 '입아랫나룻'이고 '髯연'은 '턱엣나룻'이며, 코 밑에 나는 나룻은 '입웃나룻'이라 하여 '髭즈'라고 하였다. 이 세 개의 한자, '髭즈, 鬚슈, 髯연' 가운데 두 개가 우리말에 수입되어 '수염'이란 낱말로 쓰이게 되었다. 손가락의 이름은 모두 다섯 개다. 손가락이 다섯 개이니 그 이름도 다섯 개가 되었다. 그런데 '엄(지), 검(지), 애끼(지)'의 셋은 순수한 우리말이 들어 있지만 셋째 손가락과 넷째 손가락 명칭은 유감스럽게도 중국어에 기원을 두고 있다. '장지長指'는 중국말로 '창즈'이고 '무명지無名指'는 중국말로 '우밍즈'라고 한다. 이런 낱말이 중국말로 수입되지 않고 한자어로 수입되어 한국 한자음으로 '장지' 와 '무명지'로 정착하였다.

大便(대변 : 대변)
小便(소변 : 소변)
鳥子(조자 : 자지[男根])
八子(팔자 : 보지[女陰])

대변, 소변이 중국말이라고 한다면, 정말 한국 사람들은 자존심이 상할 것이다. 그러나 이것 여시 사실이 그런 걸 어찌하랴. '대변大便'은 중국말로는 '다변'이요, 우리말로는 '큰물'이었다. '소변小便'은 중국말로 '샤오변'이요 우리말로는 '져근물'이었다. '물'은 현대국어에서 '똥/오줌 마렵다'에서 '마렵다'의 기원이 되는 말이다.

대변, 소변에까지 이야기가 전개되었으니 내친 김에 조금 쑥스러운 낱말에 대해서도 이야기를 해야 하겠다. 원래 근세 중국어로 남녀의 성기性器를 가리키는 낱말에 '기바鬐鬐'와 '비쥬屍屖'라는 것이 사용되었다. 그런데 이런 낱말을 직접 입에 담는 것이 점잖치 않다는 느낌 때문이었는지 완곡한 표현의 낱말이 개발되었다. 양물陽物에 대하여는 '鳥子,냐오즈'라 하였고 음문陰門에 대하여는 '八子파즈'라 하였다. 형태를 재미있게 묘사한 말이라 하겠다. '냐오즈'는 '鳥'의 다른 발음 '댜오'에 이끌리어 '댜오즈'라는 말로도 사용되었다. 그런데 우리 조상들이 이 낱말 '댜오즈'와 '바즈'를 한국식으로 변음시켜 '자지'와 '보지'로 말하면서 오늘에 이르렀다. 오늘날 이런 낱말을 입에 올려야 할 경우에 영어 낱말을 차용借用하는 사람을 만나는 수가 있다. 300년 전에도 우리 조

상들은 이 외국어 낱말로 쑥스러움을 피하려고 한 것은 아닐까? 어쨌
거나 '鳥子'와 '八子'에 기원을 둔 그 낱말 두 개는 분명 고유한 우리말이
아니었다. 그것은 말하자면 '짱꼴라'의 낱말이었다.

불교에서 유래한 낱말들

우리나라에 불교가 들어온 때는 언제일까? 고구려 소수림왕 2년372 A.D에 전진前秦의 스님 순도順道가 불상과 경문을 가져왔다고 하는 사실에 의한다면 일천육백여 년 전의 일이요, 신라 눌지왕 시절417 A.D.~ 457 A.D. 고구려를 거쳐 온 스님 아도阿道에 의하여 불교가 전파된 것을 기점으로 삼는다면 일천오백오십여 년쯤의 일이 될 것이다. 어림잡아 일천오백 년 전부터 우리 조상들은 부처님을 알았을 것이요, 그분의 가르침을 새로운 외래 사상으로 받아들이기 시작했을 것이다.

그 외래 사상은 당연히 새로운 개념의 새로운 낱말을 가지고 있었다. 오늘의 시점에서 보면 너무도 일상적인 낱말이어서 그것이 불교와 관련이 있었으리라는 생각을 하는 것이 쑥스러운 일일지도 모른다. 그러나 불교 사상을 나타내기 위한 불교용어들은 그것이 수입될 당시에는 신선하고 신기한 새로운 낱말이 아니었을까? 이제 그런 낱말에 어떤 것이 있는지를 살펴보기로 한다.

● 인간(人間) : 이 낱말은 오늘날 '사람'을 뜻하는 한자어 구실을 하
지만 사실은 '사람이 사는 곳'을 가리키는 불교 용어였다. '마누샤ー로
카manusya-loka'를 번역한 것인데 '마뉴샤'는 '사람'이요, '로카'는 곧
'세상'이라는 뜻의 말이다. 그러므로 '마누샤ー로카'는 '사람 사는 세상'
곧 '속세'를 의미하는 것이었다. 고산孤山 윤선도尹善道의 '어부사시사漁
父四時詞'에는 다음과 같은 구절이 있다.

간밤의 눈 갠 후後에 경물景物이 달랃고야
압희는 만경유리萬頃琉璃 뒤희는 천첩옥산千疊玉山
선계仙界ㄴ가 불계佛界ㄴ가 인간人間이 아니로다

이 시조에 나오는 '인간人間'을 '사람'으로 해석할 수 없다. 그러면
'인간'이 언제부터 속세가 아닌 '사람'을 뜻하게 되었을까? 문헌 자료의
정확한 증거가 있어야 하겠지만 '인간人間'이 '사람'만을 뜻한 역사는
아마도 일백 년 안팎에 머무를 것이다.

● 무상(無常) : 이 낱말은 '인생무상人生無常'이란 표현으로 우리에게
너무나 친숙한 낱말이다. 영원을 추구하고 희망하는 사람들로서는 야
속하고 서글픈 낱말이 아닐 수 없다. 산스크리트어의 아니탸anitya를
번역한 말이다. '아(a-)'는 '아니非'라는 부정 표현의 접두사이고 '니탸
(nitya)'는 '영원永遠'을 가리키는 말이다. 그러므로 '아니탸'는 '영원하지

않은 것', '일시적인 것'을 뜻한다. '상常'은 '언제나 그러함'을 뜻하는 것이요, 곧 영원을 나타내는 불교 용어다.

• 연기(緣起) : 이 낱말은 불교 사상을 구성하는 낱말 가운데 가장 핵심적인 것이라 해도 지나친 말이 아니다. 세상 만물의 생성生成과 변화變化를 설명하는 가장 기본적인 개념이다. 프라티탸-사무트파다 pratitya-samutpada를 번역한 것으로 '다른 것에 의존하여 생기는 것'이라는 말이다. 요즈음 말로 다시 바꾼다면 '원인 결과'라고 풀이할 수 있으나 꼭 들어맞는다고는 할 수 없다.

• 무아(無我) : 이 낱말처럼 좋은 말이 또 있을까? 모든 종교적 가르침이 모두 그러하지만, 불교도 '나我'를 버리고 '나'를 뛰어넘어 '우리'의 문제에 눈을 돌리라고 가르친다. '아나트만anātman'을 번역한 말이다. '안an-'은 역시 '아니非'라는 뜻의 접두사이고, '아트만ātman'은 '개인 중심을 철저히 벗어나는 것'을 뜻한다. 모든 불자佛子는 이 무아無我의 경지에 이르고자 수행에 수행을 거듭하는 사람들이다.

• 업(業) : 직업職業이니 사업事業이니 업무業務니 하는 낱말 때문에 '업業'을 '일거리'로 아는 수가 있다. 그러나 불가에서는 행위 또는 조작의 뜻으로 쓴다. 행업行業이라는 낱말은 업의 동작상動作相을 드러내는 표현이다. 이 업은 신업身業, 어업語業, 의업意業으로 나누기도 한다. 카르만karman이란 범어를 음역音譯하여 갈마羯磨라고 쓰기도 한다. 업을 지으면 그 결과가 있게 마련이다. 그것을 과보果報라고 하는데 또한

업보業報라고도 말한다. 이 업보를 간단히 업이라고 하는 수도 있어서 업이 행위인지 행위의 결과인지 알쏭달쏭한 때가 있다. 이런 것이 언어의 세계이기도 하다.

• 단말마(斷末摩) : '단말마의 비명소리'라든가 '단말마의 고통'이란 표현으로 매우 익숙한 낱말이 '단말마'다. 그런데 이것은 정확하게 말하면 낱말이 아니라 어구라고 해야 옳다. 말마末摩는 범어 마르만marman을 음역한 낱말로서 요즈음 말로는 '생명의 급소急所' 쯤으로 풀이해야 할 것인데 사혈死穴·사절死節로 번역하기도 한다. 사람의 몸에 생명을 지탱하는 부위가 10군데라고도 하고 100군데라고도 하는데 그것들을 말마末摩라 한다. 그 말마末摩를 끊는 것이 곧 단말마斷末摩다. 그러므로 말마末摩가 끊길 때에는 고통스런 비명이 나오게 되었다. 국어사전에 단말마斷末魔로 잘못 적혀있다.

• 찰나(刹那) : 이 세상에서 가장 짧은 시간의 단위로 이 '찰나'가 쓰인다. 그러면 '찰나'는 얼마나 짧은 시간인가? 불가에서는 1년을 12월로 나누고 1월은 30주야晝夜로 나눈다. 다시 1주야 곧 하루는 30수유須臾로 쪼개며 1수유는 30납박臘縛으로 쪼갠다. 1납박은 60단찰나怛刹那로 가르고 1단찰나는 120찰나刹那가 모인 것이다. 무후르타muhūrta를 수유라 한 것이고 라바lava를 납박이라 하였고, 타트크리사나tatksana를 단찰나라 하였다. 찰나는 크사나ksana의 소리 옮긴 말이건만 우리 한자음으로 읽으니 '찰나'가 되었다. 1수유가 48분이요, 1납박이 96초요, 1단찰나가 1.6초가 된다. 그리고 1찰나는 0.013초에 불과한 정말로

짧은 시간이다.

● 사바(娑婆) : '사바세상'이라는 말로 자주 쓰인다. 범어 사하saha를 음역音譯하여 '娑婆사바'라 한 것인데 우리말로 '사바'가 되었다. 이 세상을 사는 사람들이 살고 있는 곳으로 '참아야 할 땅' 또는 '견뎌내야 할 세상'이라는 의미를 지닌 말이다. 그러므로 '사바세상'이라고 말할 때에는 '고통의 바다'라고 일컫는 이 세상을 참고 견뎌야 하겠다는 수행의 결의를 이미 감추고 있는 것이다.

'—치다'가 붙는 낱말

우리말에는 '하다'처럼 여러 가지 동작을 포괄적으로 나타내는 동사가 여러 개 있다. 그중에는 '치다'도 들어 있다. '천둥치다, 눈보라치다, 물결치다' 같은 것은 '세차게 일어나다起'의 뜻을 갖는 자동사이고, '공을 치다, 손뼉을 치다, 딱지를 치다, 못을 치다' 같은 것은 '때리다擊'의 뜻을 갖는 타동사이다.

그런가 하면 '난蘭을 치다, 줄을 치다, 사군자四君子를 치다'에서는 '그리다劃'의 뜻이고, '기름을 치다, 소금을 치다, 간장을 치다'에서는 '붓다注'의 뜻이고, '금줄을 치다, 담을 치다, 붕대를 치다'에서는 '두르다帶'의 뜻이며, '돼지를 치다, 새끼를 치다'의 경우에는 '기르다養'를 나타내고 있다.

이처럼 여러 가지 뜻을 갖는 '치다'는 그 앞에 오는 말과 어울려 독특한 의미를 나타내게 되는데, 세월이 흐름에 따라 원래의 의미가 무엇인지 모르게 되고 비유의 뜻으로만 사용하게 되면 결과적으로 의미의 변화가 일어나기 때문에, 그 낱말이 애초에 어떤 경위로 만들어졌는지를 모르게 된다. 다음에 그러한 낱말 몇 개를 살펴보기로 하자.

• 黥(경)치다 : 이 낱말은 옛날의 형벌 제도에서 유래한 것으로 묵형墨刑을 가리키던 낱말이다. 즉 옛날에는 큰 죄를 지으면 평생토록 그 죄를 세상에 알리며 부끄럽게 살라는 취지에서 죄명을 이마에 먹물로 새겨 넣었다. 쉽게 말하면 이마에 먹물 문신文身을 새겨 넣은 자자刺字의 형벌을 경黥이라 하였다. '이마에 경을 그려 넣는다'는 말을 간단히 줄여서 '경을 치다' '경치다'로 표현하였다. 세월이 흘러 먹물로 죄명을 이마에 새겨 넣지는 않더라도 포도청捕盜廳에 끌려가 호된 벌을 받으면 그것을 '경을 쳤다'고 비유로 표현하였고, 그 말이 굳어져서 호된 꾸지람이니 심한 고통을 받는 것을 '경치다'로 말하게 되었다. 흔히 "못된 짓을 하면 경칠라, 조심해라."와 같은 문맥에서 쓰인다.

경자黥刺에는 자묵刺墨도 있고 자청刺靑도 있었다. '경을 칠 놈'이란 말은 얼마나 무서운 욕설이던가! 그러나 지금은 약간의 꾸지람을 듣는 정도로 생각하게 되었다.

• 足(족)치다 : 요즈음에는 거의 사라져 버린 풍습이 되었지만 일이십 년 전만 해도 결혼식을 끝내면 신랑을 거꾸로 매달아 놓고 발바닥足掌,족장을 몽둥이로 때리는 일종의 통과의례通過儀禮 같은 것을 하였다. 물론 도회지에서는 볼 수 없었고 시골 마을에서 벌어졌던 풍경이었는데 이때에 발바닥을 때리는 것을 '족을 친다' 하였고 줄여서 '족친다'고도 하였다. '족치다'의 사전적 풀이를 보면 '볶아치다, 쭈그러들게 하다,

작게 줄이다'의 뜻만 있으나 '발바닥 때리기'도 있어야 할 것이다. 신랑을 족쳐서 신부에게 노래도 시키고 돈도 우려내어 신랑 친구들이 축하 모임을 갖기도 하였다. 그러나 강제로 빼앗기 위한 풍습이었으므로 '족치는' 행위는 역사의 뒤안길로 사라지는 것이 당연하다 하겠다.

●죽치다 : '죽치고 앉아 있다.' '죽치고 기다렸다' 같은 어구의 형태로 쓰인다. 시간을 축내며 기다리는 자세를 일컫는 말인데 '죽'이 과연 무엇일까 궁금하다. 만일에 '치다'가 '진陳 치다, 천막天幕 치다, 텐트 치다'와 같은 배설配設의 뜻을 갖는 동사라면 '죽'은 '죽지' 곧 '날갯죽지'에 해당하는 낱말의 줄임 형태로 볼 수 있다. 즉 '죽지를 치다.내려앉아 시간을 보내다'의 형태가 '죽치다'로 변한 것이 아닌가하는 가정을 하게 된다.

몽고에서 유래한 낱말들

세월이 약이라는 말이 있다. 오랜 세월이 흐르고 나면 고통스럽고 힘들었던 일도 추억 속에 오히려 아름다운 미련으로 남을 수도 있고, 또 웬만한 것은 잊혀져 버리기 때문에 생긴 말이다.

언어의 경우는 어떠한가? 한 나라가 다른 나라의 정치적 영향을 크게 받았을 때, 영향을 준 나라의 말은 영향을 받은 나라에 상처처럼 박혀 있게 된다. 그 상처는 아물어 버렸으나 그 아물어 버린 흔적은 본래 그 자리에 있었던 것처럼 새로운 무늬를 형성하며 그 나라의 말속에 파묻혀 있게 마련이다.

우리나라 역사는 1269년고려 원종 9년부터 1369년고려 공민왕 18년까지 정확하게 일백 년 간 원元 나라 몽고의 정치적 압제에 시달렸었다. 지금부터 730여 년 전에서 630여 년 전의 사건이라 오늘날의 우리들은 특별한 감회를 아니 가질 수 있겠지만 가만히 생각해 보면 수치스러운 역사의 한 도막임에 틀림없다. 그러면 그 일백 년의 세월 동안 몽고말은 고려 사회에 얼마나 많이 침투하였을까? 오늘날 우리 사회에 널리 퍼져 쓰이고 있는 일본말의 남은 모습이나 영어의 넘쳐나는 모습을 생각해 보면 700년 전의 고려 사회에 몽고말이 얼마나 신유행어로 힘을 떨쳤을까는 짐작하기에 어렵지 않을 것이다.

그러나 지금까지 남아 있는 몽고어는 그리 많지 않다. 문헌 자료를 통하여 수습해 볼 수 있는 어휘는 모두 일백 개 남짓하고 그중에 오늘날까지 생명을 부지하고 있는 것은 그 반에도 이르지 않는다. 더구나 700여 년 동안의 세월의 변화는 그 남아 있는 낱말들도 별로 쓰이지 않게 되었다. 그렇지만 이런 것들도 생각하기에 따라서는 고귀한 우리의 언어 자산이다. 이제 그 낱말들을 몇 개 살펴보기로 하자.

● 고도리 : 고두리살

표준국어대사전에 보면 '고두리살'은 '작은 새를 잡는데 쓰는 화살. 철사나 대 따위로 고리처럼 테를 만들어서 살촉 대신으로 살 끝에 끼운 것'이라고 풀이되어 있다. 그리고 '고도리'에는 '고두리살의 옛말'이라고 되어 있다. 이 '고도리'가 몽고말이다. 『훈몽자회訓蒙字會』에는 고도리 박髆, 울 고도리 효髇, 셔 고도리 박髇이 있다.

● 고달개 : 고들개

표준국어대사전 '고들개' 항목에 두 개의 뜻풀이가 있다. 하나는 '마소의 가슴걸이에 다는 방울'이고 또 다른 하나는 '말 굴레의 턱밑으로 돌아가는 가죽. 흔히 방울을 단다.'라고 되어 있다. '고들개'와 '방울'은 원래 서로 다른 물건이지만 항상 함께 붙어 있게 되자 같은 물건으로 취급하게 되었다. 즉 '고들개'는 『훈몽자회訓蒙字會』에 적힌 '고들개'인데 이것은 '鞦' 또는 '鞦皮'의 뜻으로 몽고말 '후둘가gudulqa, gudurqa'에서 온 것이다. 요즈음 말로는 '밀치 끈' 또는 '껑거리 끈'이라고 한다.

'껑거리'는 '길마를 얹을 때 마소의 궁둥이에 대는 막대기'이다. 요즈음 옥편에는 '껑거리 추鞦'가 실려 있다. '밀치'를 사전에 찾아보면 '말·당나귀의 안장이나 소의 길마에 걸고 꼬리 밑에 거는 좁다란 나무 막대기'라는 풀이를 볼 수 있다.

결국 '고달개'는 현대어 '껑거리 끈'으로 바뀌었고, 그 '고달개'라는 낱말은 원래 몽고말이었음을 알 수 있다.

● 더그레 : 더그레

이 낱말은 형태가 바뀌지 않은 채 오늘날까지 쓰이고 있다.

요즈음 텔레비전 사극을 보면 높은 벼슬아치가 행차할 때에 "아무개 나으리 행차요!" 소리를 치는 갈도喝道들의 모습이 보인다. 그들은 두 갈래 앞자락과 한 갈래 뒷자락이 너풀거리는 세 자락 웃옷을 입었다. 이 웃옷의 이름이 다름 아닌 '더그레'다. 원래 몽고말 '더걸러이degelei'였고 군졸들이 입는 짧은 털옷이었으나, 그 말이 우리나라에 들어와 '더그레'라 하게 되었고 '조선 시대에 각 영문營門의 군사, 마상재馬上才꾼, 의금부義禁府의 나장羅將, 사간원司諫院의 갈도喝道들이 입는 세 자락 웃옷'을 통칭하게 되었다. 호의號衣라고도 했고 소속에 따라 옷 빛깔이 달랐다.

● 바오달 : 군영軍營, 군막軍幕, 야영野營

『훈몽자회訓蒙字會』에 '바오달 영營'이라 적혀 있는데 이 '바오달'이 몽고말 '바구달bagudai'에 기원을 둔 낱말이다.

'바구달'은 말에서 내려 머물러 쉬는 곳'을 이르는 말이다. 흔히 '바오달 치다下營'와 같은 표현에 쓰이었다. 군대가 야영野營하는 군막軍幕을 가리키는 것이지만, 요즈음 말로 캠프camp에 대응하는 말이라고 생각된다. '캠프' 대신 살려 쓰면 어떨까 싶다.

● 바톨 : 용사勇士

이 낱말은 용비어천가에 '아기바톨阿其拔都'이라는 형태로 적혀 있다.

조선 왕조 초기에 '바톨'이란 낱말이 사용되었다는 증거라 하겠다. "아기阿其는 우리나라 말로 어린아이를 가리키고, 발도拔都 또는 발돌拔 突은 몽고말인데 용감하여 대적할 자가 없는 장수를 가리키는 말이다." 라는 풀이말이 '아기바톨阿其拔都'에 뒤미처 적혀 있다.

이 '바톨'이라는 낱말도 '용사' 대신에 살려 쓰면 어떨까 싶다. 가령 '어린이 용사 훈련 캠프'같은 말을 '어린이 바톨 훈련 바오달'쯤으로 멋을 부릴 수는 없을까? 영어 외래어가 판을 치는 세상이니 700년 전의 몽고 외래어를 살려 쓴다 해도 나쁜 것은 없지 않은가?

● 사오리 : 사오리, 등상橙床

『훈몽자회』에 '사오리 橙등'이라 되어 있는데, 이 '사오리'는 '앉는다' 는 뜻의 몽고말 '사구sagu—'에 명사를 만드는 접미사 '—ri'가 붙은 것으로 'saguri'가 우리말 '사오리'로 정착하였음을 보여준다. '등(橙)' 또는

'등(蹬)'은 말을 탈 때 발돋움으로도 쓰고, 걸상으로도 쓰는 나무로 만든 기구를 가리킨다.

● 오늬 : 오늬

활쏘기를 하는 사람들은 '오늬'를 모르는 사람이 없다.

'오늬'는 '화살의 머리를 활시위에 끼도록 에어 낸 부분'을 가리킨다. 오늬를 활시위에 끼고 활을 당겨야 화살이 시위를 떠나 과녁을 향해 날아갈 수가 있다. 이 '오늬'란 낱말은 『훈몽자회』에 '활오늬 구彄'로 적혔는데 이 '오늬'는 몽고어 '호노hono'가 들어와 정착한 낱말이다.

우리말 사전에는 '오늬 목木', '오늬 무늬' 등의 낱말도 실려 있다.

● 오랑 : 오랑

표준국어대사전에 '오랑'은 '뱃대끈'의 제주 방언이라 되어 있고 '뱃대끈'을 찾아가 보면 ① 여자의 치마나 바지허리 위에 매는 끈 ② 마소의 안장이나 길마를 얹을 때에 배에 걸쳐서 졸라매는 줄. 마앙馬鞅의 두 가지가 실려 있다.

원래는 마앙馬鞅의 뜻으로만 쓰이던 뱃대끈을 '오랑'이라 하였는데 이것이 몽고말 'orang'에서 온 것이다. 이 몽고말이 제주도에서는 여자의 치마나 바지의 허리끈으로 둔갑하여 오늘날에도 쓰이고 있다니 참으로 흥미롭기 그지없다.

시새움·용솟음·억누름

낱말은 세월 따라 형태도 변하고 뜻도 바뀐다. 그러나 그 변화를 이끌어 가는 주인공은 역시 그 낱말을 사용하는 사람이요, 사람들의 의식이다. 같은 뜻의 낱말이라도 의미를 더 강화하고 싶다든지, 미묘한 감정을 좀 더 핍진逼眞하게 표현하고 싶을 때, 낱말의 변개를 생각하게 되어 새로운 낱말이 만들어지기도 하고 새로운 뜻이 덧붙게 되기도 한다.

그러면 낱말의 변개는 무엇으로 하는가? 그것은 음운 차원의 것일 수도 있고, 형태 차원의 것일 수도 있다. 음운 차원의 것일 때에는 모음조화에 의한 모음의 교체, 활음조滑音調를 위한 유성자음有聲字音의 첨가 같은 것이 있을 수 있고, 형태 차원의 것일 때에는 접사의 첨가, 반복복합 같은 방법이 쓰일 수 있다. 그중에서도 우리 조상들이 즐겨 사용했던 방법의 하나는 동일한 의미의 한자를 첨가하여 겉보기에는 접두사를 얹은 것처럼 보이지만 의미상으로는 반복복합어反復複

合語의 성격을 갖게 하는 새 낱말 만들기이다.

이제 그러한 낱말에 어떤 것이 있었는지 몇 개의 예를 살펴보기로 하자.

시조 한 수를 감상하기로 한다.

　　가마귀 싸호는 골에 백로白鷺ㅣ야 가지 마라
　　성낸 가마귀 흰빗츨 새올새라
　　청강淸江에 잇것 시슨 몸을 더러일가 호노라

이 시조의 작자를 두고 여러 가지 설이 있으나 흔히 고려 말의 충신 정몽주鄭夢周가 시류에 휩쓸릴 것을 경계한 정몽주 모친의 작이라는 통설을 받아들이기로 하자. 그 모친의 뜻에 따라 정몽주는 역성혁명易姓革命을 일으킨 이씨 왕조에 협력하지 않고 끝내 순절했다는 선죽교의 고사가 너무나 아름답기 때문이다. 그러나 우리의 관심은 이 시조에 나온 귀한 낱말 '새오다'에 있다. '새오다' 동사는 '시기하다, 질투하다'의 뜻의 낱말인데, 17세기 내지 18세기까지 쓰이다가 사라진 낱말이다. 이 낱말은 이미 15세기에 명사형 '새옴'에 '－호다'를 덧붙여 '새옴호다'로 쓰이고 있었다. 그러니까 중세국어에서는 '새오다'와 '새옴호다'가 나란히 쓰이고 있었던 셈이다.

　　사곡邪曲흔 무스므로 성인聖人ㅅ열반법涅槃法을 새오느니라
(月釋 2:15)

　　앗기고 탐貪호고 새옴호고 (月釋 10:86)

이 낱말은 근대국어 이후로 내려오면서 '샘하다, 샘나다, 샘내다'로 바꾸이어 현대국어에 이르게 된다. 그런데 언제부터인지 이 낱말은 첫머리에 '시-'를 덧붙여 '시샘하다, 시새우다, 시새움하다'로 쓰이기 시작하였다. 여기에 이르러 우리는 덧붙은 '시-'가 어디서 왔는가를 생각하지 않을 수 없다. '시-'는 어디에서 왔을까? 허나 그렇게 오래 고민할 필요는 없다. '새오다, 새옴ㅎ다'의 한자어에 '시기猜忌ㅎ다'가 있었고 거기에 들어있는 '시猜가 바로 '새암할 시(猜)'자이기 때문이다. 그러니까 '샘하다, 새암하다, 새움하다'에 무언가 좀 더 분명한 미움증오憎惡의 이미지를 덧붙이기 위하여 한자 '시猜'를 접두사처럼 덧붙여서 '시샘하다, 시새움하다'를 만든 것이다.

우리 조상들의 어휘 증식 방법이 얼마나 기발하고 신통한 것이었는가? 그렇다면 이러한 방법으로 새 낱말을 만든 것이 어찌 '새오다-샘하다- 시샘하다' 하나에 그치겠는가? 찾아보면 더 잇지 않을까? 당장에 두 개만 지적하기로 한다.

'솟다'라는 낱말은 어떤 사물이 아래에서 위로 올라오는 동작을 가리키는데 그 단독으로 쓰이기보다는 '솟아나다, 솟아오르다, 솟치다, 솟구치다' 등의 변형으로 더 잘 쓰인다. 그것은 또 '치솟다, 용솟음치다'의 형태를 취하기도 한다. 이때에 '용솟음치다'에 우리의 눈길이 머문다.

'용'은 무엇일까? 만일에 '솟다'의 뜻을 가진 한자에 '용'자가 있다면 그것은 '샘하다- 시샘하다'와 같은 수법이 아닐 것인가? 이렇게 생각하고 나면 '용湧'자가 문득 머리에 떠오르게 된다. 그렇다 '용솟음치다'에서 '용'은 두말할 것도 없이 '솟을 용湧'자 이외에는 다른 것이 있을 수 없다.

　이와 같은 낱말이 또 없을까? 고개를 갸웃거리는 동안에 우리의 생각을 짓누르는 낱말이 있다. '누르다'라는 낱말이다. 이 낱말도 언제부터인지 '억누르다'라는 낱말과 나란히 쓰인다. 그렇다면 '억–'은 무엇인가? 이제는 즉시 '누를 억'자가 있는가를 생각하기만 하면 된다. 그 생각과 함께 '억抑'자가 금방 나타날 터이니까.

　이렇게 하여 우리는 '샘하다–시猜샘하다', '솟음치다–용湧솟음치다', '누르다–억抑누르다'의 세 쌍의 낱말을 찾아내었다.

초판서문

해질 무렵 붉게 물든 저녁노을이 아름답게 펼쳐진다. 아니, 아름답게 펼쳐져야 한다고 생각하게 되었다. 나의 인생에서도 아름다운 저녁노을이 펼쳐지기를 바라는 마음 때문이다. 어떻게 하면 나는 내 인생의 저녁노을을 아름답게 물들이다가 깨끗하게 어둠속으로 사라질 것인가? 내 남은 생애는 이 아름다운 사라짐만을 화두로 삼고 살아가리라.

이 화두의 완성을 위한 첫 단계로 환갑 무렵부터 정년을 맞기까지 만 다섯 해 동안 여기저기 썼던 글 조각들을 모아보았다. 가톨릭 영성 잡지 『들숨 날숨』에 썼던 칼럼, 『평화신문』에 실었던 문화비평 논설, 『한글과 한자문화』에 기고했던 어원 산책, 그 밖에 여러 잡지에 청탁을 받고 쓴 몇 편의 수필 글들이다.

마음을 가다듬고 생각해 보니 이것들이 결국 60대 전반부의 내 인생이었음을 깨닫게 되었다. 여기에 어문생화語文生活에 썼던 칼럼들을 덧붙였다. 그리고 『밤나뭇골의 저녁노을』이라는 책 제목을 생각해 내었다. '밤나뭇골'은 내가 태어나 자란 고향의 마을 이름이다.

이 책은 분명코 옛 선비 흉내를 내고자 하는 내 분에 넘친 소망의 산물이다. 그러나 내 힘으로는 어림도 없는 일, 내 방에서 공부한 인연으로 趙恒範교수가 손보지 않았으면 책의 모습으로 세상에 나오지 못했을 것이다. 그 수고에 고마운 마음을 전한다. 더구나 趙교수의 어르신이시고 우리 학계의 원로 선배이신 東泉 趙建相선생님께서 나의 복지대학 학부 졸업을 귀엽게 보시고 축하의 글월을 보내오셨다. 그래서 그것을 책머리에 얹기로 하였다. 내 인생이 끝까지 흐트러짐 없는 삶으로 영글기 위하여서는 東泉선생님의 칭찬이 무서운 채찍이 되어야 한다는 마음 때문이었다.

　이제 이 책을 나와 인연을 맺었던 모든 분들의 책상머리에 조심스레 바친다. 어린 학생이 존경하는 선생님께 늦게 작성한 숙제를 눈치 보며 내미는 심정으로.

2003년 2월 28일

沈在箕 삼가 적음

저자 심재기 沈在箕

인천 출생
서울대학교 국어국문학과 졸업
서울대학교 대학원 문학석사・문학박사
서울대학교 국어국문학과 교수 역임
전 국립국어원 원장
현 서울대학교 명예교수

대표논저 국어 어휘론(國語語彙論)
        국어 의미론(國語意味論)(공저)
        국어 어휘론신강(國語語彙論新講)
        국어 문체발달사(國語文體發達史)

수 필 집 사랑과 은총의 세월
        막내딸의 혼인날

한국어, 우리말 우리글 5 – 생각한다는 것과 말한다는 것

초판인쇄 2010년 5월 27일
초판발행 2010년 6월 10일

저자 심재기
발행 제이앤씨
등록 제7-220호

주소 서울특별시 도봉구 창동 624-1 현대홈시티 102-1206
전화 (02)992-3253(대)
팩스 (02)991-1285
전자우편 jncbook@hanmail.net
홈페이지 http://www.jncbms.co.kr
책임편집 김연수

ISBN 978-89-5668-782-7 03810   정가 15,000원

* 이 책의 내용을 사전 허가없이 전재하거나 복제할 경우 법적인 제재를 받게 됨을 알려드립니다.
** 잘못된 책은 구입하신 서점이나 본사에서 교환해 드립니다.